李景端 著

我与译林——
半生书缘 一世情

江苏人民出版社

图书在版编目（CIP）数据

我与译林：半生书缘一世情/李景端著. -- 南京：
江苏人民出版社，2018.5
ISBN 978-7-214-21085-2

Ⅰ.①我… Ⅱ.①李… Ⅲ.①随笔—作品集—中国—
当代 Ⅳ.① I267.1

中国版本图书馆 CIP 数据核字 (2017) 第 175116 号

书　　名	我与译林——半生书缘一世情
著　　者	李景端
责任编辑	曾　偲
责任校对	王翔宇
责任监制	王列丹
出版发行	江苏人民出版社
装帧设计	黄　炜
出版社地址	南京市湖南路 1 号 A 楼，邮编：210009
出版社网址	http://www.jspph.com
电子邮箱	http://www.jspph.com
照　　排	江苏凤凰印刷数字技术有限公司
印　　刷	江苏凤凰通达印刷有限公司
开　　本	652毫米×960毫米　1/16
印　　张	16.75　插页5
字　　数	227千字
版　　次	2018年6月第1版　2018年6月第1次印刷
书　　号	ISBN 978-7-214-21085-2
定　　价	42.00元

江苏人民版图书若有印装错误可向出版社调换。

个人印记

清华大学百年校庆，重回母校忆旧

人民大学外贸系五四届毕业五十周年重聚

1999年冬在美国白宫前

译林往事

1989年《译林》创刊十周年书展

在台北江苏书展上

1987年《译林》与日本小诸市合办日语翻译评奖，在南京举办授奖大会

1989年译林建社时与江苏省委宣传部领导合影

创办《译林》最有力的领导，江苏省出版局局长高斯（中）、副局长陈立人（左）

1990年新闻出版署刘杲副署长（中）在译林出版社，与编辑们合影

名家记忆

1995年4月北京"乔伊斯与尤利西斯国际讨论会"与会代表合影。前排左起：吴元迈、赵萝蕤、文史馆领导、袁可嘉、冯亦代、文洁若、多兰大使、萧乾，及爱尔兰学者。第二排：董乐山（左一）、梅绍武（左三）、李景端（左六）、章祖德（右四）、陈恕（右三）、阎晓宏（右一）

1995年，接受倪萍与杨澜采访，介绍《尤利西斯》中译本出版事宜

从2000年起,连续六届受聘担任香港"全球华文青年文学奖"特邀顾问。与该奖筹委会主席金圣华教授合影

在香港颁奖典礼上致词

受邀参加香港"全球华文青年文学奖"颁奖典礼的评委及特邀顾问。左起:李景端、董桥、彭镜禧、齐邦媛、余光中、林文月,以及白先勇(右二)、王蒙(右三)、金圣华(右四)

2015年出版界四位"80后"在刘杲家合影。左起：周明鑑、刘杲、吴道弘、李景端

与中国社科院美国研究所"三剑客"合影。右起董乐山、梅绍武、施咸荣

与华君武夫妇（左）戈宝权夫妇（中）参观华君武漫画展

与香港金圣华教授
拜访杨宪益（中）

2003年与王蒙夫妇
在香港

与英语界大师王
佐良教授（右）
在香港

2002年与老出版家范用在南京凤凰台书吧

与台湾著名作家白先勇在香港

与台湾大学文学院前院长彭镜禧共同参加讲座

与王安忆在香港参加"全球华文青年文学奖"颁奖大会

目 录

自序：说说我这人

半路出道当编辑

 闯三关才入编辑门 /003
 走通俗，办《译林》歪打正着 /005
 顶住封杀，坚持"打开窗口" /009

《译林》建社，再上一层楼

 敢为人先，第一个"吃螃蟹" /019
 做英语教辅，壮大经济实力 /029
 勤搞活动，增强社会影响力 /031

出版界"译林现象"

 大步改革，转型成功 /037
 全国文艺社七连冠 /040
 "译林现象"的形成 /042
 李景端出版理念研讨会 /045

编辑人脉是重要的出版资源

 编辑如何交朋友 /053
 如何与出版高层交往 /056

怎样赢得大家名家的信任　　/079
出版同行是友不是敌　　　　/153
与媒体成为朋友　　　　　　/163

老编辑的下半场

编辑眼光评说出版　　　　　/173
翻译编辑争鸣翻译　　　　　/195
抨击唯利坚守文化　　　　　/218
呼唤正义发声维权　　　　　/232
退休不厌管"闲事"　　　　　/245

自 序

说说我这人

我当然是个凡人。不过在平凡之中，也许又比别人多了几样与众不同的经历。比如说，抗战时期曾骑着马上初中的"小少爷"，在"文革"中下放农村时，照样住茅屋、拾粪种地。只读到高二上学期，仅凭复习一本《大学升学指南》，竟考上上海交大运输系和清华大学经济系；又因院系调整，四年连上四所大学，1954年终于从中国人民大学外贸系毕业。毕业后先后在外贸部、农产品采购部、全国供销合作总社、商业部等中央机关和江苏省手工业管理局工作，当过化工厂化验室主任和县委宣传部通讯报道员，还在农村插队五年，像这样典型的"万金油"干部，怎么会成为专业的出版人？前半生与翻译和外国文学毫不沾边，42岁才起步，何以这么短时间内，会成长为翻译出版界的里手，甚至被溢誉为"翻译出版家"？

不仅上述经历有点特殊，我的出版生涯中，还遇上或者做了好些应该算是不寻常的事。比如，我这个无名小辈，居然能请到钱锺书、杨绛、戈宝权、卞之琳、萧乾、冯亦代等几十位文坛大师担当《译林》的编委。我才办刊第一期，就挨了外国文学权威一棍，引发一场"《尼罗河上的惨案》风波"，甚至惊动当年主政的中央领导同志。再比如，我率先冲禁区，引进介绍西方当代通俗文学;迎难而上,推动翻译出版《追忆似水年华》《尤利西斯》等当代世界名著,填补了我国的文学翻译空白;提出"开放翻译家"的概念,肯定和弘扬他们在推动思想解放上的开放精神。此外,我不断发声谴责翻译抄袭,投身翻译打假,上法庭为翻译家维权打官司,如此等等。这些多少有些不寻常的经历,造就了我中年后处于不断挑战中的人生。这种经历,有人称之为"传奇",有朋友又戏称是"爱折腾",也许都有理。我自己想,还是归结它为"丰富"吧。

回首逝去的岁月,重拾走过道路的足迹,回味一下这些"丰富"实践中的忧喜愁乐,这或许也是对编辑工作的一种自我反省。在我的心目中,一个优秀的编辑,必须具备"四多"。即:编的好书多;各行朋友交得多;组织的活动多;自己的研究成果多。我希望本书能对照"四多"的要求,从中给自己的编辑生涯画出一张像,并通过它,把我从事编辑工作所感受到的快乐,传递给我的朋友和读者,让更多的人,了解、尊重和爱护编辑。

本书尽量用故事来反映历史,全书以新故事居多。对有些老故事,因为它是史料,回首往事时难免再次提到。但我也会从新的视野去回顾,并努力补充新的内容。书中有少量选收他人对我的评说,其中赞誉多，批评少，那只是对我的一种客气勉励，绝不意味我有多么完美，更不是我有意借以自诩。书中提到的人和事，有的因年代已久，有的可能传闻有误，以至或有冒犯失敬之处，尚望宽宥见谅。江苏人民出版社，是我最早踏入出版行业的"娘家"，如今能在"娘家"出书，备感荣幸和高兴。谨向徐海社长及责编曾偲，道声谢啦！

2018年3月31日

半路出道当编辑

译林建社展览

闯三关才入编辑门

1975年1月，时任江苏人民出版社社长的高斯同志，把我从下放的泗阳县调回出版社当编辑，这是我人生的转折点。从此，我结束了前半生当"万金油"干部的历史，幸运地走进了崇高的编辑队伍。

起初分配我到科技组，参与由全国多家出版社合作翻译出版《外国历史》及《外国地理》丛书的工作。我接手的任务，是介绍索马里等6个东非国家的地理。面对翻译图书，又是很专业的外国地理，我真是一无所知，只好边学边干。头一件事就是寻找外文翻译版本。上北京跑了好几家有关的图书馆，经过馆际互借渠道，好不容易借到两本。那时许多外语人员没事干，译者不难找。难的是，交稿后我怎么编？不仅地理专业不懂，连出版基本知识也外行。后来知道，书稿内容可以请外审，我主要处理版面、体例、装帧、文字等编辑事宜。说实话，当时就连这些我也陌生。连忙找了几本编辑出版书籍，匆匆补课充电。如今回想起那种临时抱佛脚的窘态，至今还觉可笑。

编书时，我想，既然专业内容外审过了，我起码要认真把好文字关,别让它出错字才行。于是看稿特别认真,那时都是纸样校对,连校对符号也得先学。尤其地理书,涉及天文、地质方面的冷僻字又多,凡遇没把握的字,必查词典。好在我常年在机关当秘书,写惯了总结报告之类公文,对使用文字多少有点基础,这对做书稿校对工作,还是有一定帮助的。编辑两本地理书,严格地讲,只是做了两本书的文字校对工作,但却是我编辑生涯难忘的入门第一关。

才干一年,遇上唐山大地震。针对社会上人心惶惶,我想到,有必要宣传普及有关地震的常识。经过半年多紧张努力,策划出版了《地震及其预测预防》一书。接着我又以这本书为蓝本,写出连环画的文字脚本,请画家配画。不到半年,一本通俗解说地震的连环画《地震预防》问世了。当时书店里有关地震的书几乎是空白,这两本江苏人民版地震科普书,一下子行销省内外,多次重印,累计发行了几十万册,社会效益和经济效益都相当好。通过这件事,使我初步懂得,当编辑如何抓住时机出畅销书的道理,也算是我接受编辑启蒙的第二关。

第三关是学习组织作者队伍。根据国家"中外语文词典编写出版规划",江苏除承担《汉英词典》等6种外语词典的编写出版任务之外,还参与了由上海牵头、华东五省一市协作编写《汉语大词典》的工作。为此,省里成立了"中外语文词典出版领导小组",其办事机构就设在江苏人民出版社。这个"词办"除一位挂帅领导外,做实际工作的就我一个人。《汉语大词典》是一部超大型工具书,工程浩大。为落实江苏承担的任务,我主张省内分别组织10个编写组、每组6至10人,分头编写。那个年代,没有稿费,要空手组织近百名语文教师,基本上脱产编词典,谈何容易!好在依靠软劝硬磨的磨劲,终于把编写队伍建立起来了。《汉语大词典》最后圆满成功出版,江苏的贡献无疑值得肯定。

在"词办"干了两年的经历,使我了解到不少编工具书的知识,也结识了教育界许多朋友,更学到了跟不同作者对象打交道、组织作者队伍的经验。以上这三关,是我编辑生涯起步的深切体验,虽然历时短暂,但使我终身受用。

走通俗，办《译林》歪打正着

1978年初，高斯局长要我考虑，办一本介绍外国现状的翻译刊物。我觉得，介绍外国社会科学，内容敏感有风险，不如介绍外国文学。这个主意得到了高斯支持。当时我真是白手起家，因为我前半生跟文学和翻译都不沾边，对照办刊条件，我没有一项符合。省出版局原副局长高介子，有一次对我说："当年高斯挑你这个外行办《译林》，真是冒风险；而你敢接手，胆子也够大。"这话一点也没错。如按时下时尚的用词来说，当年高斯和我，"都没按常规出牌"。

既立下"军令状"，只好硬着头皮上，首先想刊名。有一天我同搞古籍的编辑孙猛聊天，他无意中提到"译林"两个字，我听了一震，脑子里顿时想起林茂叶繁的景象。啊！用"译林"做刊名多好呀！《译林》后来走红，少不了孙猛偶然起名的功劳。

刊名定下之后，接下来要给刊物定位。当时北京有《世界文学》，上海有《外国文艺》，都是大户老牌。我觉得，《世界文学》面孔太板，严肃得让人"不想靠近"；《外国文艺》又新奇超前得让人看不懂。咱不能重复走他们的老路。我从读者的角度，有一个朴素的期盼，就是文学杂志，内容要有新鲜感，故事一定要吸引人，抓住好看耐看，才有生命力。我认准了《译林》就是要面向草根的偏爱，走介绍通俗文学尤其是西方当今流行小说的道路。

我对自己办刊的先天不足，是有自知之明的，所以曾向本地大学一位搞外国文学研究的中年教师请教。哪知这位老兄，既傲慢又有"野心"。他直率地告诉我：你们出版社在外国文学方面，既无专业人才，更无必要资料，单靠你们自己，肯定搞不起来。不如把刊物编辑部设在我们大学，我们编好后，给你们出版。我一想，这么干，这本杂志岂不成了主要发表他们研究成果的专刊了，这跟我的想法完全不同，自然拒绝了。

我决定我们自己来编。也许正因为我是外国文学外行，又是办刊物新手，那时还不懂得提方案、搞论证、先试刊、再定性这一套程序，只想着尽快上马，早日问世。因为心里没把握，最早的《译林》，只是用书号出版的"丛刊"，暂定每季出一本，想出版探路后，看反应再做调整。

《尼罗河上惨案》封面

编《译林》创刊号，起初只有我和新编辑金丽文两个人。我负责向北京组稿，她负责向南京和上海组稿。那时影院放映的英国影片《尼罗河上的惨案》很红火，说也凑巧，我们得悉上海外语学院有位英语教师，正在翻译这部影片的文学原著，我觉得这是个机会，立即派金上门约稿，并敲定交稿时间。当时根本没考虑这是一部侦探小说，更没料到这部小说后来会给《译林》惹上那么大的麻烦。现在回想起来，创办《译林》，无论是选人、选材，还是定位、运作，确实是风险与机遇并存。对我这个外行来讲，难免有"歪打正着"的幸运。就连高斯也在多年之后表示，《译林》的意外成功，使他存有"无心插柳柳成荫"的感觉。

《译林》这种独辟蹊径的办刊方针，正好适应了中国百姓因长久禁锢而渴望了解西方当代文化的愿望，以至一创刊，就大受读者欢迎。创刊号16开、240面，定价才1元2角，比一本书还便宜。最早是交给新华书店零售，初版20万册几天就脱销，加印20万册很快又卖完。书店要求再印40万册，考虑纸张供应紧张，只再印20万册后就不印了。因为书店不办理长期订阅，店面又买不到，大批读者只好汇款向编辑部邮购。头一两期，邮局送来的邮购汇款单，都用大邮袋装，一次就送来好几袋。邮局职工抱怨说，为了登记这么多汇款单，害得他们加了好几天夜班。社里邮购部同志也叫苦，仅为《译林》办理登记、取款、入账、包装、寄发等手续就忙不过来，对其他书的邮购，这时都顾不上了。

后来得知，许多大学图书馆陈列的《译林》，因为阅读的人太多，不是被翻毛了看不清字，就是翻烂了造成缺页，有的干脆被人拿走，所以急着要求补购。最有趣的是，黑市上《译林》每本要卖2元，还要外加两张香烟票。如今城市里四五十岁的人，尤其是80年代的大中学生，几乎很少有人不知道《译林》。有一次我去医院看病，将病历摆在医生桌上排队。谁知他看到我的病历上填写的单位是《译林》，就抽出来叫我先去看。真没想到，我还会如此沾上《译林》的光。

《译林》意外走红才高兴几个月，不料一阵狂风猛烈地向我们袭来。原来是中国社科院外国文学研究所所长冯至先生，于1980年4月7日给胡乔木同志写了一封长信，对江苏出版《尼罗河上的惨案》《钱商》《医生》《珍妮的肖像》和浙江出版《飘》这样的欧美通俗文学，提出了十分严厉的批评。信中指责说："自'五四'以来，我国的出版界还从来没有像现在这么堕落过。""社会主义不知随风飘到哪里去了。""希望出版界不要趋'时'媚'世'。"胡乔木同志将这封信，加了批语转发给中共江苏省委和浙江省委"研究处理"。这种批转给省委"研究处理"之举，表明《译林》摊上大事了。

幸好高斯同志表态，介绍西方健康的通俗文学没有错，有责任由局党组承担。加上党的十一届三中全会之后，我们党正在清算长期留下来"左"的流毒，对文艺实行"不扣帽子，不打棍子，不揪辫子"的"三不政策"，又经过胡耀邦同志的过问，《尼罗河上的惨案》一场风波，没有追究，"就到此结束"。《译林》惹上的祸，总算有惊无险地过去了。事后有朋友向我开玩笑说："冯至这封信，惊动中央，震动全国，真是给创刊的《译林》，做了一次大广告。"

顶住封杀，坚持"打开窗口"

这场风波事后，《译林》虽然没有受到组织处理，但因为冯至先生的信中，还对《飘》《钱商》《医生》《珍妮的肖像》等美国流行小说严加指责，说这些"红红绿绿"，"都是供人在旅途上消遣，看完就抛掉的书"；批评出版社"除去为了赚钱以外，我得不到任何的解释"。类似看法，在外国文学界部分人士当中也有。为了反驳这种观点，消除对外国通俗文学的偏见，我觉得不应沉默。对于违背时代发展的过时看法，即使是权威人士所讲，也应该争鸣。于是，1980年3月，我在《译林》总第2期上发表了《试评美国当代小说〈钱商〉》一文，强调介绍这样的文学作品没有不当。文章说：

《钱商》不仅对跨国公司为转嫁危机所使用的利诱、腐蚀、威逼、欺诈等卑劣的手段，做了一定揭露，而且把美国一家大银行几乎倒闭的原因，归咎于跨国公司的投机，这就在暴露资本主义经济现实方面又深了一步，触到了国际垄断资本贪婪、掠夺的本质。小说对这一点有相当深度的描写。……对资产阶级牺牲群众利益而进行的抗议活动，也有所反映，最明显的表现在对银行的那场"合法示威"上。

再从艺术上看，这本小说也有可资借鉴之处。第二次世界大战以后，特别是60年代以来，美国不少作家受唯心主义哲学思潮的影响，摒弃了传统的现实主义写作方法，而朝"超现实""自我表现""挖掘灵感"等方面去发展。对于外国文艺创作上的这种变化，当然值得我们认真地加以研究，其中新的艺术成就更需要加以重视。但是确实也要看到，当前外国文学中有些评价很高的作品，往往是脱离现实生活，不考虑文艺创作的规律，只凭作家自己的"灵感"而写出来的。有的作品没有故事，没有情节，甚至离奇得难以理解，因而读者并不欢迎。尽管一部作品文学价值的高低，并不单纯以拥有读者的多寡来衡量，但是，作品的文学价值，也不是神秘得高深莫测的。当前外国有一些深受读者欢迎的畅销书，反映了社会现实某个方面，暴露了生活中存在的一些矛盾，并通过一定的故事，引起读者的感慨、同情、嘲笑和联想，应当说，这也是文学价值的一部分。就像《钱商》这样的书，是值得我们有选择地加以介绍的。

北京国际关系学院资深英语教授、翻译家巫宁坤先生，在看到此文后来信说："拜读《论〈钱商〉》一文，很有说服力，特别是'再从艺术上看……'那几段文字带有一点'挑战书'的味道，可被选为中国第一篇为畅销书辩护的宣言，不知卫道的君子看了作何感想。其实我也受过正统的西方文艺教育，正因为如此，我也有点'过来人'的感受，对于某些狭隘的文学价值早已不敢领教。……我本来为《译林》的创刊感到十分喜悦，经过前些时候这场风波，深感解放思想，对外开放，每走一步都多么不易，才更感到你们所从事的是崇高的事业。……信笔写来，似乎有点放肆，就算作啦啦队的喝彩，给辛勤革新、任劳任怨的编辑们慰问吧。"广州《随笔》杂志主编黄伟经也来信说:"收到《译林》及大札。这期内容颇丰富,大作《试评美国当代小说〈钱商〉》,跟冯至老先生唱个对台戏,甚佳!"

说"唱对台戏",当然言过了。但囿于长期禁锢的束缚,翻译界确有不少人对外国通俗文学抱有偏见,以至在译界"学院派"某些人眼中,《译林》仍处于被封杀的状态。那年代,出版社本身没有翻译版本,翻译稿件多是译者自找外文版本。所以,没有译者,也就失去了翻译版本的来源。面对这种种压力,我真切体会到"巧妇难为无米之炊"的那种窘迫感受。

怎么办?为顶住封杀,必须在无奈之中争取主动之道。我决心前往上海寻求出路。那时京沪大社出翻译书,眼睛多盯着有名气的翻译家。上海高校却有大批中青年外语教师,有翻译能力,却空闲没活干。我觉得这是待开发的富矿,是《译林》摆脱封杀、可利用的有效资源。

我先在上海外语学院约请到一批中青年教师,推出了一些优惠的扶持措施,使他们实际上成为《译林》的"签约译者"。这种无形的译者阵地,又逐步扩展到其他多所高校。这个举措,不仅解决了《译林》被封杀之苦,同时也培养和扶持了一批翻译人才的成长。像曾担任中国翻译协会副会长的张柏然和许钧教授,前上海外语大学副校长谭晶华,还有后来成为著名翻译家的杨武能、黄源深、张以群、朱威烈、孙致礼、朱炯强、力冈,等等,都在与《译林》的合作中得到锻炼和提升,从而在翻译的道路上获得瞩目的成就。

眼看刊物脚跟站住了,稿件

《译林》封面

也不愁了，我就想，该做点什么事，让翻译界和社会上更多的人，能了解《译林》。这当中有两件事影响最大。

头一件是，同上海外语学院联合举办英语翻译征文竞赛。这是1949年后首次举办的全国性翻译竞赛，参赛者多达4020人，在社会上引起很大反响。这项活动，已作为一个词条，收入了1997年出版的《中国翻译词典》。另一件是，举办岛崎藤村日语翻译评奖。因岛崎藤村曾长期在日本小诸市生活和写作，所以这次活动由《译林》与日本小诸市合办。1987年5月5日，在南京金陵饭店举行了颁奖典礼。出席者有日本小诸市市长盐川忠巳、江苏省副省长凌启鸿、江苏省作协副主席海笑、中国译协副会长赵瑞蕻等200人，气氛十分友好热烈。一本省属的刊物，竟能与一个日本城市牵出如此的情缘，成为一项民间外交的成果，这无疑又给《译林》的声望加了分。

1983年初，社会上刮起了一股"清除精神污染"的风潮。在这种"左"风再起时刻，尽管有些对《译林》风格看不惯的人，又制造出《译林》哪篇文章"散布污染"的舆论，但我们坚信办刊宗旨正确，坚守导向重自律，所以没有被人抓住什么污染的把柄，在风浪中再次挺住了。

回顾《译林》历程，从创刊就红火，挨冯至一棍，几番受封杀，到挺住风浪，愈加挺拔。这段经历，可说是从一个侧面，反映了我国新时期对外开放的历史进程。《译林》的成功有多方面原因，这当中最关键的我认为，一是得益于不断解放思想，二是坚持"打开窗口"方针不动摇。

先回顾解放思想的进程。

这里不能不介绍一次令人思想大开窍的学术会议。1978年11月下旬，中国社会科学院外国文学研究所，在广州召开"全国外国文学研究规划会议"。全国著名外国文学学者，除了钱锺书以外，包括周扬、梅益、姜椿芳、冯至、叶水夫、陈冰夷、季羡林、戈宝权、王佐良、杨周翰、杨岂深、吴富恒等悉数到会。1949年以后，我国学术界基本全盘照搬苏联的学术思想体系，在文艺领域，受普列汉诺夫那一套"左"的流毒很深。经过"文革"冲击，禁锢尚存,又添余悸,弄得学术界成了封闭和保守的重灾区。搞外国文学研究与出版,无异身背重负,还蒙着眼睛。对西方当代文学,尤其是现代派文学等世界新思潮,许多人或是闭塞不知晓,或是心有余悸不敢碰,也有人就是认定西方大国的文艺,必然是"腐朽的"。开会之时,全国正在落实党的十一届三中全会精神。这次会议,承载着外国文学工作者要求解放思想、拨乱反正的热切期盼,会上的思想十分活跃。我有幸与会,聆听了许多学者的发言,不少人敢想敢说,那些新鲜而分析透彻的见解,确实振聋发聩,令人豁然开朗。使我触动最大的,主要有这样三点:

第一,明确了拨乱反正主要是肃清极"左"流毒。这是周扬同志在会议所做报告中带给人们最重要的信息。那天,周扬从回顾历史经验教训的视角,历数"左"倾思想给文艺界造成的损害,并坦陈自己在这一过程中的思想演变,使听讲人深受感动。最令人震撼的是,周扬在讲到"文化大革命"中极"左"思潮泛滥时,说:"'文革'中毛主席也有错误。"我记得很清楚,周扬说这句话时,全场鸦雀无声,因为那时还没有人敢于公开讲"毛主席有错误"。在场的绝大多数人,我估计都是第一次听到公开这样说,大家难免觉得突然、好奇乃至会做各种猜测。但总的反应是,与会者都认同周扬报告的分析与判断。随后几天大小会发言之热烈,充分显示大家思想获得解放的那种兴奋。

第二,对西方现代派文学有了新的评价。以往一提到西方现代派文学,少不了要扣上"颓废""没落"等帽子。可是在这次会议上,外国文学研究所柳鸣九的学术报告,对此却提出了截然不同的观点。他列举材料,很有逻辑地指出,西方那些荒诞派戏剧,是西方社会动荡、矛盾重重、对前途失去希望这种被扭曲的心理在艺术上的反映,揭示了西方社会现实的矛盾,表达了人们渴求改变的期盼。他以《等待戈多》为例,说该剧貌似荒诞,但寓意深刻,暗喻戈多对现实的失望,在等待着变革,等待着新的希望,因此,从认识作用来讲,这些作品同样具有一定的积极意义。在1978年就敢这样讲,可谓语出惊人。当时会下就有人讲,把西方现代派文学一棍子打死,既是极"左",又是无知,柳鸣九这个案翻得好。所以开会一回来,我就多方发信,向行家约写外国现代派文学"名词解释"的稿件,用这种方式,把柳鸣九为现代派文学"翻案"的观点传播出去。

第三,要用我们自己的观点来研究外国文学史。北京大学杨周翰教授在有关编写《欧洲文学史》的报告中讲到,过去我们的外国文学教材,涉及到各国文学史,都是照苏联学者的说法,对这些,必须重新认识。他提出,研究外国文学史,要遵循历史唯物史观,要吸收我们自己的研究成果,采用我们自己的观点。他讲的虽然只是编写文学史的事,但所提出的指导思想,对整个外国文学研究都是有启发的。

这次会议,对于我国文学界,特别是文学翻译、研究和出版界来说,在促进思想解放方面所起到的推动作用,无疑是巨大的。《译林》之所以敢于走通俗文学之路,独辟蹊径;勇于叫板权威,顶住封杀;并在复杂的涉外环境中,坚守导向,与时俱进,努力提升刊物的品位和质量,都是在不断解放思想这个信念推动下,所取得的成果。

再看看坚持"打开窗口"方针的历史作用。

自从《译林》创刊提出"打开窗口,了解世界"这个方针以后,经历了许多波折。现在回头来看,创刊早期那些波折,实际上反映出思想领域的"开窗"与"关窗"之争。冯至先生的"告状信",陈冰夷同志所说的"再开窗苍蝇蚊子全进来了",以及一些人对《译林》的排挤和封杀,都表明当时学术界某些人因受长期禁锢的影响,总觉得打开"窗口"就会受到资本主义的渗透,为防止"社会主义阵地被污染",他们往往对"开窗"抱抵触乃至拒绝态度。而《译林》的实践恰恰证明,坚持"打开窗口"的方针,是正确并有益的。表现在:

(1)突破故步自封禁区、扭转了部分人对西方当代文学,尤其是流行通俗文学的学术偏见。证明所谓高雅与通俗,历来没有明确界定,两者之中,都有优劣之分,关键在于选择。我国的《诗经》《红楼梦》,外国的《茶花女》《天方夜谭》等,起初都是以通俗文学面世，如今还有谁会否认它们是经典？

（2）推动译者和作者解放思想，消除余悸，重视研究西方新思潮和现代派文学。不仅促进了诸如"黑色幽默""存在主义""魔幻现实主义"等新流派作品的出版，而且对中国作家，也有启发作用。如当年魏明伦新编的川剧《潘金莲》，就借鉴了不少西方荒诞派戏剧的手法。

（3）帮助各方读者开拓视野，更好地实现"洋为中用"。《译林》在选材中，有意选登一些反映外国现代生活及先进管理的题材。如反映日本医院现代化管理的《白色巨塔》，当时就被多家医院集体买去分发借鉴。有家乡办企业，看到小说中讲到外国客人进门先按"蜂鸣器"（即防盗门的自动门铃），就来信索要资料，希望借鉴生产以供出口。这些也就是钱锺书先生，在给《译林》贺信中提到的"文艺社会学"功能。

还要指出一点，坚持"开窗"也促进了长官意志的长进。我在《南方周末》报上发表过《长官意志也该长进》一文，说了这样的经过：

> 2000年1月25日，我收到外文所研究员葛林大姐的来信，她听陈冰夷说，冯至的"告状信"，是胡乔木同志授意冯至写的。2013年10月30日，原新闻出版总署副署长杨牧之同志在文章中又披露，90年代初，胡乔木同志曾对出版《查泰莱夫人的情人》表示，"决不能只当作淫书一禁了之"。从1980年授意冯至上书批《尼罗河上的惨案》，到十年后表示对《查泰莱夫人的情人》不能"一禁了之"，由此可见，胡乔木同志对待西方当代通俗文学前后态度的变化。众所周知，由于长期受封闭禁锢，国人对外国尤其西方大国现代文学的实况所知甚少，对西方新潮的流行小说更少涉猎，以至改革开放初期，学界不少人多视西方当代文学为异端，胡乔木、冯至两位也不例外。随着对外开放的深入，社会上对西方现代文化的了解多了，偏见少了，看法自然会有转变。这说明，即使像胡乔木、

冯至这样的高级领导和学者,同样有个不断解放思想的过程。长官意志,也是会有变化和长进的。《译林》和众多外国文学"开窗"的成果,对促进这种转变和长进,显然也起了一定的作用。

《尤利西斯》研讨会

《译林》建社,再上一层楼

敢为人先，第一个"吃螃蟹"

经过多方努力，1988年6月2日，新闻出版署终于批复，同意成立译林出版社，当年10月，我出任译林出版社首任社长兼总编辑。建社时只有16人，家底很穷。尽管经济实力薄弱，但我们还是发扬办《译林》杂志那种不断创新、敢为人先的传统精神，在困难的条件下，在翻译出版界创造了好多项属于首创的业绩。其中的成功或挫折，都留下了可贵的经验。

打造通俗文学金字招牌

建社后，我们确立了名著与通俗两头抓的出书路子。但考虑到译林杂志靠通俗起家，译林出版社也要维持这个特色。我们加强收集西方当代畅销书的信息，大胆买进版权。那时我国刚加入世界版权公约，出版界有些人还不习惯或舍不得向外买版权。而我觉得，今后出版实力之争，就是拥有版权之争。为此，一方面向省出版总社申请设立"外国版权基金"，争取获得经济资助。另一方面下决心，积极购买外国版权。由于我们出手早，信誉好，像《沉默的羔羊》的版税率一开始才3%，每本预付金不超过1000美元。经过努力，当时英美最流行的畅销书，其版权几乎大部分被译林买下。我们又发挥独有的刊与书连用优势，推出一套"外国流行小说名篇丛书"，形成刊、书互补特色，以至市场上流传："想看外国畅销小说，就去买译林版的说法。"保住通俗这一块，我们不忘抓名著，随之又推出"译林世界文学精品丛书""译林外国漫画系列"等，从而扩大了译林的声誉。

积极"走出去"

规定译林社出书范围的头一条，就是外文图书，这一点我一直记在心里。我更明白，作为专业翻译出版社，无疑要促进中外文化交流做更多的贡献。对外引进，译林已做了不少，建社后必须考虑开展对外输出的工作。

怎么做？我想先从相对容易做的中英文对照的画册做起。正好得知中山陵管理处为纪念辛亥革命八十周年，有意策划出版一本孙中山画册，我觉得若把它配上英文解释，更有助于吸引海外读者，尤其是众多华裔和华侨。于是找中山陵管理处寻求合作，双方达成协议，他们选照片，提供中文解释；我们负责图片编辑，中文英译，出版和发行。这本取名《中华之光》的画册，出版后国内反响挺好，我们还会同"民革"中央，在北京举办了这本画册的出版座谈会。至于外销，当时是通过中国图书进出口公司对外发行，虽然数量不大，但毕竟是译林社图书"走出去"可喜的第一步。

接着我们同美国斯通·沃尔出版社，合作出版了英文本《拯救白鳍豚》。这是第一次由美方负责向世界发行的译林版英文书，既推动了图书走出国门，又为拯救濒危动物做了贡献。此后，我们又组织出版了中英文对照的紫砂壶画册《茗壶竞艳》和《苏州园林》，以及《边城》《老舍文选》《中美关系十年》等多种英文本外向书，为较早地推动图书"走出去"，做了一定的贡献。

勇闯空白

译林好不容易被批准建社，我心里确怀有一股"冲劲"，总想在翻译出版上闯一闯新路。我想到，许多外国文艺作品中，都常常引用《圣经》典故。《圣经》不仅是种宗教读物，也是反映世界文化的重要名著。当时中国基督教协会，争取到美国教会的支持，在南京成立"爱德基金会"，并在南京新建"爱德印刷厂"，专事《圣经》印刷发行事务。我向他们讨来一本来看，发现印的是1919年版的《旧约·新约》和合本。其中不仅文字半文半白，读来拗口，而且不少词汇和许多地名的译法，都已陈旧过时。例如，旧用"该撒""士班雅""希利尼""伯拉河"，如今都已改称"凯撒""西班牙""希腊""幼发拉底河"。像纔（才）、彀（够）等这类汉字，也都早已弃用了。而且经多年专家考证，有些旧经文还存在误漏，等等。对此我觉得，有必要重新翻译出版一本现代版的新《圣经》。

因为我国除教会外，不允许公开出版《圣经》。此前多家出版社计划出版《圣经》，均未获得批准。译林社重译《圣经》的首次报告，虽经江苏省出版局同意报批，但仍被国家出版局否定。后经我多次赴京执着申请，1989年1月国家出版局终于批复，同意译林出版社重译《圣经》，出版5000册，内部发行。这样，译林社成为惟一获准重译《圣经》的出版社。

我们成立了由金陵协和神学院院长丁光训主教牵头的"《圣经》重译修订委员会"，商定：《圣经》原文是希伯来文和希腊文，现行的英文本及中文和合本，已被广大教徒认可接受。而且爱德印刷厂后来印刷的，是经过相关教会按现代标点编排的《新标点和合本》。因此，我们这次不是重译，只是根据英文本，进行中文文字修订。

因为神学院教师年事已高，我们在北京组织了一个规模不大的修订组。由于人员不固定，又非专职进行，加上种种社会和技术原因，使修订工作断断续续，拖了好多年都没完成。我退休后为了处理这桩未完成的悬案，经新的社领导同意，我重新约请一名女博士，承担起修订《圣经》的扫尾工作。2006年终于交出了她的《圣经》修订稿。我粗看过后，觉得还称不上"修订"，不如改称"校订本"。

我先选了一些校订稿，送给时任全国政协副主席的丁光训主教审阅，并代拟了一篇将以他的名义写进《圣经校订本》的序言草稿，供他参考。其中除了简要回顾《圣经》的产生及传入我国的历史外，着重阐述了以下的出版初衷：

> 《圣经》的教义，以及它所展现的历史、典故、人物故事等等，曾经对人类文明的发展，产生过巨大影响，许多著名世界文学名著、美术作品、舞台艺术，都吸收了《圣经》的很多内涵，使《圣经》超出了宗教的范围，渗入到广泛领域的人文习俗当中，成为世界文化的重要内容。因此，除了基督教信徒以外，教外阅读《圣经》的人也越来越多。为了满足这部分读者的需要，重新编校一种更适用的《圣经》中文本，显然是必要的。
>
> 早在1991年，译林出版社经国家主管部门批准，决定组织校订出版《圣经》新译本，这项工作当即获得南京金陵协和神学院的支持和协助。在此后十余年间，校订人员为保证质量，多方查证资料，几易其稿，终于完成了现在的这个版本。该版本明确以"和合本"为蓝本，这一点我非常赞同。因为这样就使校订工作有了坚实的基础。同时，经过校订，更新了过时的专有名词；按照当今的阅读习惯，理顺了文字结构；参照《圣经》校勘学的新研究成果，对某些含糊、朦胧的旧译文予以订正；并对全书编排体例加以规范，等等。使得这个版本，既保留了"和合本"的精髓及优点，又规避了它的某些局限及不足，使教外人士能读到较通顺的《圣经》读本，也为教内信徒增添了一种可供选择的《圣经》读本。

这部校订本采用"上帝本"。即原文称"神"的，均改称"上帝"；"和合本"中的诗歌，经多年流传，已经约定俗成，为便于吟诵，一律保留不动。这样处理，是慎重的。当然，所作的校订，也难免有见仁见智的地方，例如经文分段的小标题，现今不同版本有不同的表述，本版本的处理是否妥当，这些都有待听取各方反映后再做改进。总之，由中国大陆的学者，合力校订出一部《圣经》新的中文本，这无疑是值得高兴和鼓励的。

2007年初，我收到了丁光训主教的回信：

李景端同志：

　　陈泽民同志建议（我赞成），书名用《圣经文学译本》。理由：如要对照原文，工程太浩大，人力不足，而且诸人意见会不同，势必旷日持久，况且大陆、台湾、香港三地基督教和天主教，正在修订中文《圣经》，多年后可以出版一本三地两教合作的现代汉语《圣经》。

　　现把稿件归还，请定夺。

　　祝

安好

丁光训
1月18日

　　收到此信，我慎重考虑后觉得，换成《圣经文学本》这个名称，这可跟我当年申请出版《圣经》的初衷完全不一样了，从来没见过什么《圣经文学本》。丁光训已是全国政协副主席，是国家领导人之一，我不便再去质疑打扰他。又得知，由中国基督教协会联合港台教会，合作进行的《圣经》修订本即将完成。译林社再出什么"《圣经文学本》"已无意义。加上我自己也对这个校订稿并不满意，感到文字太现代口语化，古老的《圣经》，怎么可能出现李景端同志：

陈泽民同志建议（我赞成），书名用"圣经之地译本"。理由：如要对照原文，工程太浩大，人力不足，而且诸同人意见会不同，势必旷日持久，况且大陆、台湾、香港三地基督教和天主教正在修订中文圣经，多年后才可以出版一本三地两教会作的现代汉语圣经。

现把稿件归还，请查收。

祝

安好

丁光训 1/18

当今社会才使用的词语。这样校改的书稿，既找不到专业审稿人，改出的文字，其权威性也得不到承认。而且事隔这么多年，想要出版，还要重新报批。再三思考，最后我只好向社里提议：放弃出版《圣经》，校订稿光盘存档，向校订人赔钱致歉。我这场劳而无功的白忙活，只好带着遗憾，走进译林的历史。

重译《圣经》固然未获成功，但译林也做成了另一件大事，就是成功出版了中文、阿拉伯文对照的《古兰经》。

1989年1月，原籍南京的美籍华人仝道章先生找到我，说他有一部中阿文对照的《古兰经》译稿，问我们能不能出版。通常情况下，我们是不敢接的。不过，那时正好我们在忙活申报重译《圣经》，我想到，若能"两经"都重译出版，那可是新建译林社的创举。随后我了解到，国内《古兰经》虽有马坚的中译本，但尚无中阿双语对照本。经请示上级同意，并经过一年多的努力，译林版《古兰经》中阿文对照本，终于出版上市了。

译林社重译"两经"闯空白，有败有成，这既是历史，也是经验。

硬骨头《尤利西斯》的出版

译林社1990年率先翻译出版法国极负盛誉的文学名著《追忆似水年华》，获得双效俱佳的效果之后，我就把目标瞄准现代世界名著《尤利西斯》。有关出版该书的报道已经很多了，我无意重复。本书只转载一篇出版同行的旁观介绍。

《尤利西斯》中文版的背后推手

李　昕

（原北京三联书店总编辑）

提起《尤利西斯》中文版，不能不提及它的策划人李景端先生。李先生曾长期担任译林出版社社长。在译介出版外国文学名著

《尤利西斯》研讨会

方面，居功至伟。当编辑少不了激情。激情有时候表现为一种执着，由爱而生的一种执着，有好书，想方设法一定要出版，百折不回。这里有个很典型的例子，就是李景端先生出版《尤利西斯》。

爱尔兰作家乔伊斯的小说《尤利西斯》，因为书中涉及两性关系的艺术描写，被英美一些观念守旧的人认为是淫书，曾多年被禁。后来平反解禁，国际学术界还给了它很高的正面评价，称之为现代意识流小说开山之作，乔伊斯甚至被誉为20世纪最伟大的英语作家。可是此书从1922年在法国出版以来，直到九十年代中国都没有翻译。李景端认为这样一部重要世界文学名著，应该有中译本。1988年他听人民文学出版社副总编秦顺新说，老翻译家金隄有意翻译这本书，但要用10年工夫。李景端觉得翻译10年太慢，他要提前出。

他知道这本书很难译，因为它采用意识流的手法，晦涩难懂，被称为"天书"，没有相当深厚的语言和文学功力，是译不好的。他开始在翻译界名流里找，一一诚意约请，先后找了王佐良、周珏良、赵萝蕤、杨岂深、冯亦代、施咸荣、董乐山、梅绍武、陆谷孙、叶君健等一大批译界名家，可是都被婉言谢绝。叶君健还说，中国只有钱锺书先生能译《尤利西斯》，因为汉语词汇不够用，钱先生能边译边造词。李景端也约请过钱先生，他回信很幽默，说："八十衰翁，再来自寻烦恼讨苦吃，那就仿佛别开生面的自杀了。"

没有人肯译，原因何在？太难译是第一个原因，第二个原因是这书有过那样的名声，名家没有人愿意趟浑水——哪个洁身自好的翻译家，愿意沾上一身腥呢？但是李景端先生不甘心，他又去找萧乾和文洁若夫妇。萧乾先生是大翻译家，文洁若也是文坛知名的翻译家，萧乾还研究过意识流文学，李景端当然打定主意想把萧乾拉进来。但萧乾先生年龄大，而且手头要做的事很多，肯定不愿意卷入。于是，李景端采取的策略是，先把文洁若拖进来，再把萧乾拉下水。

他先说通文洁若，并跟她签了合同，说明此书是文洁若译、萧乾只是校。合同签下来后，翻译工作就上了马。李景端明白，让文洁若有困难就去找萧乾，萧乾肯定会帮忙，因为他们是夫妻。后来果然需要萧乾帮忙的地方太多了，夫妻俩实际上变成合译。就这样，李景端的策略成功了，他终于把萧乾拉了进来，"连骗带哄"地让他也成了译者，保证了翻译质量。

随后李景端又多方托人，在国外找了30多种《尤利西斯》的参考书，包括对《尤利西斯》的评论、乔伊斯传记、都柏林地图等交给萧乾夫妇，帮助他们在书中加入6000多条、大约十万字的注释，使翻译工作做得非常严谨。同时组织专家包括萧乾本人写文章，为《尤利西斯》正名造势，强调它不是淫书，而是文学成就很高的作品。最后，这本书只用四年时间就出版了，出版以后反响非常大，四次印刷超过20万册，成了畅销书，还获得国家图书奖的提名奖。

《尤利西斯》的出版和畅销，是中国当代出版史上的一个成功案例。这本书的成功靠什么？靠的是李景端先生的执着，或者说是编辑的激情。因为做编辑工作和别的职业不一样，这个职业特别需要激情。

（载武汉《长江日报》2016年11月15日）

外国文学学术建设

译林社在介绍外国通俗文学的同时，也十分注重出版外国文学学术图书，有些甚至不惜亏本出版。例如早在对外开放初期，我们就分国别翻译出版了英国、美国、法国、苏联及阿拉伯文学词典，接着出版的有：《1949年后外国文学作品出版目录》《20世纪外国文学大词典》《英国诗史》《英美荒诞派戏剧研究》《翻译学概论》《文学翻译批评研究》《日本近代文学思想史》等等。其中最值得一提的，就是策划编写《20世纪外国文学史》。该书一改传统按国别写史的方法，改为按不同时期，纵向分析世界各国文学的发展。因为具有创新意义，所以被列入中国社科院"十二五重点科研规划"，出版后深受好评，荣获国家和地方多项优秀图书奖，为译林社赢得了荣誉。我虽然因为退休没有参与到底，但我策划出版了这个选题，并参与了它前期的许多工作，这都成为我出版生涯中难忘的记忆。

爱尔兰驻华大使多兰（中）和谢宏（左）

做英语教辅，壮大经济实力

建设译林版图书品牌，初见成效，但全社经济实力依然薄弱。那么，增收的出路在哪里？这时我想到，译林靠翻译起家，具有英语作者资源的优势。眼看做教材教辅出版的都很红火，我们也应该涉足英语教材这个领域。于是，约请南京师大和苏州大学的英语教师，编写出初一英语课本，经送审通过，并说通南通市采用。同时，我们还会同教育部门，开发初中英语教辅读物，尽管品种很少，但对改善社里经济状况的贡献不小。

建社后译林版好书越来越多，自然令人兴奋，但也要承认，有些书"叫好不叫座"，所以要想加快壮大全社经济实力，在现实出版环境下，必须争抢教育图书这块"蛋糕"。为此，我决定充实英语教材的编辑力量，扩大对译林版英语教材的宣传力度，力争使其增量、配套、系列化。我在卸任社长兼总编职务时，还一再叮嘱我的继任者，务必牢牢抓住英语课本和教辅的出版。

经过多年的努力，如今译林版英语教材，在完成初中三个年级编写与出版的基础上，又与香港牛津出版社合作，推出译林版牛津小学英语，覆盖从一年级到六年级的全套课本。这套课本相对更符合江苏省英语教学的要求，推广后很受英语教师欢迎。接着社里又约请南京大学外国语学院多位英语教授，比较其他课本的优劣，编写出与译林版初中英语课本相衔接的高中英语课本，成功实现译林版英语教材，从初小到高中的系列化，同时还出版与课本配套的教辅读物和音像制品。目前译林版中小学英语课本，不仅在江苏全省覆盖使用，还有部分省外学校也加入了使用队伍。随着数字出版和多媒体的发展，译林社又注重开发识图、有声、动漫式等数字化英语教育类产品，并延伸英语培训。我欣喜地看到，译林版英语教材，在推陈出新的道路上不断前进，成为支撑和壮大译林社经济的重要来源。

勤搞活动，增强社会影响力

我是半路出家搞出版，在文艺、翻译、出版界人脉又少。为了扩大《译林》影响，也为了多结交一些不同层次的朋友，所以我一开始就抱着不避麻烦、多搞活动的思想。先后举办了英语和日语翻译比赛；召开座谈会为查良铮（穆旦）学术平反；劝说戈宝权先生向江苏捐赠藏书，并设立"戈宝权文学翻译奖"。除此以外，还抓住机会，组织多种形式的聚会，交流信息，积累人气。用时髦的话来说，就是活跃公关，注重感情投资。在八九十年代，仅我在职期间，《译林》杂志和译林社，每年至少都要举办或合办一项活动。

时间	地点	活动
1980年	无锡	《钟山》《译林》创刊作者座谈会
1981年	扬州	《译林》编委扩大会
1982年	连云港	《钟山》《译林》作者译者联谊会
1983年	苏州	英语翻译比赛决审暨《译林》编委扩大会

续表

时间	地点	活动
1984年	无锡	翻译出版信息交流会
1985年	南京	承办全国美国文学研究会年会
		《译林》创刊15周年纪念会
1986年	杭州	《译林》中青年译者笔会
	镇江	承办文化部出版局召开的翻译出版座谈会
1987年	南京	岛崎藤村翻译和阅读奖颁奖会暨岛崎作品研讨会
	成都	与川大合办外国现代小说创作技巧讨论会
1988年	南京	译林版外国名家诗歌推介会
		戈宝权荣获苏联国家勋章祝贺会
	北京	穆旦学术讨论会
1989年	珠海	成立外国文学出版研究会筹备会议
1990年	南京	《古兰经》出版座谈会
		首届戈宝权文学翻译奖颁奖会暨《译林》笔会
	北京	与《中国新闻出版报》联合举办外国通俗文学座谈会
1991年	北京	与民革中央合办《中华之光》出版座谈会
		《追忆似水年华》和普鲁斯特学术讨论会
	南京	表彰6种译林版全国获奖图书大会
1992年	南京	欢迎日本翻译家访华团与在宁日语译者座谈会
1993年	南京	与纽约大苹果版权代理公司签约现场录像,供中央电视台播映
1994年	南京	译林版《尤利西斯》上卷出版发布会
1995年	南京	文洁若签售《尤利西斯》
	上海	萧乾、文洁若签售《尤利西斯》暨读者见面会

续表

时间	地点	活动
1995年	北京	举办"乔伊斯与《尤利西斯》国际研讨会"
	黄山	译林译者黄山笔会

举办这么多的活动,当然要付出精力和财力。但是,的确达到了多交朋友和宣传译林的目的。这样做,再麻烦也值得。再说到同行关系。人们常说同行是冤家,其实我觉得,同行之间既是竞争者,又应该是合作伙伴。为了提升译林社的声誉,我一直乐意为同行做点服务,我有两件事受到同行欢迎。

一是倡议成立外国文学出版行业社团。我首先向两位老大哥——人民文学出版社和上海译文出版社领导汇报请教,得到赞同,又征询湖南、广东、广西、浙江等文艺出版社,也获得支持。于是,我起草章程,正式向中国出版工作者协会申请成立"外国文学出版研究会"。经过多方联络筹备,1990年7月,在桂林召开全国外国文学出版工作会议之际,研究会正式宣布成立。人民文学出版社副总编秦顺新当选为会长,我被推举为副会长兼任秘书长,秘书处设在译林社。这个社团不收会费,办公费用全由译林社负担,不仅开展行业交流活动,还组团赴日本与美国参访。我退休后因被社里返聘,所以还继续留任秘书长,直到2008年研究会被并入"中国版协文艺出版委员会"为止。二是受新闻出版署委托,研究会承办了六

与萧乾夫妇在《尤利西斯》上海读者见面会上

届"全国优秀外国文学图书奖"评奖活动,使许多优秀的译作、敬业的译者和辛勤的责编,有更多受表彰的机会。译林社在上述活动中的付出,受到了中国版协及业内人士的好评,在行业中的声望,也因此提升。

积极为行业服务这种观念,在我卸任退休后还依然保存。影响较大的,就属我策划、组织的对"开放翻译家"的宣传。

改革开放初期,袁可嘉、董乐山等一批思想敏锐的翻译家,积极译介当今世界的新思潮,特别是西方流行的文学流派,对推动思想界的对外开放起了积极作用,我把这些人称之为"开放翻译家",并觉得有必要宣传弘扬他们的事迹。

随后我与《中华读书报》总编辑庄建女士合作,在该报开设介绍"开放翻译家"专栏。我负责选人物、定流派、组稿和初期编辑,再送报社终审定稿。自2005年2月16日起,至8月3日结束,在历时近半年的时间里,"人物谱"专栏,介绍了董乐山、施咸荣、梅绍武、傅惟慈、袁可嘉、柳鸣九、郭宏安、叶廷芳、刘习良、吕同六等10位不同语种的翻译家。"流派走廊"专栏,则介绍了意识流、黑色幽默、荒诞派戏剧、先锋派、新小说、存在主义、超现实主义、魔幻现实主义、日本推理小说、当代西方女性文学等10种文学流派与文学现象。专栏开办时,我发表了导言《开放翻译家:一项思想文化资源》,专栏结束时,又发表了结束语《翻译也要重视导向》。上述两个专栏的文章,很受读者的关注,为我国当代外国文学翻译出版史,增添了有价值的史料,我也为自己从中略尽微力而感到欣慰。

出版界『译林现象』

李景端新书讨论会

大步改革，转型成功

我在社长任内，曾经企图创建一所附属于译林外围的版权代理机构，并表示译林社愿意作为"股份制出版社"的试点。但因有悖于当时的政策，这两项改革设想，均被否定。受制于主客观因素的局限，我坦承，在我主持全社工作期间，除了奖金分配上有点小改革之外，全社还是照老机制在运作，所以尽管事业也有发展，毕竟只是小步慢跑。译林社的迅速腾飞，显然得益于近些年出版业转型改革这一大环境。

如今译林社的领导团队，思想解放，适应市场经济，从体制、机制到运作模式，都勇于迈出改革的大步，在出版品牌、内容创新、资源聚合、文化影响、营销能力等多方面，都有新的突破，取得转型的可喜成绩。主要体现在以下六个方面。

一、指导思想上，坚守政治担当和文化责任感，把好出版导向，坚持出版创新，持续强化译林品牌影响力。抓住纸质出版和数字出版两翼，加大优质资源的集聚力度，在积极传播文化科学知识的同时，实现国有资产持续保值增值。

二、在保持译林文学名著市场优势的同时，丰富选题结构，突出重点产品线，打造出多个新品牌系列。如"人文与社会译丛"，起初毫无影响，也不盈利。他们并不放弃，本着书目更精、译文更优的目标，持之以恒，至今已出书上百种，引进了一大批外国新潮的学术专著，在理论研究界有很好的口碑，成为译林版双效书的又一品牌。又如"传记译林"，因为译林买版权有优势，所以推出的人物传记，既有外国政要，也有球星明星，还有商界大伽，充分具有"独家报道"的优势，销路都很好。近些年，开发以吴念真、格非作品为代表的华语原创文学产品线，也受到好评。

三、利用资本力量，做好内容产业链的延伸拓展。近些年发挥内容资源优势，开发衍生产品，注重立体出版。以饶雪漫品牌为核心的青春图书系列，4年中有多种当年销量都在10万册以上。投资出品的电影《左耳》，票房近5亿，取得当年江苏出产电影最高票房的好成绩。打造"凤凰机器人"素质教育培训项目的成功，已引起资本市场的关注。江苏译林教育管理咨询公司，还被江苏省委宣传部、科技厅、文化厅、新闻出版广电局，共同评定为"江苏省重点文化科技企业"。

四、落实组织裂变，优化运营机制。针对行业市场的变化，结合自身业务发展需要，对机构设置进行重大调整。改变了以往单一的出版图书编辑室运作模式，建立两分社（基础教育分社、期刊分社）五中心（文学出版中心、人文社科出版中心、新知出版中心、文博出版中心、上海出版中心）的新结构，有效推进了各个图书品种板块的专业化和精细化运作。

五、发扬"工匠精神"，提高出版质量。以制度落实精益求精的传统。一方面完善《书稿审校制度》《图书质量管理规程》《审读工作管理办法》等条例，构建多级印前审读的质量保障体系，优化《精品出版项目绩效考核办法》等奖励激励机制；另一方面强化编辑人员素质的提高，建立新老编辑"一对一编辑导师制"，抓好编辑尤其是青年编辑的技能培训。

六、充分运用互联网等新媒体，构建译林官网、微博、微信、豆瓣、译林贴吧、译林淘宝旗舰店等新媒体平台,加强相互间的联动。目前译林官方微博,是国内出版机构中粉丝数突破100万的惟一官微。译林微信公众号(yilinpress),正成为精品优质阅读号的一个品牌,2016年成功入选首届"大众喜爱的50个阅读微信公众号"。通过上述这些改革措施,为可持续发展,奠定了坚实的基础。

全国文艺社七连冠

1989年译林社建社头一年，仅实现利润4.89万元，人均创利只有3000元。2015年译林社盈利4800余万元，人均创利高达36万元。建社26年，全社盈利增长一千倍，年均增长40倍。据《2015年新闻出版产业分析报告》数据统计，按照主营业收入、资产总额、所有者权益、利润总额等基本指标对出版社综合实力进行评分，译林社连续7年位列全国文艺出版社第1名，在全国556家出版社中位居第35位，在257家地方出版社中位居第12位。2016年全社盈利过亿元，又创历史新高。在当前图书市场不景气，不少出版社经营均现困难的环境下，译林社何以会异军突起，超越多家老牌文艺大社，实现业绩增长七连冠？仅凭我作为"译林人"一员的肤浅观察，大致有以下几点原因。

一是，《译林》杂志带来的品牌效应。"译林"这两个字，在不少人心目中，已成为一种优质翻译的符号。买翻译书，尤其是文学类翻译书，译林版几乎成为众多翻译粉丝的首选。

二是，选题结构不断更新，不啃老本，永远紧跟潮流出新。眼看市场上外国文学名著滥印饱和，绝不会只吊在这一棵老树上，必须不断优化选题结构。于是，在保住并发展外国文学名著这一块同时，着力开发人文社科、政要名人传记、连环漫画、儿童文学、青少年科普、华语原创、数字出版等集群，激活新的经济增长点。译林开辟新领域，不搞浅尝即止，不图一时之功，坚持在新园地精耕细作，好书做久了，必有回报。

三是，每年都要推出几本畅销书。像《朗读者》《少年Pi的奇幻漂流》《这些人，那些事》《芒果街上的小屋》《火星救援》等等。其中《查令十字街84号》，仅上市半年就销出70余万册。最近又推出经过重新修订和装帧，两千套限量精装典藏本《莎士比亚全集》，发行不到一个月就脱销。这些译林版年度畅销书，既增加了销售码洋，又在市场上积聚人气，带动了译林版其他图书的销售。

四是，综合整合和充分使用资源，加大研发投入，积极利用新媒体、新技术，深度开发英语教育产品集群，确保赢利能力和品牌知名度。初中英语教材教辅，本是译林社创收的重要支柱。他们不满足啃这个老本，主动与香港牛津出版社合作，发挥双方品牌优势。现在译林版英语教材，已经从小学一年级做到高中，其使用率，不仅覆盖江苏全省，而且走向省外。他们还研发并上线同英语学习紧密关联的数字化学习产品，打造"凤凰机器人"素质教育培训项目。附设的江苏译林教育管理咨询公司，已被省多家主管部门，共同评定为"江苏省重点文化科技企业"。

五是，及时研判市场动态，注重图书营销和渠道建设。加强线上网店与线下地面店的互动协作，运用微博、微信等新媒体开展多渠道营销，把发行渠道分细、选精、做优，建立渠道竞争优势，完善少印、勤添、快回款、减库存的营销流程，实现读者号召力向实际购买力的转变，进一步实现营销精细化。

所有这些，都成为译林社腾飞的助推因素。显示在出版改革转型的道路上，又前进了一大步。

"译林现象"的形成

1998年我在重庆出版社出版的《波涛上的足迹》书中,介绍了《译林》杂志及译林出版社发展的经历后,译界中一些《译林》的朋友,在议论时觉得《译林》走过的道路,颇带有传奇色彩。从一本外行办的翻译杂志,发展成为全国知名的专业翻译出版社,还创造出了好多项"首创"的记录。为此,有教授把它归结为"译林现象",还在报上发表了他对"译林现象"的理解。

据我同译界和出版界朋友接触中了解到,他们提出"译林现象"这一命题,是希望人们关注和研究下列这些问题的答案:

——一本地方新创杂志,在"心有余悸"年代,何以甘冒风险,带头引进西方当代通俗文学?更何以敢于向权威挑战?

——局限刊登译作的《译林》杂志,何以会演变成全国知名的文艺出版社?

——八十年代最多时有30多种外国文学类刊物,后来却大批停办,何以惟独《译林》能坚持三十多年,而且衍生出的出版社更红火?

——防止外来文化糟粕渗透，贵在选择。译林如何做到导向不偏，拒"黑"远"黄"，连续被评为先进？

——《译林》拥有的人力物力资源，并不占优势，竞争中何以会超越同行，跃居文艺类出版之首位？

——京沪无疑是翻译出版的老大哥，外国文学出版社团，何以会由译林来发起，而且秘书处还设在译林？

——像《追忆似水年华》《尤利西斯》《蒙田随笔》这些极负盛名的巨著，何以竟会由译林社来填补翻译空白？

——李景端本是文艺圈无名之辈，何以能请到那么多一流专家当《译林》编委，凭什么竟能结识不同行业那么多名流大腕？

——李景端作为一名42岁才进出版界的外行，何以在如此短暂时间内成为翻译出版知名的行家？

类似的问题还不止这些。我不知道提出这些问题的朋友自己怎么想。但我知道，《译林》多年所经历的正反两方面实践，应该可以给予回答。而这个答案，也许就是"译林现象"形成的历史和它的内涵。

赵德明（北京大学西语系教授）：

把李景端和译林现象联系在一起，要追溯到《译林》杂志问世。《译林》突出的特色表现在，敢冲破禁区，把眼睛盯向面向世界文学的窗口。1978年前后，在改革开放的准备阶段，由于极"左"的影响，刊物在外国文学方面有很多禁区，但李景端创办《译林》杂志的时候，就打破了这个禁区。

他首先在杂志上刊登侦探小说，当时侦探小说在外国文学领域被看作格调低下。这类作品刊登后，立刻引起了当时有的老先生的非议。但他的行为是很了不起的勇敢，一种严峻的空气冲破，总要有勇敢分子的，他就是这种人。

随着改革开放的深度扩大，李景端一直在学习、创新，敢于涉足别人未涉足的领域，可以说他是一个弄潮儿。《译林》对外国文学的各种题材都进行了涉猎,并持之以恒;同时他保持了清醒。如出版界有一阵子只追求新,忘了经典,但他这时就出经典,让人眼睛一亮。退休后,他还参加了很多公益性的社会活动,并爱打抱不平。

概括起来,他的精神在于:敢于争先,敢于冲破条条框框说真话;他除了是个勇敢分子之外,还有正气。每个行业可能出现弄潮儿,但这些人分很多层次:有的勇敢而不清醒,有的是为了钱,有人敢干却没有远见;可他,个人素质全面,是在时代大潮中玩水的人。

译林现象,是改革开放大潮的复杂变化在外国文学出版领域的折射。他的经历也有起有落,但他对遇到问题,不是就此害怕,关门止步,而是沉着思考,拐弯前进,执着而进取。从编辑方针来讲,他能在整体框架下听取专家意见,并做出独立判断,然后坚定干下去;如果错了,就会及时调整。同时他在把握出版社与读者之间的关系方面,处理得相当成功。他心里有读者,获得了他们的信赖、支持和反馈。

(载《中国图书商报》2006年9月22日,记者晓任整理。)

李景端出版理念研讨会

　　2006年我出版第3本散文集《如沐清风——与名家面对面》时，该书出版单位天津百花文艺出版社，计划联合中国版协外国文学出版研究会、《中华读书报》和《中国图书商报》，在北京共同举办"李景端新书及出版理念讨论会"。我觉得我在北京搞这样的活动，有必要向我的组织报备一下，就写信向凤凰出版集团董事长谭跃汇报。没想到几天后谭跃同志给我打电话，说举办这项活动很好，但应该由凤凰出版集团来主办。有他这么支持，我自然高兴。

　　于是当年9月16日，由凤凰出版传媒集团主办，译林出版社、百花文艺出版社、《中华读书报》《中国图书商报》协办的"李景端新书及出版理念讨论会"，在北京凤凰台饭店举办。这本新书，记录了我与数十位文坛名家交往的经历，也见证了《译林》杂志从1979年创刊，到发展为一家专业翻译出版社，再打造出一个翻译出版品牌的经历。凤凰出版传媒集团总经理陈海燕，以及译林出版社社长顾爱彬，专程从南京到北京出席会议并讲话。那天到会的来宾还有：

　　全国人大常委会副秘书长乔晓阳，国家版权局原副局长沈仁

李景端新书讨论会

干，《人民日报》原副总编辑谢宏，中宣部出版局局长张小影、原局长许力以，外文出版局副局长黄友义，中央编译局原副局长尹承东，新闻出版总署图书司副司长马国仓，中国人民大学副校长杨慧林，中国版协常务副主席杨德炎，国际文化交流中心秘书长卢红生，团中央光华科技基金会祕书长任晋阳，以及出版、翻译和评论界知名人士沈昌文、管士光、吴元迈、陆建德、白烨、文洁若、屠珍等60余人。

会上宣读了季羡林先生的书面发言，他强调出版人是神圣高尚的职业，并肯定译林对翻译出版事业的贡献。与会人的发言，除了回顾与我的交往外，大多围绕"译林现象"开展讨论。认为当年同《译林》的竞争者，现仅有《译林》发行量仍居同类期刊的首位，译林社也成为一个有影响的品牌。联系李景端的书，回顾译林发展的历程，从中发现一些值得传承的经验，对出版界来说，显然是很有意义的。

《中华读书报》及《中国图书商报》，均以整版篇幅，报道了这次研讨会的发言。其中译林社顾爱彬社长对李景端出版理念的介绍，因已见报特从略。本书仅介绍陈海燕同志的发言。

李景端是"译林现象"的人格代表

陈海燕

（江苏出版总社社长、凤凰出版传媒集团总经理）

译林从一本杂志，发展为一家专业翻译出版社，并成为翻译出版的一个品牌，这条路是怎么走过来的？北大赵德明教授称之为"翻译出版界的译林现象"，李景端就是"译林现象"的人格代表，这个现象又是怎么出现的？我认为，这首先是得益于改革开放以来，我国出版业迅速发展的大环境；其次是各界对译林的支持；此外，也有译林自身的因素。

首先，"译林现象"来源于对外开放，又促进了对外开放。

"文革"以前，地方出版社很少出翻译书。自从党提出对外开放，特别是1978年长沙出版工作会议提出，地方出版要突破"地方化"，这给了当时的江苏出版人极大的鼓舞。经过论证，决定创办《译林》外国文学期刊。当时的宗旨和目标很明确，就是"打开窗口，了解世界"，"立足江苏，面向全国"。办译林，正是适应对外开放的形势，面向全国，了解世界。正因为有了这个指导思想，通过李景端和译林人的努力，才产生了"译林现象"。译林社的成功之路，就是坚持了对外开放这个大方向。

27年来，译林的成绩可以列出很多，出好书，得大奖，培养了人才，经济实力壮大等。但它最大的贡献，应该是进一步促进了对外开放。这表现在推动了读书界特别是翻译界的思想解放。现在四五十岁的知识分子中，不少人还会记起当年阅读《译林》时那种欲罢不止的新鲜感。八十年代有一批翻译家，冲破思想束缚，积极译介西方现代文学流派，给文坛吹来一股新风，被誉为"开放翻译家"，他们中的许多人，有的就是译林传统的译者，有的则是经译林扶植走向译坛的。译林发展为专业翻译出版社之后，一直努力向外向型转化，不仅搞外译中，也搞中译外，近几年又与牛津大学出版社合作，出版国标中小学英语教材，反响、销路都很好。这一切都反映出，译林在促进对外开放上，正继续发挥出积极的作用。

其次，要牢记出版人是一种高尚和神圣的职业。

季羡林言"要做与高尚和神圣相称的出版人"，对此，我非常有同感。李景端以他对出版事业的高度责任感，为年轻一代出版人树立了榜样。二十多年前办《译林》，他敢于承担风险，大胆在健康的外国通俗文学领域中另辟蹊径，通俗读物泛滥之时，他没有随波逐流，而是去发展漫画，填补翻译空白，开发英语教材，后来又舍得花钱向外购买精品版权。他对出版事业的忠诚、热爱和责任感，让他总不愿跟风凑热闹，他总在思考，总在奔走，总在呼喊，他的热情努力有益事业、有益社会。在市场经济条件下，出版人有高尚和神圣的，也有唯利是图、不惜粗制滥造、甚至侵权造假的。这当中，就存在职业道德和思想境界的明显差别。从李景端的出版工作实践和出版理念中，人们可以得到启示：不论顺境逆境，也不论富社穷社，都要牢记出版人是一种高尚和神圣的职业，都必须把对出版事业的责任感放在一切考虑的首位。

第三，开拓创新，永远是繁荣出版的灵魂。

"译林现象"也好，"李景端出版理念"也好，其核心灵魂，就是开拓创新。作为精神产品的图书，内容是一本一个样。你不去更新，旧面孔就没人要；你不去开拓，就要受到市场的惩罚。所以，出版的繁荣，首先依赖知识更新的范围扩大，更新的速度加快，更新的形式多样化。有作为的出版人，必须认清、适应形势，主动介入创新的进程，并通过自己开拓性的工作，促进学术和创作也包括翻译的创新，实现出版真正的繁荣。李景端和译林社，用自己的实践，对上述这个道理做了实在的注释，又一次证明：开拓创新，永远是繁荣出版的灵魂。

从20世纪九十年代开始，历经十年时间的悄悄酝酿，中国书业似乎突然从文化出版时代一头撞进商业出版时代。其表征，就是由少数畅销书支撑整个零售市场的景象。全新的、陌生的时代环境，给出版人带来困惑乃至惶恐。如同地质年代的变迁造成物种危机一样，中国书业面临大分化、大动荡、大改组，这是源于出版大环境的根本性变迁。"雅"与"俗"，"寡"与"众"，这是当今出版人最难驾驭的范畴。有些书雅而寡和,有些书受众不少却失于媚俗。商业出版,亦称大众出版。译林走的大众出版—高端路线,即俗中求雅,雅不失众,把雅与俗结合起来。只有为数不多的出版机构较好地适应了商业出版时代,而李景端出版理念和"译林现象"也可以给我们带来启发。

(载《中国图书商报》2006年9月22日)

与卞之琳(中)、梅昭武(右二)在香港

编辑人脉是重要的出版资源

编辑如何交朋友

编辑人脉是重要的出版资源

  编辑策划选题，遴选作者译者，组织书评宣传等等，哪一样都必须广交朋友，及时获取有效信息，这本是当编辑的基本功。因为我是外行"半路出家"，有先天不足的自知之明，所以交友求师的愿望尤为迫切。在没有电子邮件和微信的年代，我上班时每天至少有三分之一时间，都用在写信或回信之上。如果说我在出版界多少有点成就，其中一个重要原因，就应归功于我善于主动而广泛交友。

  结识的朋友多了，不仅会弥补自己知识的缺陷，更会增添面对和克服困难的勇气和力量。曾有人问我，凭你这么一个无名之辈，怎么会结识这么多领导、学者和名人？对这一点，我确有自己的体会。

  首先，不怕冒昧要主动。这方面例子相当多。创办《译林》时，我从报上得知戈宝权是江苏人，就大胆去信，请求对家乡办刊给予帮助，后来与他交往密切。陈香梅这位大名人，我与她素不相识，也是从报上得知她有一些著作，就想争取要来出版，但又无从联系。正好又从报上看到，作家邓友梅访美会晤过陈香梅。于是我先主动去信邓友梅，打听陈香梅地址，再冒昧去信陈香梅介绍自己。因她的著作已在台湾出版，所以组稿未获成功，但却开启了我与她的交往。她的女儿玛丽，是位汉学家，主攻六朝历史，我在南京接待了她，帮她采购了一批有关六朝的书籍托运给她。陈香梅后来还为译林出版的《端纳在中国》一书题写了书名。

其次，会议交友要有心。参加各种会议，是交友好场所。如果只是关注会议内容，那就太错过机会了，必须学会做参会的有心人。每次与会，我都会关心了解与会人员，主动找话题交往。会上认识了，会后还要不断保持联系。如寄赠《译林》或新出的书，过年寄贺卡，到了对方所在地，不忘电话或走访叙叙友情，主动赞扬或评论一下对方的新作，等等。用心交友，诚恳待人，朋友圈才会不断扩大和巩固。我的朋友，大部分都是开会认识的。譬如在长春开会认识了文洁若，才会有后来与萧乾夫妇合作翻译出版《尤利西斯》那许多故事。

再次，结交高端朋友，既要仰视，也要学会平视。遇见著名专家，首先当然要尊敬请教，这一点人人都理解。但我又感觉，对名家仅是谦卑地仰望，显然不够。应该先对名家有所了解，做好功课，充实自己的知识，让名家感受到你和他在认识上有交流的空间，对某些话题可以进行坦诚对话，你才会受到他的关注，从而相对获得"平视"的资格，这时同高端人士交友的鸿沟，就能缩小以至消失了。我邀请北京大学著名教授杨周翰当《译林》编委的经过，就能说明这一点。

我先对他的基本情况和学术成就做了一番了解，看过他编的《欧洲文学史》，还知道他的夫人是我的福州老乡。第一次慕名去北大拜访，他显得冷淡，听说我的来意后没有表态。我就不谈《译林》的事，先聊他的《欧洲文学史》。我说："在广州的会上，您说我们过去编的外国文学史，受苏联'左'的思想影响很深，现在有必要重新删改，这个见解我很赞同。不过，苏联文学思潮对中国的影响存在已久，这是历史事实，编文学史恐怕也不宜将其简单删去，可否在引述那些不正确观点时，加上新的认识和批判，这样似乎更能如实和完整反映历史的进程。"也许他听了这话，觉得彼此还有共同语言，谈话气氛好了些，但对当编委还是没有表态，看得出他还需要考虑。

第二天下午再去的时候，杨先生像研究生答辩一样，一连问了

与许涤新（左）、戈宝权（右）合影

编辑人脉是重要的出版资源

我十几个问题。比如《译林》选材的标准、当代与古典的比重、如何看待西方现代派、东西方作品如何兼顾、评论占多大比重、对性和暴力的描写如何处理、译文质量如何把关、编委的职责，等等。幸好这类问题我们事先都做过研究，刊物大体都有自己的定位，于是我一一作了回答。杨先生听后迟疑了好一会儿，我真担心我的"口试"会不及格。不料他突然抬头，微笑着说："我正在编写外国文学史，以往都把侦探小说排除在外，但像美国爱伦·坡、英国柯南道尔写的侦探小说，拥有大量的读者，这个领域确实值得关注。"我接着进言，像《吕蓓卡》《飘》这样健康的通俗文学，是社会发展的存在，写文学史，恐怕也不宜把它忽略。尽管我说得冒失，也许他听出我对外国文学史，多少还能说出一些自己的观点，以至对我和《译林》的态度，明显热情了许多。最后终于答应说："好，我接受当《译林》的编委。以后可以从中多看到一些西方当代的通俗文学，这样也可以扩大研究文学史的视野。"听到这里，我才算松了一口气。经过这场"口试"，后来才引来我同杨先生更密切的交往。

最后一点，你自己要身正、敬业、业有所成，这样才能赢得朋友，特别是业内高层领导，对你的肯定与信赖。《译林》发展的成就，无疑是我得以广泛交友的有力资源。不少人是把《译林》与我联系在一起，他们看重的未必是我这个人，而是我身后的《译林》杂志和译林出版社。我显然是沾光了。

如何与出版高层交往

宋木文　原新闻出版署署长

1989年冬,宋木文同志来江苏考察,在出版界各部门负责人碰面会上,我就治理翻译图书被抄袭侵权现象,提出了一些意见,木文同志表示会重视研究。这是我与他的首次见面。真正同他接触较多,是在他担任中国版协主席以后。因为那时我实际负责中国版协外国文学出版研究会的工作,有多次机会同他一起开会。有一次会后聊天,他笑着对我说:"当初批准成立译林出版社,我投了赞成的一票,现在译林这么快发展,你得好好感谢我。"我答:"那当然。"眼看老署长能如此跟我说笑,跟首长之间的距离,一下子缩短了许多。

因为木文同志与江苏蒋迪安局长私交很好,木文同志退休后,每次我上北京,常打电话代蒋局长向他问好,还邀请他方便时来江苏看看,他表示有合适机会一定会去。2007年,外国文学出版研究会,会同南京大学新闻传播学院和浙江工商大学出版系,联合在杭州举办一次出版研讨会,我邀请木文同志到会做个讲座,他欣然同

与宋木文合影

意。那次由他的助手张守忠陪同前来，除开会外，还前往舟山朱家尖参观。一路上我担心老署长年迈有闪失，始终边相陪边闲聊，此行之后，感觉彼此更加熟悉了。

2008年12月下旬，我赴京出席"全国出版社评定等级评审会"。正逢"外国文学出版研究会"合并撤销，我特意宴请出版总署各位老领导，感谢他们多年来对研究会工作的支持。那天正好是圣诞节平安夜，宋木文、刘杲、杨收之、沈仁干、伍杰、管士光等多位都来了。我在会上打趣说，这是"庆祝"研究会的"散伙会"。木文同志立刻打断说："别说得那么悲壮！"其实那晚的气氛还是挺热闹的。管士光还有幸中了"平安夜"的一项不小的奖。

《出版史料》期刊刊号被挪用后，为了保住这本期刊，我同木文同志多次电话联系，得到他的积极支持。当我遇到困难无助时，他还从三亚给我来电话打气，还说："你已尽力了，实在保不住，那就让历史评说吧。"后来总算获批新刊号，并改刊名为《中国出版史研究》。木文同志高兴地投来了他关于古籍整理出版的一篇史料文章，以表示对创刊号的支持。

因为要参加总署召开的"经典中国国际出版工程"评委会，连续六年我年年都要上北京。每次到京，不是电话，就是上门，总要与木文同志联系。特别是看到他再婚之后，精神状态越来越好，内心十分高兴。有次在他家里，看到他的新夫人，帮他打字上网、收发邮件，忙前忙后，我笑着对他说："你夫人又顾家又当秘书，你的工资，至少要交一半给她。"他回答："不是一半，我全部给她。"看得出，那光景显得十分幸福。

谁也没料，木文同志会突然病倒。他住院期间，我还与他通过一次电话，知道他病情趋于稳定，已回到普通病房，一度颇感欣慰。但没过几天，噩耗还是传来了。我们尊敬的老署长、老朋友宋木文同志，永远地离开了我们。

于友先　原新闻出版总署署长

有一次，我去总署看望老朋友谢宏副署长，告别时他说，我带你去见见友先署长。这是我第一次同于署长会面。谈话中得知，他曾在中国社科院外国文学研究所当研究生，提起所里许多人，也都是我的熟人。这一层关系，拉近了我同他的距离。那天只是礼节性拜访，并没多谈。临走时我说了一句："您与外国文学有过缘分，以后希望对外国文学出版多给予支持。"他说："那当然。"

隔了一年，赶上研究会在北京举办"全国优秀外国文学图书奖"颁奖会。晚上宴请评委的地点，就在东四总署附近。评委会主任杨牧之提议，何不就近把友先署长也请来，大家当然赞成。没多久于署长就来了，谈起外国文学话题，他果然颇有兴趣。那几年很时兴席间唱卡拉OK，趁酒兴有人提议唱起来。自然是席上的女士先唱，轮到于署长时，他起初推却，但拗不过大家的催请，终于也唱了一首。我记不清唱什么，好像是苏联歌曲，但唱罢颇受大家赞赏，他自己也挺高兴。

2001年10月，我同于署长又在黄山全国出版研讨会上相逢。那时我正策划编写《新时期外国文学翻译史》，有意请他当主编。他说他虽然在外文所进修过，但毕竟不是外国文学专家。当主编就免了，但编写中如需查资料，他可以请总署版本图书馆给予协助。我说太好了。

在他卸任署长担任中国版协主席期间，我得知要撤并"外国文学出版研究委员会"，趁便去找过他申述理由，希望最好能保留这个行社团。他向我解释，这是民政部整顿社团的规定，版协领导层已做出决定，只能与文艺社团合并。不过，你们有活动，换个名称照样可以办。我明白，只有放弃了。

在为保住《出版史料》刊号被挪用那一场"博弈"中，有一次我在北京宴请出版界领导和前辈，寻求支持。于友先也来了。他帮我出主意：老刊号拿不回来，就再去重新申请一个新刊号。后来我就是这样做的。于友先同宋木文同住一个大院。有次我去拜望宋木文之后，顺道去于友先家造访。遗憾家里没人，没见着。近几年我少与他直接联系，但常从蒋迪安、张佩清同志那里得悉，友先同志健康平安，心里自然感到欣慰。

柳斌杰　原新闻出版总署署长

我与柳署长，只在四件事上有过交往。

第一件事。出版总署为推动我国图书"走出去"，从2009年起，专门组织实施"经典中国国际出版工程"。要求入选的图书，一是有丰富的中国文化内涵，二是外方已确定要购买我方版权。一旦入选，总署将与出版社签协议，由总署当年分三个等次向出版社拨款，资助该书翻译、印制和对外宣传的费用。如果输出任务没有完成，出版社必须退还这笔资助。因为每年都要精选给予资助的书目，总署对此十分慎重，设计了两轮评选的程序。首轮是邀请各行专业人士，对全国出版社申请的书目进行论证评选，一般通过率只有三分之一左右。第二轮再由相关部门领导和高校专家组成的正式评委会，对首轮论证通过的书目再作复议，最后投票表决。

我有幸既被邀参加首轮的论证会，又受聘担任第二轮正式评委会的评委。因为柳署长是评委会主任，所以他在任的后五年，每年我都会在评委会上与柳署长一起开会讨论。时间长了，也就熟悉了。有两次我发表的意见，还受到他的赞扬。

第二件事。《出版史料》期刊刊号被开明出版社挪作他用后，我以公民身份致信柳署长，要求恢复刊号，保住出版界这惟一的史料学术期刊。在众多老出版人的共同吁请下，柳署长很重视这件事，一面召集有关司局领导商议，一面责成他的秘书张德军，向我了解情况，征询意见。最终以重新批给一个新刊号，使这件事得到圆满解决。后来见到他，我当然诚恳表示感谢。

第三件事。我觉得出版人从来都是宣传他人，极少介绍自己，许多优秀出版人的先进事迹，长期被埋没。为此，我曾在报上发表《希望留住出版人的足迹》一文，吁请收集整理优秀出版家的史料。在一次"经典中国"评委会的间隙，我向柳署长陈述了上述吁请，希望得到他的支持。他表示会考虑研究。本以为他只是说说而已。没想到次年，我就收到人民出版社发来的邀请函，请我赴京参加编纂出版"中国出版家丛书"的编委会。开会那天看到，原来这个丛书编委会的主任，就是柳斌杰署长。我同他握手寒暄时，只对他说了一句话："您又为中国出版界，做了一件大好事。"

第四件事。国家决定用财政拨款，批量购买《新华字典》，免费发放给实施义务教育的学生。《新华字典》本是商务印书馆多年拥有的品牌工具书，发放给学生的，理应是这本书。可是经央视报道，湖北省有出版社，竟滥编私印冒牌的《新华字典》，刻意压低成本，从中套占国家购买书款的差额。眼看这些出版人竟要赚小学生的钱，实在昧了良心。为此我在报上发表了《假冒〈新华字典〉无异毒奶粉》一文，谴责这种恶劣行径。同时我想到，这种现象或许不止湖北这一家。于是我给那时已调任全国人大常委会科教文委员会的柳斌杰主任去信，要求人大常委会，有必要促请财政部，就全国采购《新华字典》的专款，组织一次全面审计，杜绝类似的流失或缩水。不久张秘书复信说收到了，我也不再多问。

刘杲　原新闻出版署副署长

我与刘杲同志认识最早、交往最多、友谊最深。他既是我的老领导，又是知心的老朋友。

1986年春，出版高层正在草拟一份准备向中央报告的《加强外国文学出版的领导》文件，需要找几家出版社开会征询意见。出版局的于庆林处长打电话给我，要《译林》承办这次小规模座谈会。我欣然接受，并选在镇江开会。那次与会的只有人文社、上海译文社、译林、花城文艺、吉林人民和社科院外文所这几家。当年刘杲同志是作为文化部出版局副局长身份到会。这是我初次与他相识。

刘杲在会上的讲话，条理清晰，逻辑严谨，给我的印象很深。毕竟他是领导，一开始我还不敢跟他多说话，只在一起讨论，一同游览镇江、扬州。因他要经南京飞回北京，由我负责专程陪送，并在南京安排宾馆中转休息。机场告别时他对我说："这一路你的服务很周到，现在你的任务完成了。"得到赞扬，心里挺高兴。

有了镇江的相识，这以后同他的联系就多了。译林建社、成立行业社团，我都找过他。有一年他来南京调研，想听听翻译界的意

与刘杲

见，我就在玄武湖一处会所，邀请一些译者与他座谈，正好戈宝权在南京，那天戈老也来了。座谈会开得很好，刘杲很满意。

1990年秋天，国家出版局在桂林召开"外国文学出版工作会议"，刘杲的报告，分析透彻，讲到要害，完全是内行专业人士的见解，我听了十分佩服。我国加入国际版权公约后，我向他提出，想办个属于译林社外围的版权代理机构。他说现行政策不允许，叫我别急。他退休后，我还不断保持与他的联系。我出书，他帮我作序。他早就会用电脑，使用互联网的技术比我高很多，所以我同他的通信联络更多更便捷了。

2000年6月6日，他来信说：

> 5月16日信早收到，家事缠身，回复太迟，想能见谅。戈老仙逝，举国痛惜。他在文化上特别是在中俄文化交流上的建树永存人间。有幸在玄武湖畔座谈一次，他的风度和睿智令人折服。提案的答复有意思①，事情'需中央决定'大概是对的。关键是谁写报告请'中央决定'。现在，想提出问题的无权向中央写报告，有权向中央写报告的又不肯提出问题。这岂不是一条死胡同？《足迹》②得到好评说明还有很多人在关心出版事业的发展，这是好消息。出版事业现在很难。除了你说的'减负'，所得税返还停止之外，政企分开、组建集团、加入世贸、企业入网，等等，都是大问题，人们议论纷纷，莫衷一是。真不知如何是好。

2001年12月25日，他又给我来信说：

---

① 我曾以梅绍武、刘杲等多位全国政协委员的名义，代拟了一份关于加强翻译工作领导的提案。政协大会提案组交给国务院新闻办研办。后该办答复说，提案内容超越本办职责范围，需中央决定。

② 指我出版的《波涛上的足迹》一书。

读了你在《光明日报》上发表的文章①，我完全同意你的意见。我想到前几天朱总理在总署视察时说的一句话：如果不讲社会主义，市场经济就是唯利是图。你揭露的翻译质量低劣的形形色色，都离不开唯利是图从中作怪。不过像中央编译出版社、中国文学出版社都出这样洋相，真叫人不知说什么好了。就出版社而言，至少有一点儿失控，就是没有请既精通外语又精通专业的专家校阅译文。若从出版管理衡量，恐怕不少笑话都出在卖书号上。一旦堕落到卖书号的地步，还讲什么图书质量。出版管理机关对编校差错的处罚有严格规定。不知对翻译差错有无类似规定。我看应该有。舆论监督、思想教育是必要的，但是仅此不够，还得严格执法。中央提出，依法治国和以德治国相结合，只有这样，才可能见效。

出版改革难度很大，众说纷纭在所难免。当谁也不能说服谁的时候，只有等待实践的检验了。实践的检验当然是可以指望的。只可惜难免延长时间、增加代价。为什么上下左右沟通这么难呢？真是无可奈何。

你有作为，令我羡慕。望更进一步。

刘杲才华出众，待人真诚，在出版界口碑极好。有桩事尤其令人尊敬，那就是他对病妻尽心尽责的无怨态度。在他夫人长期生病期间，因为凡事她只认刘杲一个人，使得刘杲好多年寸步不离照顾病妻，以至回绝了社会上几乎所有的邀请活动。夫人去世后，他一直怀念亡妻，郁郁寡欢，曾在博客上写了两首对亡妻的悼诗：

2011年9月5日　　　老伴冥寿

纸灰清泪小松林，失伴鸳鸯何处寻。世事纷繁谁共语，只灯孤影晓星沉。

---

① 指我2001年12月13日在《光明日报》发表的《翻译读物质量亟待提高》一文。

2011年9月30日　　　结褵五十四周年祭亡妻

青春结褵笼祥云，垂暮相扶我失君。何事共生不共死，年年今日泪纷纷。

目睹刘杲晚年生活孤单寂寞，我曾多次劝他续弦，还用宋木文再婚后精神愉悦的事实激励他。但他始终不为所动，坦承对亡妻难以忘怀。从上述两首悼诗中，我相信刘杲说的是真心话。历经这么多年同刘杲频繁的交往，如今我已可以称呼他"老刘"，显见我们已成为可以说知心话的好朋友了。

谢宏　原新闻出版总署副署长
后任《人民日报》副总编辑

1990年我在《中国新闻出版报》上，看到有一整版文学界讨论中国通俗文学的报道，心想接着组织一版讨论外国通俗文学，岂不很有意义。我找到时任该报总编辑的谢宏，他非常赞同，商定两家联办，双方分别出面请人，费用则由译林社承担。

当年9月，借用中国记协俱乐部的会场，国内首次举办的"外国通俗文学研讨会"开场了。新闻出版署副署长刘杲，中宣部文艺局副局长李准，社科院外文所副所长吕同六，中国作协创作研究部副主任顾骧，《人民日报》文艺部主任丁振海，《文艺报》副主编吴泰昌，《求是》文教部主任李下，北大国际政治系主任龚文庠，以及著名学者和评论家叶君健、冯亦代、施咸荣、梅绍武、文洁若、李文俊、林一安、白烨等约50人到场。讨论会由谢宏与我共同主持，会期一天，中午还有简餐招待。几天后，《中国新闻出版报》整版报道了这次讨论会的发言摘要，在学术界反响很好。这样一次会议的合作，使我与谢宏成了要好的朋友。

大概也是缘分，我们两人见面虽不多，但很谈得来。他的夫人冯抗胜，出身军人家庭，童年曾在南京军区的宿舍度过。联系多了，我同她，甚至他们上大学的儿子也变得熟悉了。他上调任总署副署长后，分管报刊与外事，译林社好几次涉外事务遇到问题，都得到他及时的指导和帮助。2006年在京举办"李景端出版理念讨论会"时，虽然他已调离出版界，但仍应邀前来参加。2007年我又邀请他，参加在杭州举办的一次有关出版与传播的研讨会，他来了。老友重聚，显得格外高兴。

有一年我上北京，他特意约我去他家小坐。他住在高干住宅，同杨汝岱、阿沛·阿旺晋美等领导人是邻居，所以警卫森严，进门挺周折的。中午他们夫妻与我在附近饭馆吃饭，老谢告诉我，儿子"猛子"已成家搬走，小孙子每周来爷爷家一次，还说巴不得孙子天天来。这种"含饴弄孙"的心情我非常理解，因为我自己也是这样。近几年他身体欠佳，但每逢年节，我都会打电话向他表示问候。

杨牧之　原新闻出版总署副署长
　　　　后任中国出版集团总裁

　　杨牧之同志出任新闻出版署图书司司长时，因工作关系我就同他相识。1990年在桂林参加"外国文学出版工作会议"期间，我与他有了更多的接触，1991年，他在北戴河主持首届"全国优秀外国文学图书奖"的初评与终评，两度与他一起开会讨论，彼此更熟悉了。后来的历届评奖，杨牧之都是评委会主任，他对这个奖，确实很支持。因为我们研究会没有收入，尽管不发奖金，但每届评奖的初评和复评过程，包括开会经费、评委劳务费等，也还是要花点钱。为这事，我曾向杨牧之求助。他说，署里肯定没钱拨给你，实在没别的办法，那你们对报来的参评书，每本可小额收点审读费吧。就他这一句话，把我们评奖的难题马上解决了。

　　有一次杨牧之见到我说："海外有位翻译家，写有一本《翻译学概论》，早年曾在台湾出版过，现在作了修订，想在大陆出版。

与杨牧之（中）

译林看看是否合适出版。"我说："行呀，请他把书稿寄给我。"不久书稿寄来了。我看后觉得，虽然书中使用的汉语，难免带有海外作者常见的那种"古板腔"，但就翻译学的观点而言，还是严谨并富有见解的。大陆这种专著还少见，有出版价值。有一次去图书司办事，顺便告诉杨牧之，译林同意接受出版《翻译学概论》。他只笑答："那好。"后来与寇晓伟处长闲聊时，他问我："你知道老杨那本书稿的作者是谁吗？"我说不知道。寇说："他是老杨的老丈人。"我有点惊讶，但明白杨牧之有意不讲明的考虑。事后证明这确是一本好书，因为它荣获了"全国优秀外国文学图书奖"的二等奖。

2013年，经过我的多方努力，由《出版史料》期刊易名新生的《中国出版史研究》的新刊号，终于批准下来了。主办单位中华书局总编顾青告诉我，他们有意请杨牧之当主编，我听了十分赞成。过了几个月，我在一次同杨牧之通电话中说，由他来当主编太好了。他说，这只是顾青随便一说，又没有正式聘书，当不当我还在考虑。我一听有点急了，连忙告诉顾青，赶快抓住老杨落实，尽快送聘书去，免得夜长梦多，发生变卦。2014年5月底，《中国出版史研究》季刊首次编委会在北京召开，主编杨牧之到会主持，我作为编委之一也参加了。经过这么多年，又能为了这本刊物，有机会与杨牧之同志合作，自然十分高兴。

老杨有件事令我十分敬佩。他是学古籍出身，却承担了组织外文本《大中华文库》的出版工程。这套书就是要把中国古典精华如《史记》等已有的外文本，收集整理或组织新译，成系列地对外输出。这是一项浩大工程，老杨找过我征询意见，我表示译林愿意承担其中一些书目的出版。2014年这套书在无锡召开编写工作会议，老杨特意要我参加。得悉此套书已出版了上百种，除英文本外，正考虑出法文、西文本。对这项成就，我真又惊讶又敬佩。

2017年夏天，我建议老杨把出版《大中华文库》的经过和经验，写篇文章交《出版史研究》发表，他谦逊地拒绝说："自吹自擂没意思。"后来我又向中华书局总编顾青提议，请他派人去采访杨牧之，一定要把这项出版史料记载保存下来。

桂晓风　原新闻出版总署副署长

桂晓风同志担任副署长期间，因他分管扫黄打非，所以工作上很少接触。直到他卸职改任中国编辑学会会长之后，我才同他有了交往。

2008年冬的某一天北京来电，通知我赴京参加评定全国出版社等级的会议。这项评定工作，是出版总署委托中国编辑学会、中国版协科技出版委员会和教育部教育科研中心等三家单位，作为中介机构来完成。中国编辑学会，负责社科、文艺和城市类出版社的评定。这几类出版社，数量大，情况复杂，评定的工作量和难度都很大。

桂晓风身为会长，无疑承担着这一大摊评定工作的重担。我分工参加评定文艺出版社这一组。在一次汇报会上，我提了几个问题，桂晓风都作了回答，并因此认识了我。随后的小组会上，我同他也有过几次交谈。觉得他思想敏捷，工作抓得相当细致，印象很好。

从2009年起，桂晓风又受出版总署委托，负责"经典中国国际出版工程"的书目评选工作。我也受邀参与评选，于是连续六年，年年都要赴京，同桂晓风一起开会评选，有一年还评选了两次。有一届"出版政府奖"，他与我都是评委，两人又碰在一起开会。这一连串不断相聚，大大增进了他与我的相互了解。每次他主持会议，对会务工作要求极高，会务组人员天天开夜车，已成常规。他自己也常是边乘电梯，边看文件。所以我曾打趣称他为"拼命三郎"。

这以后，他来南京，我去北京，时常联系，又多次一起参加宴会，彼此成了熟友。新近他又同我互加了微信，及时了解动向，得知他去南疆游览，一路拍回许多美照，显示心情很好。我看了，也为他高兴。

沈仁干 国家版权局原副局长

早在80年代初，沈仁干还是国家出版局普通科员时，我们就相识了。起初他来江苏了解外国历史、外国地理那两套书的出版进度，对国外出版的情况比较关心和了解，这可能也成为他后来涉足国际版权领域的一个因素。

我国加入国际版权公约以后，为译林社对外买版权事宜，我曾多次向他咨询请教。那时外汇管制很严，买版权使用外汇，要申请批准。为这事我曾向他建议，可否制订一项"版权专用外汇管理办法"。对译林这样专业翻译出版社，要拨给专用外汇指标，对抄袭侵权、滥出翻译书的出版社，要扣减外汇定额。他说可以研究，但一时还难以实现。

为了宣传和普及版权知识，增强出版社领导和编辑的版权观念，我趁举办"外国文学出版研究会"年会之际，两次邀请沈仁干，到大连和海口做版权讲座。那时他已是国家版权局副局长，公务肯定繁忙，但还肯屈尊，到我们这种小行业的集会上做报告。我想，我和他毕竟是熟人，这恐怕也是一个因素吧。

我退休后，替冰心、季羡林等15位翻译家，打赢了一场揭露剽窃的维权官司，在社会上颇受关注。胜诉后，为了总结经验，扩大效应，我在北京大学组织了一场翻译维权座谈会。到会的除了沈仁

与黄友义（左）、沈仁干（右二）和张小影（右一）

干之外，还有外文出版局副局长黄友义、中央编译局副局长尹承东、全国人大常委会法工委的一位处长、季羡林的秘书李玉浩，以及译界教授陶洁、吴岳添等多人。大家都肯定打赢这场维权官司的积极示范意义，沈仁干还要我写篇报道，准备在《中国版权》期刊上发表。

有一次沈仁干来江苏公干。江苏省出版局在宴请他时，他特意要求把我接去一起用餐。对他不忘我这个老朋友，我自然感激在心。前几年听说他不幸中风，我很牵挂，多次电话询问，得知治疗及时，锻炼见效。在此，祝愿老友早日康复。

黄友义　外文出版局原副局长

我同外文出版局早就有缘分。"文革"后复建的外文局局长罗俊，是1957年我在中华全国供销合作总社时的同事。当时他是财务司司长，我在科研所工作，曾一起出差过。80年代时的段连城局长，我曾同他一起参加香港大学举办的"当代翻译研讨会"。早期外文局所办的内刊《编译参考》主编殷书训，更是《译林》初期的合作伙伴。黄友义虽是外宣系统的领导，但因他还是中国译协常务副主席、中国国际出版集团总裁,兼跨外文与出版两行,同我的职业重叠,所以算是我的双同行。在他担任外文出版社总编辑时,我虽见过他一次,但并不熟悉。真正开始互相交往,是在他升任外文出版局副局长之后。

1999年,在北京召开"全国优秀外国文学图书奖"评委会,因为这个奖,不仅要评外国文学类图书,还承担了有关翻译学术著作的评审,所以评委会主任杨牧之推荐,请黄友义同志加入评委会,我当然十分欢迎。开会期间,老黄虽然比我年轻许多,但我们很谈得来,许多问题都有共识。由于他的参与,几本涉及翻译理论书的评审,较顺利地完成了。尽管只是几天相处,但他给我留下了很好的印象。

2001年我替季羡林等名家,打赢了被剽窃的维权官司,在北大召开翻译维权座谈会,译界、版权界领导沈仁干、黄友义、尹承东,翻译家吴岳添、陶洁等,以及全国人大常委会法工委处长等都到会了。他们的发言,一致肯定这次不惜麻烦,勇于上法庭维权的效果。黄友义表示,中国译协正考虑参照中国作协的做法,也在译协成立一个维权委员会,我对此极力赞同。会后老黄带着玩笑味问我:"你现在退休了,你来帮这个委员会怎么样?"我在南京,又老了,怎么能干这个差事。只笑答:"我帮不上什么忙,但我会关心和支持的。"

后来,我陪香港翻译学会会长金圣华去拜访过他;在北京举办"李景端新书及出版理念讨论会"时,他到会做了热情发言;我两次出席"全国译代会"时,他都同我交谈如何加强翻译工作的问题。有一次我问他,现在批准成立"中国翻译研究院",你们的人力和财力该有增加吧?他摇头答:"没有呐!"是呀,喊了多年希望设立"国家翻译奖"和翻译质量鉴定机构,一直未见落实。看来,对翻译工作的重视,还有待进一步加强。

未能实现的梦想更是智慧的反映
黄友义

李景端先生是优秀的出版人,他的与众不同,体现在他创办《译林》杂志,进而创建译林出版社,也体现在他"退休了也没闲着"的老黄牛精神。如果一段时间没有看到他关于出版或翻译的文章,似乎就缺少了什么。

他的与众不同,还体现在中学没读完,竟上了四所大学,后来从中央的机关干部到地方机关秘书,最终踏进出版行业的不寻常经历。至今他老骥伏枥,是翻译出版界的知名人物,他这几十年经历,真可谓波澜壮阔!

他在翻译出版的探索中,有成功,有事不如愿,也有过想到了却做不到的遗憾。可贵的是,即使这些未成功的探索,也同样展现了他的智慧,反映了他的追求。出于客观等多种原因,有些事未能实现,这不代表他不努力,而是说明他的某些想法,往往比别人想得早,看得远。对此,我就亲历过两件事。

一是,他较早就筹划出版中国文学作品的对外翻译出版。对外介绍中国的文学,包括古代经典和当代作品,不仅是几代翻译出版家的追求,也是中国政府的计划工程。早在20世纪50年代,我国就创办了英法文版《中国文学》杂志。到了60年代,外文局又进一步制定了规模化翻译出版中国文学作品的计划。80年代又在《中国文学》杂志基础上,扩建了中国文学出版社,形成外文出版社和中国文学出版社比翼齐飞的局面。从70年代开始,四大名著、鲁迅选集、明清小说等数百部中国作品,逐步翻译出版对外发行。以叶君健、杨宪益等为代表的老一代翻译家,为此付出了巨大的心血。

不过,把这与广泛引进外国文学相比,差距当然很大。就在这样的背景下,大概是在90年代初,有一天李景端突然来到外文局。我是在外文出版社自己办公室里接待老李的。此前,他已经拜访了许多老资格对外翻译出版专家,包括杨宪益夫妇。

当时他50多岁,翻译出版业务炉火纯青,把译林办得风生水起，办事风风火火，说话语速极快，感染力极强。我30多岁，当社领导没多久，见到他就是见到了老师。老李说明了打算进入对外翻译出版领域的设想，考虑系统地翻译出版中国文学作品，把更多的中国文学著作推往国外，并且以商量的口气说，虽然外文出版社已经出版了杨宪益的《红楼梦》英文精装版，他是否可以出版其他形式的版本。

　　了解到老李的抱负，我和我的同事精神上为之一振，感到当前中国文学的对外翻译不是多而是太少，现在译林有意加入进来，我们不再孤军奋战。然而，我们心里也有一丝担心，在国内外能把中国文学翻译好的译者就那么多，译林的参与，必然导致跟外文社争译者、争市场的情况。

　　老李走后，我们外文社的领导专门开会研究。当时对外出版面临许多困难，包括资金的缺乏和市场的压缩，尤其是当时有一种潮流，强调对外翻译出版要赚钱，这明显不符合实际。在这种背景下，外文出版社只能把非常有限的资金用在最急迫的时政类图书的翻译出版上，每年能够出版的文学作品很有限。与外文社不同，译林的中文出版物在国内有巨大的市场，故不愁资金。现在他们加入到文学对外出版里来，对国家、对作者都是好事，应该站到国家的角度予以欢迎和支持。

　　然而，译林后来没有像我预期的那样，连续不断地推出中国文学著作的外文版，似乎老李的宏大规划并没有实现。我们单位自己的对外文学出版没有做强，老李那里也没有做大，遗憾的是，我们一直没有找到合适的机会一探究竟。

　　一晃将近30年过去了。《中国文学》杂志当年在困境中关闭了，近几年中国作协的英文文学刊物《路灯》创办了。越来越多的出版社在从事对外翻译出版，还有许多中国作品，被海外出版社翻译成外文出版发行。

　　当年老李想做的事没做成，今天却有这么多人为"走出去"在努力，这表明他当年的判断与设想是对的。近来，他又不断撰文为"走出去"建言，强调不但"走出去"，还要力争"走进去"，主张以包容态度对待不同译法，允许各行其道，让读者选择，促使外国读者更好听懂和喜欢中国故事。这些见解，都值得人们重视和研究。

二是，2005年中国译协经过竞争，击败阿根廷，承办2008年在上海举办的第18届世界翻译大会。这将是第一次在我国召开的国际翻译界大会，意义重大，但筹备工作困难也很多。我作为筹委会秘书长，要为举办主论坛和分论坛筹集资金。

2007年，筹备工作进入紧锣密鼓阶段。有一天老李突然找到我，提出了一个令人拍案叫好的建议：请10位中外作家和10位翻译家同堂对话。这既能吸引作家和译者的关注，更能为中国文学的国际化搭建一个平台，无疑是好主意。对我来说，请来20位国内外著名作家和翻译家，需要一定的费用。在赞赏他的高见同时，我提出能否帮助筹集赞助。热情的老李，此时虽然已经退出了领导岗位，但仍然答应为中国翻译协会牵线。于是，在他的帮助下，我们到了南京，面见凤凰出版集团领导层，介绍计划，申请赞助。虽然集团领导表示这是一个好的点子，但是与当时他们的业务有一定距离。因此，中国译协没有拿到凤凰集团的赞助，这个分论坛也就胎死腹中。

然而，老李的设想，如今在更大范围，更高层次得以实现。仅中国作协举办的中国文学翻译论坛，已经举办过三届。在这些论坛上，中国著名作家铁凝、莫言、何建明、李洱、李敬泽、余华、刘震云等，与来自各国的中国文学翻译大家，共同探讨如何把更多的文学作品介绍给国际读者。文化部搭建了中国文化译研网，利用这个平台，网上网下组织外国汉学家从事文学作品的翻译。国务院新闻办、国家新闻出版广电总局等部门，都实施了政府的对外文学翻译出版项目。当年，老李推动我想做而没有做成的事情，现在已经实现机制化了。看着发展的大好局面，回想老李当年的前瞻性建议，不能不对老李更加敬重三分。

（载《中华读书报》2017年11月1日）

许力以　中宣部出版局原局长

1979年初夏，我在青岛参加《汉语大词典》编写工作会议。

会议临结束前两天，预定做总结的国家出版局局长陈翰伯同志突患中风，副局长许力以次日从北京赶来代替作总结报告。那天晚上他找了几个"省词办"的人到他房间开小会，会议很短，他只要求大家谈谈当前编写工作中存在的最大困难。有的讲领导关系不明确，有的说经费不到位，我主要反映编写队伍不稳定。散会时他要我留下，又详细问了江苏编写人员的现状及问题。没想到在大会总结时，他对稳定和建设编写队伍问题讲了很多话。没多久，国家出版局和教育部，又就参加编写词典教师的福利待遇和评定职称等具体事宜做出相应规定，使得编写队伍很快稳定下来。那年是我第一次接触许力以，他那种抓关键、快落实的工作作风，才认识就给我留下了很深的印象。此后随着接触的增多，我发现他对党的对外开放方针，观察敏锐，落实坚定。这一点，我首先从他对待翻译出版的态度切身感受到。

1983年夏，他与刘杲同志等人来镇江主持召开"外国文学出版调查会"。在一周的相处中，他先是向我谈了他对1979年《译林》创刊号，因刊登《尼罗河上的惨案》被一位权威无端"告状"一事的看法。大意是，禁锢封闭这么多年，中国人对西方社会现实很不了解，能出国看看的毕竟是少数，通过文学作品来认识当今的外国，这对改革开放有好处，所以翻译出版有很重要作用。

我当然很感激他对基层出版的爱护，随后听了他更多的谈话，感到那更是基于他对翻译出版工作的远见卓识。从他的谈话中我得知，早在1980年，他领导的中宣部出版局，就向中央提交了"关于翻译出版外国学术著作情况和意见的报告"，要求翻译出版从柏拉图、亚里士多德以来的古典学术名著，还要有选择地翻译出版国际共产主义运动和西方资产阶级学者的著作。

当时我听了极为振奋。要知道1983年夏天，那可是刚经历过"清除精神污染"没多久，不少人也包括我，对介绍西方文化，确实有种"难测风险，心存戒心"的顾虑，而许力以却不避风险，从坚持对外开放的高度，来倡导和推进翻译出版外国文化工作。这套外国学术著作，后来虽只翻译出版了64种，但事实证明，这项举措及其产生的影响，对那时学术界及出版界的思想解放，无疑起了有力的推动作用。

1988年我为成立译林出版社之事上许力以家拜访，他听了我关于建社的设想后，谈了许多很好的意见，还特别叮嘱我两点：一是现在翻译出版外国作品，过多考虑经济利益。国家批准成立译林出版社，不是指望你去赚钱，而是要求把外国的好东西介绍进来，把中国的文化传出去。现在中国在世界上的话语权很有限，你们在中译外方面要多下点功夫。二是他正在组织起草著作权法，翻译出版离不开版权，你们要及早熟悉国际版权贸易。后来我把"出版外文图书及学习外文的读物"列为译林出版社出书范围的首项，并在我国加入世界版权公约后，就积极主动向外买版权，这显然得益于许力以敏锐眼光的指导。

2000年，我向许力以提议，由他领导的"中国版协对外合作出版委员会"，与我负责的"外国文学出版研究委员会"联合举办一次开拓对外出版的研讨会，他表示赞成，后来双方合作在海南办成了。他因体弱没有与会，但听汇报知道讨论会开得很成功，甚为高兴。对我说，以后我们两家多合作。万没想到，这句话尚未实现，他就辞世了，但我会永远敬仰和怀念许力以这位出版界的老领导。

邬书林　原新闻出版广电总局副局长

1983年我在承办镇江外国文学出版调查会时，随同许力以同志到会的，有位青年小伙子，他就是南京大学经济系毕业、刚到中宣部工作不久的邬书林。他为人热情，常主动帮助打理会务。因他是镇江本地人，所以安排参观镇江名胜时，他还参谋出主意。打此认识他以后，我到北京出差时，多次与他电话联系。有次去中宣部办事，他非常热情接待我。通过他的介绍，我还认识了他的年轻同事、现担任中国文联书记处书记的郭运德。

这以后，他回镇江，有时路过南京也会来看我，我知道他在中宣部升任了处长。有一年我在北京东单市政协会所，邀请出版署一些老友吃饭。那天到场的有刘杲、许力以、谢宏、杨牧之、张小影、寇晓伟、于青等人，邬书林骑着自行车也来了。好多位都说，虽在北京，平常各人忙各人的，难得这样聚会。这次老李做东，有机会让大家重聚，感到十分高兴。我还记得那天邬书林在席上说，他每月上网的开支，多达上千元，还讲了网上许多新鲜事。那时我们不少人对上网还很陌生，足见邬书林对吸收新生事物，确实很敏锐。

镇江开会之后，我一直给邬书林寄赠《译林》。特别是有一阵，他在部里分管期刊工作，所以我有时也会向他了解对《译林》的看法。后来他又升职了，担任中宣部副秘书长兼改革办主任。正好我要在清西陵举办选题策划与出版改革的研讨会，便邀请他到会讲讲出版改革问题。那天他用数据分析了中国与主要大国出版业发展的比较，谈了他对出版改革的一些看法，不少新观点，对听众很有启发。临走时，我要付给他讲课费，他笑答："我不收钱，但你要给我的司机。"

2006年初夏，凤凰出版集团旗下北京凤凰台饭店开业暨集团北京办事处挂牌举行的晚宴上，我举杯对邬书林说："小邬，老朋友敬你一杯。"一旁的董事长谭跃说："你怎么可以叫署长小邬。"邬书林说："别人不可以，但老李可以。我认识他的时候，确实是小邬。"因为他是"经典中国"评委会副主任，所以那几年，我年年都会同他在会上相见。有一次他来南京参加全国少儿出版会议，中午宴请时，他特意通知我也去参加。他退休后，我们还保持着邮电联系。

阎晓宏　原新闻出版广电总局副局长　国家版权局副局长

1995年春，译林社在京举办"乔伊斯与《尤利西斯》国际研讨会"，新闻出版署图书司副司长阎晓宏和文艺处处长寇晓伟两人到会。那时阎晓宏年纪很轻，人很随和，虽然初次见面，但毫无"官腔"。随后因工作上的事，到署里找过他几次，都得到热情接待。几年后，他调任总署办公厅主任，彼此联系少了，直到他升任国家版权局副局长，接触的机会又多了。

2003年在长沙举办"优秀外国文学图书奖"颁奖会,按惯例事先都会发函邀请出版署的领导到会颁奖和指导。本来署里商定,由版协副主席伍杰和图书司于青处长代表署里到会,这个规格已很不错。不料开会前一天,突然得知阎晓宏同志当天下午要来参会。我们既高兴,又有点意外。连忙通知湖南省出版局安排好接待。我问于青怎么来得这么突然,她说也不知道。

下午阎晓宏到了后才告诉我们,他事先也没有来的计划,是早上上班,斌杰署长对他说:"明天长沙有个外国文学出版的会,你去一趟,讲讲对外买版权,出版社之间不要哄抬版税,版权交易要重视章法。"所以他很快就上机场赶来了。当天晚上我向他汇报了会议内容及筹备工作,他说你们照原定计划开会,明天我到会发言后,下午就回北京。后来于青对我开玩笑说,出版系统举办行业会议,署里从来没有同时派出3个人到会,只有你们外国文学这次会议有这个待遇,可见你们受到多么的重视。我说这是我的运气好啊!

前几年国家版权局出台了"稿酬的新标准",翻译稿费从千字80元,提高到100至300元,但基数仍比原创低100元。我觉得翻译是一种再创作,其稿酬应该与原创持平,不应再人为拉低。于是在报上发表了一篇《新稿酬标准叫好又失望》文章,为翻译稿酬低于原创鸣不平。因与阎晓宏熟悉,我就把拙文复印后寄给他。我知道这种呼吁不会有下文,只想表达一下个人意见而已。

今年春天,突然接到梅兰芳儿媳、梅绍武遗孀屠珍教授来电话,说有梅兰芳纪念馆的工作人员,将馆内藏画,私自拿出去出版画册,而且署自己名字收藏。她认为这是明显盗印侵权,托我引荐她向出版总局领导反映,要求进行查处。我想到版权问题归阎晓宏管,就打电话向他反映这件事。他约请屠珍来总局面谈。那天屠珍应约去了,事后她给我来电话,说阎晓宏态度十分热情,还对屠珍说:"老社长介绍来的,我们会重视处理。"电话中,屠珍没忘对我说了一句玩笑话:"你的面子够大,连局长都亲自给我倒水呀!"

吴尚之　原新闻出版广电总局副局长

在出版总署，我同许多部门有过联系，也认识许多人，其中接触最多、最熟悉的人，除了于青，就算吴尚之了。他起初是在图书司文艺处，因为我负责举办外国文学图书评奖，同老吴自然就熟了。他岁数不大，但办事很严谨，哪怕是细节，也要求循规到位，不容马虎。有一次开评奖的评委会，评委都是熟人，而且参加过多次，所以开会的会场，除了茶水之外，我就省略了布置。吴尚之一看说不行，请来的都是学者专家，会场没有丝毫表现，这是对人家的不尊重，应该赶快布置起来。

于是我连忙派人去借红幅，上街买笔墨纸张，凭我不像样的书法，连夜赶写赶制好开会的红布横幅。事情虽小，但使我领略了吴尚之办事认真的作风，所以后来几届办会，我就没有再出现同样的错。老吴办事认真，但性格随和，与人很好相处。有一届评奖工作完成后，大家放松小聚。席中随兴唱歌，吴尚之并不推辞，痛快地高歌一曲。他那相当气派的男声独唱，音调音色都十分到位，大伙儿顿时简直被歌声"镇"住了，没想到他还有这样一手。只可惜我只听到这一次，但吴尚之的歌唱得好，后来还是在朋友间传开了。

吴尚之当了司长后，有次到上海参加外国文学奖的颁奖仪式。他身份变了，但还跟以往未升官以前一样，同我们交谈说笑。开会前晚他来到我的房间，突然问我："契诃夫的诃，应读he，还是ke？"我说我们读he。这种小节，他也不耻下问，再次表明他处事的一丝不苟。

为参加"经典中国"和"中国出版家丛书"这两项评审活动，前些年我与吴尚之会面的机会很多。我知道他一度调去音像司不久，又调回图书司，还知道他三次被派去中央党校学习。于是有次对他半开玩笑地说："领导这么使用和培养你，看来你要升官了。"他回答说："升什么官，再过几年，我就要退休了。"当我得知他提升为总局副局长之后，曾打电话问他："现在我该怎么称呼你，是叫局长，还是叫老吴？"他连忙说："老朋友了，还是叫老吴吧。"

怎样赢得大家名家的信任

在我的编辑生涯中，曾与众多学者与名人有过交往。其中与冰心、钱锺书、杨绛、萧乾、季羡林、杨宪益、戈宝权、卞之琳、叶君健、冯亦代、陈原、周煦良、陈岱孙、潘光旦、马约翰、戴乃迭、吴富恒、王佐良、叶水夫、董乐山、施咸荣、梅绍武、袁可嘉、王蒙、刘白羽、文洁若、黄宗英、陈香梅、龙应台、余光中、白先勇、聂华苓、董鼎山、夏志清、金圣华、林青霞等一大批名家交往的故事，我在百花文艺出版社2006年出版的《如沐清风》，以及2017年在商务印书馆出版的《风疾偏爱逆风行》这两本书中，先后都作过介绍，所以无意再重复。本书只想叙述上列名家中尚未讲完的事，以及我同更多名家及作者的交往中，令人难忘的新故事。

初次披露的钱锺书中英文信件

我在此前出版的书中，曾经披露过钱锺书先生写给我的一些信,但有几封,碍于信中涉及到几位外国文学研究界权威人士,而他又曾嘱咐我不宜外传,所以我一直没有公布。如今当事前辈及杨绛先生均已辞世,我自己也已届耄耋之年,为了反映历史真实,供后人评说,我决定公布这些信件。

这些信反映出,钱锺书先生同常人一样,也有他的情感喜厌。当年,他思想开放,熟悉世界文化动向,对外文所所长冯至先生和副所长陈冰夷先生的保守思想十分反感,尤其对他们依仗权威,上书高层,打压新生的《译林》及外国通俗文学的做法深感不满,以至在信中,用了"大国霸权""开开洋荤""甜甜蜜蜜"之类的话来形容。这些信件,仿佛更丰富了钱锺书的形象。譬如,他也同情弱者,爱打抱不平;他机智、风趣,有时喜欢用幽默的谚语讽刺他人;他更有直率的性格,愿对知心朋友讲真心话。

钱锺书、冯至、陈冰夷等人,都是文坛前辈,都值得后人尊敬与怀念。披露这些信,只是为了回顾历史过程,还原大师们多彩的风貌,绝无不敬之意,对此,相信读者定会理解。

景端同志:

春节前得您来信,未复为歉。顷又奉到开会通知和您热烈邀请的信,我和杨绛都由衷感谢您、立人同志和高斯乡亲同志的盛意。扬州从未到过,无锡已四十余年未临,外加和您们来往快晤的机会,确使我们怦怦心动,"齐齐"脚痒(无锡乡谈"痒高高",高斯同志知道)。然而事与愿违,五月初已与拙作日译者夫妇约定来华商谈译文中疑难,未便爽约改期。只希望您三位公干来京时光临敝舍稍慰相念。专此致谢,并道歉憾之意。

　　即致　敬礼

锺书　上　杨绛同候
(1981年3月)

景端同志：

　　昨晚复一函，此刻想收到。午后得长途电话，既惊且叹，寻又哑然失笑。不料介绍外国文学办刊物，还有"大国霸权"的一套。然而真相毕露，岸然道貌和满面笑容都遮掩不住了。这倒也干脆，以后大家不用假惺惺敷衍。编委的好些都是挂空名不干实事的（和我们一样），但又喜欢游山玩水、白吃白住（我们还不至于那样），甚至拖妻携子，借公济私。所以少些人出席也未尝不是好事，省些招待费。退一步想吧！贺信草就附呈，有针对性，想替你说话，只是人微言轻。如认为不妥，扔字纸篓中可也。匆忙中写就，不及誊清。恕草。

　　即致　敬礼

锺书　上
（1981年4月）

景端同志：

　　今天上午在鲁迅纪念会筹备会（我是被邀去凑数的）上，遇见宝权同志，知道你已和他联系，并收到我的信了。回家奉到来信，并送我们精美的书籍，感谢，感谢！"贺信"承你们三位认为可用，我有考试及格的感觉。我的用意是拥护《译林》的方针，而让那些研究外国文学的"权威"开开"洋荤"，知道有一门新学问——"文艺社会学"。这门学问特别重视通俗"畅销"作品等"次等文学"（Sub-literature）作为"社会镜子"的反映作用和现实意义，是在德、法、美三国兴盛的研究。《译林》对克里斯蒂、杜穆里埃之类不排除，正是既合世界潮流又开中国风气，顶刮刮的好事。但这种话不能直说，只能迂回出之。真是"笑啼俱不敢，方识做人难！"一笑。我对"权威"没有你那样的勇敢直率，老而世故，思之自惭。

　　半月前有新加坡作家惠临，转述一位连明君问候之意,据说迮君曾在《南洋日报》上发表评论拙作的文章。后得此文,分上下篇,两期载毕。想非来信所讲的那"短文"。实不足道,你的罪名又添上"标榜"一款,又何苦来!手边刚有资料一份,附寄上供谈助,阅后撕毁可也。《红楼梦》日译者松枝茂夫君下周来华,函约遇访。又须陪(赔)半天或两个半天了。

　　草此即致　敬礼!

锺书　上　杨绛同候
（1981年4月）

景端同志:

　　得信,增添了我们的感愧。那对日本夫妇自沪杭宁(不知道是否也"烟花三月上扬州")漫游后来京,想不会再走回头路了。刚才京都大学小川环树(《中国文学报》主编)、多田道太郎两教授来访,小川后天到南京、苏州、上海讲学座谈,说不去扬州。鉴真的吸引力也许不像扬州人所夸说的。季康因我不出门,也就懒动。然而我们对您、对立人、高斯同志的委曲成全,衷心致谢。冯亦代、施咸荣同志前几天光临,我也分别托他们向你们代达我们的歉意。

　　专此复谢,即致　敬礼。

锺书　上　杨绛同候
（1981年5月）

景端同志:

　　今天才由美国所转来你春节前所寄《谚语词典》,并看到你的贺节短柬,谢谢!寄错了地址,耽误了两个月,我们只好向你补拜一个年。谚语所谓:"有心来拜年,端午也不晚"(《词典》未收,哈哈!)我们忙碌得很,我去冬为北大《国外文学》写了一个文章,有关介绍美国文学的历史,要到五月才出版,香港《抖擞》一月号已发表了,《新华文摘》也要刊载,向我索取了改定本。也许你会感到兴趣的。《围城》德文本已由波恩大学Monica Monsch 迻译将就,法文本也由两个法国人在合译,并闻(朋友间通此消息,万勿在刊物上公布)。

专此致谢,即问近好!

锺书 上　杨绛同候
(1982年4月)

景端同志:

得来信,甚为感动,尤其高兴的是:你收到那些稿子①时已早有同感。你是当家人,处理须讲策略,不比我们可以直说。我非常同情你的处境,对于我们那些"权威"愈加增鄙。有关的那两位的作风,你所素知,且曾借区区向外国人招摇,说和我有交情等等,不去提它了。本想早复,而因来宾颇多,不得已还要出去应酬几顿饭(第一次吃到捷克菜,大开口界,火腿奶油卷上撒芥末,尤属新奇),遂未即复。而今日得来信,知内人稿蒙采用,她嘱我代道谢意,照相请你从宽(最近美国人Ed,Gunn译了她的旧作剧本《风絮》,因她不供照相,不知他那里找到一张三十年前的照相,她大惭愧,怕人家说她充年轻)。我的那篇文章已在《新华文摘》上出现(校定本)。但原本单印本由港前日寄来二十份,附送一份作纪念。

匆布,即颂　编安

锺书 上　杨绛同候
(1982年6月)

---

① 《译林》1982年第2期刊登了吴晓铃先生的《四个朋友》一文,以及卞之琳先生的英诗译文一篇。钱先生看后,认为这两位"权威"都在文中自我吹嘘,批评我作为主编,应该善于把关。详情见拙著《风疾偏爱逆风行》第182页。此信是钱先生再提此事,对前信的批评有安抚之意。

景端同志：

　　上次得信并奉赠书，适敝院召开全国社会科学研究工作会议，我虽只出席大会三次，而来客颇多，因而搁起未能复谢。歉甚。今天又得来信，并立人同志赠书①，请代愚夫妇先向他道谢。我先仔细阅读，扬州一册可当卧游，无锡一册，聊慰乡思。

　　征文②的盛况和卞译的风波，良佑同志上周来长信都讲了（说着忽想起我还未写回信呢）。你们征文，我们"闭门家里，祸来天上"。国庆前有三批稍微认识的人，忽然带了他或她的儿子在晚上来，说孩子应贵刊征文，翻译中遇见好多困难，请求指教。有两次，我们夫妇恰好都有外事应酬不在家，他们坐着不走，只由我们的女儿对付，到我们近十点回家，还在纠缠呢。其中一个孩子简直程度低得可叹，而自信程度高得可笑，只想名利双收，不知天高地厚。你们害得我们好苦也！！！

　　卞译不出我所料，我也许是第一个敲响警钟的人。不学有术，有名无实的"权威"到处都是。你在历次"文学研究会"年会上就碰到不少。《外国语》如此处理，我认为很妥当③。孙④的刻毒，一半是故态，一半是宿怨，因曾遭排挤也。

　　抒情诗更在乎译笔。一个作家的抒情诗选终不免单调（莎士比亚、歌德等也不例外）。选译某一时代的抒情诗集（如17世纪英国抒情诗选，19世纪法国抒情诗选，德国浪漫主义抒情诗选，等等），似较妥。你还是集思广益，再定计划吧。

　　对Updike的吹捧，似乎超过了我所知的他在美国文坛的地位。这又是少见多怪的"一阵风"。只有多译出各个名家，

---

① 江苏人民出版社出版的《江苏旅游大观》，由钱锺书题词。
② 指《译林》举办的首届英语翻译征文比赛。
③ 指孙大雨投稿上海《外国语》杂志，批评卞之琳在《译林》发表的英诗中译，而该杂志未采用。
④ 指孙大雨。

使读者眼界较广，有所比较，天平才会稳定。只也由于大学里"研究"美国文学的学者的视界太狭，欠缺真鉴所致。

匆匆作复，不多写了。

即致　敬礼

　　　　　　　　　　　　　　　钟书　上　杨绛同问好

　　　　　　　　　　　　　　　　　　（1982年10月）

景端吾兄文几：

前奉贵刊厚酬，愚夫妇只有惭愧，正思函谢，又奉来书。具悉兄被围攻之窘状①，不胜同情。新闻访采者无孔亦钻，无人肯饶，弟之虚名，累兄为难，吾乡俗语所谓"带累乡邻吃官司"者，弟当向兄道歉也。《中国古典诗歌》一书，实不佳，咸荣与弟皆忍不住说长道短，不可为著者知，请别示高明，称得公断了（字迹不清）。

草复即颂　近祺

　　　　　　　　　　　　　弟　钟书　上　杨绛同候

　　　　　　　　　　　　　　　　　　（1983年1月）

景端同志：

来信使我毛骨悚然，汗流浃背②，只好和杨绛商量，详见她的信中。谚语所谓："家有贤妻，丈夫不闻祸"（惠赠《词典》亦未收，见《水浒传》）。你讲在苏州开会时所遭一段亲亲热热、甜甜蜜蜜情景，使我神往。美国俚

---

① 有记者问及英语翻译征文比赛情况，我谈了钱钟书先生的评语，引发多名记者的进一步追问。故他戏称我被"围攻"。

② 当年冯至先生上书胡乔木同志的"告状信"，就是由副所长陈冰夷先生执笔的，信中指责《译林》堕落、倒退，趋时媚世等语，以至被钱先生称为"凶凶狠狠、酸酸辣辣的态度"。可是，此时陈冰夷应邀参加《译林》在苏州召开的英语翻译比赛评委会及《译林》编委扩大会时，竟大改前态，说以前对《译林》不了解，盛赞《译林》做了很多有益工作，以后要加强合作，等等。这一巨变，引发钱钟书以"毛骨悚然，汗流浃背"来形容。还用了"亲亲热热、甜甜蜜蜜情景"来对比，由此凸显他爽朗风趣的性格。

语:"If You can't lick 'em, join 'em."(打他们不倒,就入他们的伙)。去年此时扬州盛会前的凶凶狠狠、酸酸辣辣的态度,我还能追忆一二。

我们联名表态写了信,就大大触犯了这个人,当然他只能肯后嘀咕。

匆复即致　敬礼

锺书 上

(1993年4月)

钱锺书书信手迹

景端同志：

　　来函敬悉。影词写得不好，为追求对偶平称，意思也不醒豁，但是一片心愿是真诚的。寄来宣纸，"贪污"了一张半，老吴同志走后（他匆匆立谈，因我正有客来），我才发现没有交回。谁知上周新加坡书家潘受先生要我为他的书法选集影签，寄来的一张纸写坏了，你寄来的余纸恰好用得着，怪不得人要"贪污"。

锺书　上　杨绛同候
（1983年1月）

景端兄：

　　献岁布新，祝身心愉适，译著丰富。顷奉来函，极感厚爱。愚夫妇老而愈懒，又不好社交，历年国内外此类会议邀请，皆敬谢不敏，今年已辞却重庆、武汉、日、意、美、法六处。在京之清华同学会、欧美同学会亦不参加，可以类推。南京颇有亲故，如舍弟钟韩、舍侄佼汝，来后必累其招待；无锡屡请我二人回乡一看，游览新市容，今春先叔叔母又将在镇山迁葬，倘到南京而不一过故里（惹起许多应酬），亦情理上说不通。因此干脆不为贵刊破例，省事省力，宁人宁己。务请鉴谅。去冬贵局筹备《白鹭》同志来函请我为"顾问"，即援贵刊挂贱名之例，我已坚拒，亦见"善门难开"也！一笑。

　　即致　敬礼

锺书　上　杨绛同候
（1983年2月）

景端同志：

　　前日复一信，想已达。今日又奉大函，受宠若惊。愚夫妇实因精力无多，尽量摆脱社会活动。院部对我极端体惜，不勉强我参加会议，甚至上次撒切尔夫人大宴，我荣被邀请，也和院部商量由另一位同志去参加了。贵刊征文是件大事,我若做些实际工作,实在力所不及;若专挂空名,既违背良心,也造成印象:我在外面满天飞而对本院事务毫不关心过问。并且,这种事都有"后遗症"。每次诺贝尔奖发表后,好多人写信给机关和裁判者私人,抗议或表示遗憾。我们若挂空名,落选的人一定会写信来自鸣

不平的。要求"清净",莫如"无为"。自私打算,向你坦白交代。歉甚!(翻译大会我们都未出席)

  即致 敬礼

钟书 上 杨绛同候
(1983年2月)

景端同志:

  近得李良佑同志信,知曾晤面。我因事冗客多,"避地"干活。北京成立翻译会,我们承各赠头衔,都没有去捧场,"轿子里跌出牌位来"(请查贵社《谚语词典》),呵呵!

钟书 上
(1983年3月)

景端同志:

  前复一函,想达。顷奉到惠寄年历,精美之至,感喜何极!首页沈铨《松鹤图》出于七十八岁老翁之手,而笔墨精致妥贴,不仅无一点衰溷,且秀润远胜少年人之作。观赏之余,使我辈七十翁姁既羡且愧。日来有中岛长文君来商订日译《围城》稿。匆此布谢。

  即致 敬礼

钟书 上 杨绛同候
(1983年12月)

贺 词

  "十年树木"是句老话。经过十年培植,《译林》不愧当初的定名,已蔚然成"林"。植树造林不仅需要选栽良材,还得勤于芟伐恶木。当《译林》十周纪念之际,我们谨向辛勤的"造林者"致敬,并预祝《译林》佳树葱茏,成为译坛的"绿化"范例。

钱锺书 杨绛
(1989年11月)

景端兄：

　　来函奉到，愚夫妇极感愧。老病之身，乏善足述。出版外语译本中国名著，计划很好，但实效恐有问题。贵社领导自有高瞻远瞩，非我所知。外国出版家大抵只出版本国语著作；只有官方文件，才有官方的外语译本。也许我见识浅狭，思想保守，你不必认真看待这些话。

　　承叶君健同志抬举，我惶恐万分。Ulysses 是不能用通常所谓的"翻译"来译的。假如我三四十岁，也许还可能（不很可能）不自量力，做些尝试；现在八十衰翁，再来自寻烦恼讨苦吃，那就仿佛别开生面的自杀了。

　　德译Ulysses 被认为最好，我十年前曾承西德朋友送一本，我略翻一下，但因我德语不精通，许多语言上的"等价交换"（equivalence，不扣住原文那个字的翻译，而求有同等俏皮eh.的效果），领略不来，就送给人了。金隄同志曾翻译一些章节，承他送给我，并说他是最早汉译Ulysses 的人；我一时虚荣心，忍不住告诉他我在《管锥编》395页早已"洋为中用"，把Ulysses 的一节来解释《史记》的一句了！告博一笑。

　　即致　敬礼
　　并祝　春祺

锺书　上　杨绛同候
（1991年2月）

　　新西兰奥克兰大学亚洲语言语文学系的D.M.坎贝尔先生，有意将钱锺书先生的《七缀集》翻译成英文。于是，在1987年和1988年，钱先生两次复信坎贝尔，告知有关翻译事宜。信件是钱先生手写的，从中不仅透露《七缀集》一书英译进展的细节，更初次展现钱先生优雅流畅的英文手迹，是难得见到的珍贵史料。

新西兰
奥克兰大学亚洲语言语文学系
D.M.坎贝尔先生

亲爱的坎贝尔先生：

11月26日大札收悉。自从收到你从奥克兰发出的信件以后，我一直盼望着与你会面，以表达对你打算做我作品译者的深深的感激之情。

近三个月以来我一直生病。10月，Barmé先生向我转交了Minford教授的信，内容涉及你的项目。但是我卧病在床，只得通过内人作一口头答复。大意是说《旧文四篇》已经被[另一本书所]取代；但是《七缀集》得待下一年（明年？）春天才能出版。所以请你把手头的译事暂时搁下，待我把《七缀集》寄给你后再动手。你的第二封信说明你已经收到《七缀集》。如此，则事情便大大简化。使我深感不安的是你已经抬高了我年轻时的作品，而对这些东西我少说十分"不在行"（lay）。我倒是愿意你把我老年时的作品视为"小恶"（the lesser evil）。恳求你在挖掘我青年时代的作品时能宽大为怀，不要那么彻底和热忱。

你若能在星期五或星期六下午3时前来我家，我们——用老话来说——将会有机会作"修士相见礼"。请给我一个电话以确定这一安排。

谨致敬礼！

钱锺书
1987年11月30日
（林珍珍译）

中国社会科学院文学研究所

30.xi.1987

Dear Mr Campbell,

Many thanks for your kind letter of November 26. I received your letter posted in Auckland & have been looking forward to meeting you in person & expressing my deep appreciation of your intention & idea as my translator.

I have been ill for three months. When Mr Barmé called in October to transmit Professor Minford's letter concerning your project, I was still in bed & made a verbal reply conveyed by my wife. The gist is that "旧文四篇" has been included in the second edition of "七缀集" which will not appear till next spring. So you had better hold your horses till I present you a copy of "七缀集". Your second letter with its enclosure shows that you have already got hold of "七缀集". That considerably simplifies the matter. What makes me uneasy is that you have also exhumed my juvenilia about which to say the least, I am very "coy". I prefer my "senilia" as the lapses in it, & fear that you would like me, coldly & thoroughly jealous in digging up my péchés de jeunesse.

If you could come round to my place on Friday or Saturday (at 3 PM) he hiuedi, as they said in the old days of courtesy, "修士相见礼". Please give me a ring to finalize the appointment (86.7712).

Yours sincerely,

Tsien Chungshu

钱锺书英文手迹

亲爱的坎贝尔先生：

　　来信收悉，不胜感激。高兴地得知你最终已经收到我的答复。尤使我高兴的是得知延误的原因不是因为有人暗中作梗，鸡蛋里挑骨头，而只是因为邮件分拣时的差错。

　　我现在通过空邮给你寄上重新印刷的《七缀集》。早先我已告诉你，出版商同意纠正书中的印刷错误，但却不愿意把我的修改部分和我后来写下的一些想法包括进去，理由是这样做的话全书得重新排版。他们还找了一些让作者听了高兴的甜言蜜语，强调说，读者迫切要求尽快再版，不容延迟。总之是不让我发表争论意见。我在送给你的书的页边中增添了一些话。如此，送上的版本便与即将由广州和台湾出版所谓我的"全集"完全一致。

　　从与你见面的那天起，我这一段时间来身体尚好。在书桌上坐着时，我常以左手指轻击桌面。对于一个接近80岁的老人来说，这是一种不平常的祝福。

　　请代为向Minford先生致意。
　　我们夫妇俩都常常想着你。
　　谨致敬意！

钱锺书
1988年5月2日
（林珍珍译）

编辑人脉是重要的出版资源

Apartment 6, Entrance 2, Building 6
Sanlihe, Nansha Gou
Beijing, China.
2 May 1988

Mr D. M. Campbell
Department of Asian Languages & Literatures
The University of Auckland
Private Bag, Auckland
New Zealand.

Dear Mr Campbell,

Many thanks for your kind letter. I am glad that you got my reply in the end, & especially pleased to hear know that the delay was due to the careless sorting of some underdog & not to the officious prying of the overdogs over pigs.

I am sending you by air mail the promised copy of 七级集 reissued. As I told you, the publishers consented to remove correct the misprints but demurred at the incorporation of my revisions & second thoughts on the pretext that this would necessitate the resetting in type of the whole book. They clinched the argument by administering the flattering unction to an author's soul by ment emphasizing the reading public's urgent demand of my essays which would brook no delay. I have written down the additional matter in the margin of the volume presented to you. The text will thus be identical with that to m in my so-called "Works" to be published in Canton as well as Taiwan.

I have picked up a X bit since we met and am in good sob- health (while writing this I teach Wood by pressing the top of the fingers of my left hand on the writing desk). That is quite an uncovenanted beatitude for a near-octogenarian!

Please convey my respects to Dear Minford.

With kindest remembrances from my wife & myself.

Yours sincerely,
Qian Zhongshu

钱锺书英文手迹

首次公布杨绛的全部来信

钱锺书先生给我来信,多是钱先生与杨绛共同署名,但有时杨绛也会自己给我写信,后加"锺书同候"。钱先生逝世后,杨绛多次给我来信,还有几次很长的电话记录。这些信件和通话内容,以前从未披露过,如今她也已作古,为还原历史,我想应该予以公布。

多年来,杨绛自称与世无争,不少人也视她为"封闭在三人圈里",不问外间事的老人。其实我了解的杨绛,对许多事都有自己的看法。例如,有一阵市面上出现好多套署名季羡林主编的书,她就有看法,曾在我面前说过:"那么多专业领域,季羡林都懂吗。"我说有些他只是挂名而已,她说,也有人找她挂名当主编,她都说自己不懂加以回绝。又如,对文坛一度出现的"张爱玲热",她也有看法。有一套"书香才女丛书",主编原想把冰心、杨绛、张爱玲、林徽因等人的作品各出一本,杨绛借故推却了。后来她告诉我,她不想同张爱玲列在一起。这些说明,杨绛具有心思不外露的良好涵养。

与杨绛合影

杨绛这些来信,虽无学术大论,但从点滴凡事,也可供人们多一个视角了解她的为人。以下是杨绛先生的来信。

1981年

景端同志:

来信并惠赠《花木丛中》等书都收到,谢谢!当时适有意大利学者(《十日谈》最大权威)造访,忙于和他周旋,没能够早日回信,很抱歉。锺书近来肩背痛,又患感冒,我正极力作看护,防他哮喘复发。我们交游不广,不知有谁在搞"文艺社会学"。你如要组织人写文章,有几本书可供参考。

(1)美国《国际社会科学百科全书》(International Encyclopedia of the Social Sciences 1968)第9册中,有法国此门权威R.Escarpit 所写 "The Sociology of Literature" 一条,最可作为入门向导。

(2)R.Escarpit, Sociologie de la Litterature 1958

(3)R.D.Altick, The English Common Reader: A Social History of The Mass Reading Public 1957

(4)J.Bark, ed., Literatur soziologie, L Vots 1974

(5)J.L.Sammons, Literary Sociology and Practical Criticism 1977

第1种大约在各大国图书馆里都找得着,不妨节译,并将所举文献译列,以答复读者来信要求。其他几种恐怕得费心寻觅,且卷帙颇大,水平亦高,非一般人所能领略翻译。

因来信颇急切,即此奉复,并致
敬礼

杨 绛
十月二十五日
锺书同候

1987年

景端同志：

  昨日收到你九月十八日来信和赠书，感谢感谢。知道《译林》办得很成功，尤为欣慰。这主要由于你把舵稳健，积年成效，所谓"路遥知马力"。

  我曾想为贵刊写一篇译者谈翻译的文章，但《中国翻译》有几个年轻编辑十分热情，我却不过情，又加"近水楼台"，就让他们把文章要去了（1986年5期刊出），或许你已看到。我觉得我的文章应该先给你，现在给了别人，很觉抱歉，特向你打个招呼，请原谅。

  我们日觉衰老，锺书去冬以来血压偏高，尚未平稳，嘱我向你致候。即颂

  编安

杨 绛
九月二十五日
锺书同候

1988年

景端同志：

  得信不胜惭愧，我因眼病，承担翻译狄更斯的《董贝父子》只翻了几章便搁笔了。译好的几章，曾有人要拿去发表，我没有答应。你如果要，我当复制一、二章寄上，只怕对《译林》未必合适，因为是长篇里的片断。倘不合用，不劳作复，万勿为难。专复，即问

  近好

杨 绛
四月二十六日

景端同志：你好！

　　据施咸荣同志说，《译林》办得很成功，将扩充为"译林出版社"，我们听了十分高兴，特向你致贺。咸荣说，新成立的译林出版社愿为杨必和我重出几本旧译。杨必的《剥削世家》1955年12月上海作家出版社出版，你社再版，想无问题。《名利场》人民文学出版社1986年第5版印刷（事先并未通知我），如你们再印，人文是否会有争议？拙译《吉尔布拉斯》人民文学出版社1962年第二版，1982年第2版第5次印刷。这部小说和《名利场》同属"外国文学名著丛书"，不知人文是否还拥有版权。

　　又据说，你想少量重印钱锺书《围城》的外文译本，这件事大概办不到吧？外文译本的"版权所有"都是不肯马虎的。草草即复，顺颂

　　编安

　　　　　　　　　　　　　　　　　　　杨　绛
　　　　　　　　　　　　　　　　　　　六月十日

　　锺书附笔问候，并祝事业顺利，"经济效益"迅速显著！

景端同志：你好！

　　六月二十八日来信和空白合同已收到多时，未能早复，十分抱歉。我手边没有《剥削世家》（咸荣为我找到一本，但书在他那里）。有关出版年月地点等等还待查明。《名利场》版权事，也需和人文先打个招呼。天气炎热，该做的事都拖拉下来了，等我把以上两事办妥再填寄合同吧。先向你道歉。并问

　　暑安

　　　　　　　　　　　　　　　　　　　杨　绛
　　　　　　　　　　　　　　　　　　　七月二十日

　　北京的热比了南京的热，该是小巫见大巫了，望多保重。我牙疾已愈，谢谢挂念。

　　　　　　　　　　　　　　　　　　　又及
　　　　　　　　　　　　　　　　　锺书附笔敬候

1989年

景端同志：

久未通问，祝身体健康，事业顺利。承长途电话索祝词，我等皆老病，心力短少，勉写数语，聊表寸衷，未必合用，即请裁定。顺颂

暑安

钱锺书　杨绛
八月三日

1991年

景端同志：

奉到长函，谢谢！

首先得向你道歉。上次来京时，锺书喘疾复发，每天下午赴医院接受输液点滴并输氧，两疗程后，未至大病，而后遗症未痊。杨绛累得精疲力竭（恶性感冒发烧后未得休息），因而不能和你晤面，引为憾事。老朽衰病，事与愿违，几成规律，想你准能谅解。

惠函所提各节，情意深厚，条件优惠，我俩既感且愧。有两三个出版单位也曾向我们提出相同的"全集"建议，我俩都婉却了。我们还有点自知之明，对于过去的作品很大部分很不满意。幸读者早已忘掉，我们自己也不愿再记起。使这些遗蜕"复活"或"化废为宝"，对作者本人也许可提供名利双收的机会，但客观效益上只是费心化钱的无谓耗损，并且仿佛强迫读者买"搭配货"。

你是熟悉外国文学的，翻开任何一国的文学史和出版史，作家生存时印行的所谓"全集"，无例外地是不"全"的"缺集"；名不符实，竟可算是作者和出版家串通"撒谎"。咱们现代的大作家号召"说真话"，政府提

倡"务实"，我俩是微末的响应者。所以你诚恳的建议和优惠条件，我们不能接受，只能心领你的深情厚意，同时向你真挚地道谢和道歉。希望你勿见怪。即致

  敬礼！

杨 绛

（名字之前又加钱锺书特殊的签名）

一九九一年六月二十三日

1992年

景端同志：你好！

  来信收到，很感你垂青，愿出版杨必和我的书。我和她的翻译都由人民文学出版社出版。著作权法实行后，人文领导人特到舍间要求继续出版。虽未订约，口头上已答应继续由人文出。我想和他们谈谈，挖出几本给你们，待有结果，再奉告。

  关于《追忆似水年华》的反映，我们听到的不甚佳。"集体翻译"究竟有不易克服的困难。有些难译的书，便在文字相近的国家，译者亦望而却步。你社"知难而进"的精神可佩，但也当估计"效益"，勿为填补空白而"掺砂子"。

  草复，即颂

  编安

杨 绛

三月十二日

锺书附笔敬候

1994年

景端同志：

　　照片一事，记得我曾和你电话中讲过。译著惯例，只有原作者相片，原作者插图。从未见译者照片附入译本的事。便是我自己的作品译成外文，译者从不附入自己的玉照。我曾和你讲明，若要附入我的照相，我就不出书，你电话中已允我所请。昨见你给锺书信，你仍执意要登译者照片，我纵不给你相片，你自有办法取得别处的照片。你既不守信，我就无意签约，已嘱锺书不必写甚题签。

　　你的合同也不大像样，反正我无意出书，合同事就不谈了。

　　恕我病中草草，即致

　　敬礼

杨　绛
一九九四年四月三十日
（这次罕见地没有"钱锺书附笔问候"）

　　译林社当年为出版《杨绛译文集》，有意在封面中加入杨绛的照片，显示这是她全部的译作，体现出译者个人色彩，原意是更加尊敬，不料杨绛极力反对。信中看得出她坚持的态度，竟以拒绝出书，并阻止钱先生题签以示她的坚决。这是杨绛对我惟一一封生气的来信。后来当然是我认错妥协了。她的译文集由译林社出版了，钱先生也题了书名，这套书还得了奖。从这个小插曲，充分展现出杨绛拒张扬、敢坚持的性格。

1997年

景端同志：你好！

　　承你美意，硬要把我算作当代女作家，我其实早已过去，说不上作家不作家，你要选，就选吧。反正犯错误的是选者。

　　祝好

杨　绛
一九九七年二月八日

　　为庆祝世界妇女大会在中国召开，朱虹大姐主编了一本英文本的《中国当代女作家作品选》，由译林社出版。书中要选收杨绛的一篇散文。杨绛在我力劝下，才同意选进去。

2000年

景端同志：

　　你前后两信及惠赐大作，以及附寄复印件皆收到，谢谢！

　　《围城》出中英对照本有二问题，请考虑。

　　1. 译者有版权否？是否需征得同意并付报酬？

　　2. 锺书不幸成了名人，就有人以"吃"他为业。他重病期间，这帮人就开始借毁谤他来求名求利。我一次次阻止，使我成了他们的头号敌人，至今是他们围攻的中心。我但愿锺书和我能稍得安静。出一本中英对照的《围城》，于他于我只是多事，因为这又会引起一点"炒"。我希望你别出。

　　大作出版装帧精美，可喜可贺。但书上有一细节我想和你申辩一下，但想想书已出版，辩也无用，因此这信就耽搁了。不过我还想和你申辩，再版时乞予改正。

　　第34页上说"钱先生不但答应当编委，而且还表示要请就连杨绛一道请"。他<u>绝对绝对</u>不会提出"要请就连杨绛一道请"。我也<u>绝对</u>不容许他说这种话。我把事实经过向你再述一遍，你大约会记得。<u>我是戈宝权提名推荐的</u>。

　　你当时年轻直率，立即向我们邀请了，但随后追上一信说，某君认为杨绛不够资格，如请了她而不请某某等，会惹起麻烦（某某等会生气）。所以你们出版社把杨绛取消了；你道歉说，只好单请钱一人。单请他一人为理事是经常的事，我一辈子没争取过当理事的荣誉，而这个荣誉很少落到我头上。但锺书认为既请了，又说我没资格，就执意不肯答应当理事。结果你又两人并请。我费了大力，说服锺书单独答应。我说，你若不答应，我有"要挟"之嫌。所以他就答应为理事，而我则坚辞。后来是戈宝权特来劝解，说我若坚辞，你面上过不去。我记得我辞了好久，只是单独一人辞，我硬是叫锺书单独答应的，我们不是一同答应的。你写得简单了，好像钱锺书在拉扯我。希望你把我们两人区分开，他从来不叫人连带请我的。我也从不肯做他的"夹带"。

我读了你复印的文章，十分感愧。两位作者你认识吗？请代我谢谢他们。

辽海是否侵犯了你的著作权？听说已向你道歉了。

草草　祝安好

杨　绛
二〇〇〇年四月一日

1999年我寄赠杨绛拙著《波涛上的足迹》，其中误说是钱锺书提出"连带"聘请杨绛担任《译林》编委。所以杨绛来信申辩纠正。此事在我随后出版的几本书中，曾多次澄清更正过。现再简述如下。

我得知钱锺书、杨绛和卞之琳这三位都是江苏老乡后，就求戈宝权代我们邀请他们担任《译林》编委。钱锺书已多年谢绝担任编委、评委这类虚职的聘请，也许是戈宝权的面子大，钱锺书接受了聘请，戈宝权又提议把杨绛一起请，我当然赞成。算我运气好，钱、杨二老果然都答应了。

当我把编委名单送给当时我的上司傅庭芳审阅时，他问我杨绛是什么人？我答是钱锺书夫人。他长期搞政治宣传，对杨绛的学术声望一无所知。说"《译林》不是开夫妻老婆店"，竟自作主张将杨绛的名字删掉了。我虽想不通但又无奈，只好编了个明显站不住的理由去信说，对杨绛打算放在下一批再请。钱锺书接信很不高兴，立即把他自己原先的答应也收回，老两口都回绝了。

这可把我急坏了，戈宝权对事态如此发展，也深感不安。傅庭芳这时也着急了，又要我去挽回局面。这一下可真把我为难煞了。没办法，我只好认错自责，再央求戈宝权出面帮我"救火"。戈宝权还真仗义，连忙再上钱锺书家当说客。总算雨过天晴，最后钱锺书、杨绛夫妇都接受了担任《译林》编委的聘请。

以往我只知道戈宝权帮我挽回窘境的功劳，现在从杨绛这封信中看得出，还多亏杨绛劝说钱锺书：若不答应，李景端"面子上过不去"，这才使局面化险为夷，保持住了钱、杨二老后来同《译林》及与我多年的密切交往。这封信中底下加横线的文字，都是原信中加的。它既还原了历史真相，更凸显出杨绛不攀附、不图名以及宽容待人的优良品德。

2002年

2002年春天，报纸上出现了对杨绛《堂吉诃德》中译本批评的声音。有的说她"多是从英文本转译"，"随意删节"，有的甚至影射她有"抄袭之嫌"。当年5月，我去看望杨绛先生时，谈起了外面传闻的这些"闲话"，她随后向我讲述了翻译《堂吉诃德》的故事。随后我就她所谈，从不同角度，写了两篇替她回应"闲话"的文章，并寄给她审阅。这期间，她给了我以下回信：

景端同志：
　　你把我称作"钱先生"[①]了，可见你心中还在想他。

[①] 我去信的抬头，把杨先生写成了钱先生。

你6月28日信已收到，我很佩服你的气概，有错就认错，该说的话就该说。我因胡真才同志①与你有同样意见，他目前有事，约五天后来与我谈。他已将"双绝双美"的宝书快递给我过目，我想等他来细谈后再给你写信，大作请暂勿发表，等胡真才同志来商谈后再说，行吗？

　　至于《围城》事，那本破书只要没人炒，就不销，一有侵权之说，立即销几本，所以请你目前千万别提②。我在对付他。要你仗义执言时，一定告诉你。

　　我忙着要把手头的事做完。匆匆不尽，祝

　　暑安

杨　绛
七月二日

景端同志：

　　我翻译的《堂吉诃德》里，没有翻译开卷十一首塞万提斯自撰的赞美诗。我不翻，是经过再三斟酌的。

　　翻译这组诗的一位英语译者说：绝大多数译者不译这十一首开卷诗；这一组诗，虽然说不上有什么好，却和全书宗旨是协调的，而且《前言》里已提到了，不该略去。我亦深以为然。我细细读了塞万提斯的《前言》，又反复细读了那十一首诗，却觉得略去不译，也自有道理。这里我且把作者《前言》的大意撮述如下。

　　作者要为《堂吉诃德》写一篇《前言》，他苦苦思索，不知如何下笔。他觉得实在没法儿写，干脆连这部作品都不想发表了。他的朋友见他为难，问他什么缘故。他说，写不出《前言》。他说，人家的书尽管毫无价值，卷首总有贵人名流吹吹捧捧的诗，书边书尾，还有卖弄学问的引证、注释、参考书目录等等；他全都没有。他只想写

---

① 胡真才同志是人民文学出版社西班牙文编辑。
② 我写信向她通报，有人在盗印《围城》。

一个朴素的故事,不要这些花样。他多年默默无闻,这会儿出版一本干巴巴的书,怎能让一般读者接受呢?他的朋友笑他死心眼儿。吹吹捧捧的诗,不妨自己做几首,署上贵人名流的大名就行。引证、注释、参考书目录等等,都有很现成的办法,不成问题。而且这部旨在攻击骑士小说的创作,没有必要借重以上所说的种种点缀。作者需把故事写得生动逼真,文字流畅,能取悦各种读者,这才是要紧的。一番话说得作者茅塞顿开,决计按照这位高明朋友的指点来写《前言》,推出他那个朴素的故事。

读者读完这篇《前言》,准急切要读那生动逼真的故事了。可是作者虽然未有引证、注释、参考书目录等等点缀,却写了大量赞誉自己作品的诗:七十行断尾诗,四首十四行诗,又二十行断尾诗,又四首十四行诗。这组诗,原是讽刺性的摹仿——讽刺当代的名作家,借重贵人名流的赠诗"自我炒作",他也摹仿着"自我炒作"一番,而且还加劲"炒",做很多首诗。但这组诗诙谐不足,而略嫌沉闷,又加篇幅冗长繁多,读者如果老老实实地一首一首读,不免因乏味而扫兴,甚至放下书不读了。粗心的读者,还会把这组讽刺摹仿之作,看作塞万提斯歌颂自己作品的赞美诗,那就大大乖违作者的原意了。

我曾想把拦在故事前面的这组诗移附卷末,但卷首诗不宜附在卷末,也不能塞进本文。这一组诗,原属《前言》为没有必要的点缀品,不属本文,略去也无损本文的完整。我觉得许多译者略去不译,自有道理。我也追随了他们的办法。是否有当,敬请专家们予以指教。

断尾诗并不难译,因为我所根据的马林编注本在注释里把"断尾"都续上了。至于本文里的诗,无论难易,我都照模照样地翻译。塞万提斯的诗不是难译的诗。因有人说我不译赞美诗,是因为断尾诗难译,所以我解释一下。

杨 绛
七月八日

景端同志：

你第一次寄给我的《访杨有感》全文可用，只中间改一段。如下。（甲是我，乙是你，放在"杨平静地说"之后。文字请你斟酌修改。）

甲："闲话"我自己回答，你甭管。

乙：可我听了气愤。

甲："闲话"也有道理。因为很多人不知道笔译和口译的区别，以为不能说西班牙语，就不可能翻译《堂吉诃德》的原文。

乙：可是会说西班牙语，未必能翻译《堂吉诃德》呀。

甲：会说当然更好。可是我告诉你，我为什么学西班牙语。大约"大跃进"前两年，中央宣传部副部长林默涵，把翻译《堂吉诃德》的任务交给我，随我从任何英、法译本转译。我就找了五、六种最好的英文、法文译本，仔细比较，打算从中选一本最好的。因为翻译者的第一事是选定好版本，然后依据这个本子，忠实地翻译。我发现多种英、法译本各有短长。原文中的话，在译本里有不同的文字，不同的说法，我断不定照了谁的好。我再三考虑，决计从西班牙原文翻译。所以我自习了西班牙语。我学西班牙语，只是为了把《堂吉诃德》从原文翻为中文。我需要的是吃透原文，用最合适的中文来表达原意。我没有必要学习口语。

乙：您有一篇谈翻译的文章，叫什么《失败的经验》，说明怎么把长句断为短句，怎么把短句里作安排，我觉得很实际。但是题目太低调了，也许人家都不看了。

甲：是的。我该把题目改为《翻译〈堂吉诃德〉的经验》。我并列三种例句，第一列是死译硬译，原文都是《堂吉诃德》里的句子。如果把死译硬译的例句和原文对照，谁都能看出译文只能是西班牙原文的，而不可能不是。

杨 绛

七月十六日

2003年

2002年以来，为回应某些人对杨绛《堂吉诃德》译本质量的批评，我与杨绛有了较多的交往。有时趁赴京时上她家看望，有时在长途电话中聊。这期间，我曾顺便问过她几个问题：1.关于陈岱孙终身不娶的传闻；2.费孝通是否她的"初恋"；3.取名杨绛的来由。没料到她在这封信中都一一作答，而且把多年都称我为"景端同志"，从此开始改称为"景端先生"，并用毛笔书写。可以想象，她写这封信时的心情，应该说是不错的。

景端先生：

又读到你表扬我的文章，我且感且愧。

我不知道你是清华学生，你考入清华时，我在清华外文系当兼任教授，你不会听到我的名字。陈岱孙先生我当然认得，我未知你是他的高徒。至于传闻①，我把三句法语译成英文如下："They say……"，"What say they?"，"Let them say"。

我和费老②曾在苏州振华女校初中一年级同班一年（我是十二岁小孩）；东吴大学同班二年（我常和男同学一起讨论学术问题，也通信，后费转学燕京）；清华研究院同

---

① 1951年我入学清华时，校内就传说，早年陈岱孙与周培源同时追求一位女士。两人都优秀，一时难选择，就许诺：谁在美国得到博士，就嫁给谁。后来周培源先回国将她追到手，而等到陈岱孙拿到博士回国时，斯人已作他人妇。为此陈岱孙终身未娶。2003年5月23日，我在《文汇读书周报》发表怀念陈岱孙先生的文章中，提到了这个传闻。但陈的外甥女，随后也在该报发表《失实的故事》一文。指出这是"文革"中，北大大字报杜撰的，希望不要再讹传。看后我在想，若是"文革"中红卫兵的谣言，何以1951年我在清华时就听说了？为此，我特向杨绛求证。她先在6月8日给我回此信，又在6月20日与我通话中，再次聊到这件事。她对我说：关于陈、周两位的故事，早在"文革"前就在清华园广泛流传。当时陈比这更难听的传说还有，在大家眼里，当年陈岱孙是挺风流的。现在他们的后人，出于爱护，否定这个传说，这可以理解，反正是过去的事。你的文章写了这个传说，是从罗曼史的角度回忆，并无不敬之意，是当作美谈来回忆的嘛。

② 指费孝通先生。

级不同系。(当时我已订婚)说得上"恋爱"吗？①至少他不是我的"初恋"。

笔名杨绛是"称心如意"②意外被选中，上演前匆忙间将"季康"③二字切音为绛。

非典已趋平稳，我不出门，不过还注意卫生，请勿念。草此　即问

近好

杨　绛
二〇〇三年六月八日

景端先生：

大作④已拜读，末一篇⑤是否有点皮里阳秋⑥呀？拙集已经过大修大改，不能再用了；我也无意挤入"书香才女"⑦之列。请代我辞了吧。草草祝暑安

杨　绛
八月十一日

以下是杨绛几次与我通电话的记录

第一次　2003年7月7日下午

2003年3月5日西班牙语学者林一安发表文章，说杨绛将"堂吉诃德"的坐骑，翻译为"驽骍难得"，并非她首译。因为林一安和

---

① 香港中文大学童元芳教授访问费孝通时，曾问他："杨绛是您的初恋吗？"费笑而未答。我将此文复印寄给杨绛看，这是她的回答。
② "称心如意"是杨绛早年创作并参加演出的一场话剧。
③ 杨绛原名杨季康。
④ 指我2003年6月，在河北教育出版社出版的《心曲浪花》散文集。
⑤ 指书中《我与冯至不打不相识》一文。杨绛清楚当年冯至写"告状信"指责《译林》的经过，并同钱锺书一道，坚定地支持《译林》。事过多年，冯至后来态度也转变了，所以我在文章中没有责怪冯至，反而写了一些替他当年打压《译林》那种做法开脱的话。杨绛明白我内心也有怨气，才会说我有点"皮里阳秋"。
⑥ 成语。言不由衷之意。
⑦ 友人要出一套"书香才女丛书"，想为杨绛出一本，托我向她求购版权，被杨绛婉拒。

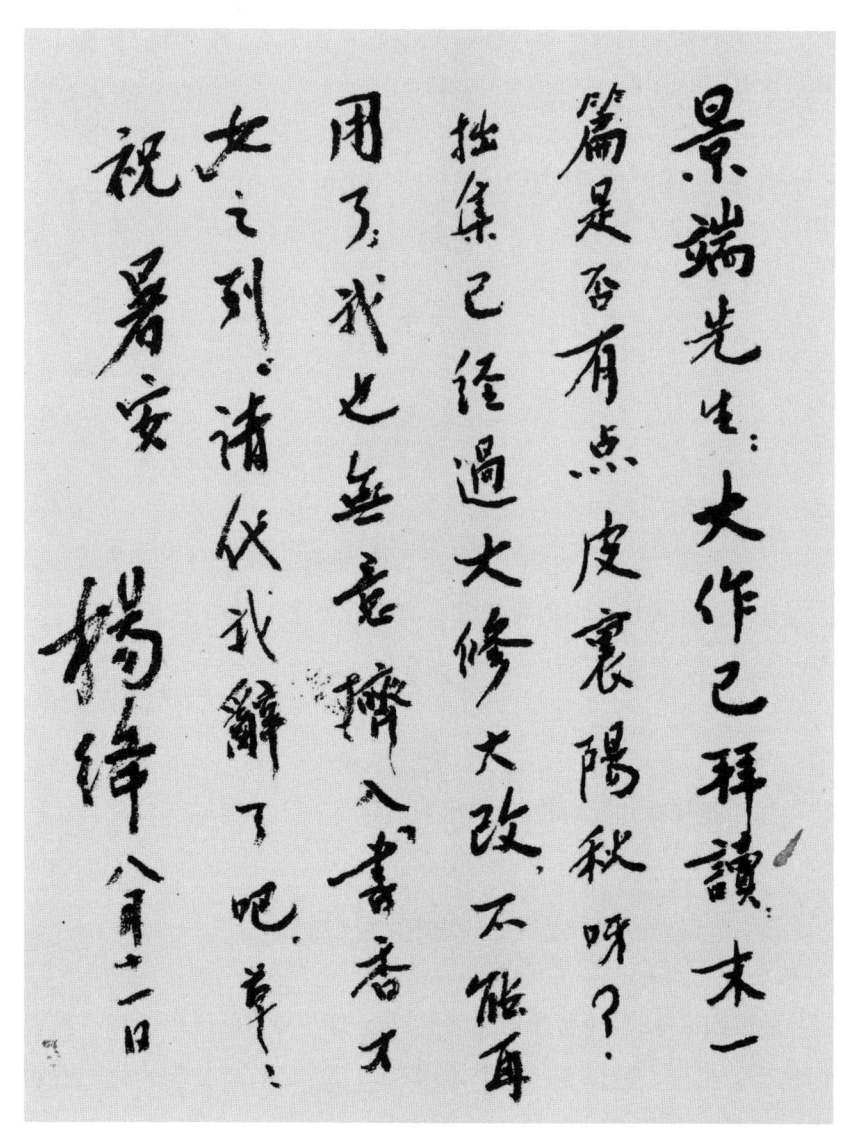

杨绛手书

同学,早在1959年第6期《世界文学》上,就把rocinante音译成"驽骍难得"了,言外之意,杨绛难免有抄袭之嫌。

当年3月26日《中华读书报》发表读者纪红来信,说她查过那期《世界文学》,发现林等译的是"洛稷喃堤",而非"驽骍难得",指出林一安之说不实。为了此事,杨绛在电话中告诉我:

一、1959年5、6月间，我正在东四十条搬家，忙着整理东西，哪有时间去看《世界文学》；二、我向来只看文学作品原文，不看中译文；三、他们那篇文章写的是《马德里之夜》，与《堂吉诃德》毫无关系，我绝不会去看它；四、1959年我还在学西班牙文，还没动手翻译《堂吉诃德》，怎么会预先记下这个马名？我不去辩白，随人去说。

第二次　2004年8月31日上午

你问起钱瑗的事。香港有位陶然，想捐资100万元，设立钱瑗教育基金，用来奖励从事教育的学生。香港有人还要出版一本纪念钱瑗的书，谁知所有文章都寄到我这儿，而我都要转寄香港。因为时间急，问邮局，说平寄香港要15天到，我只好用特快寄。寄一次花90多元，寄后又有文章来，又得花90多元再寄。哪能这样不断寄。这一是怪邮局，平寄怎么这么慢；二是怪有些人干吗把文章都寄到我这儿来。我94岁老人还要帮人当收发。全因为是钱瑗的事才做，否则我真的受不了。

钱瑗死后，将全部积蓄6万多元捐给了系里，当时这些钱还挺值钱的。这钱怎么用，他们从来没告诉我。钱瑗的骨灰希望埋在北师大，当时校方不肯，后来大概是系学生会背地把它埋在校内一棵树下，取名"……松"。后来听说有人反对，又折腾了一阵，结果如何，不得而知。我知道北师大有人嫉妒钱瑗，我就不讲谁了。

第三次　2004年9月27日下午

《杨绛与〈堂吉诃德〉》一文已看到，你老是替我打抱不平，其实我自己不想这些事。我就希望人家把我忘掉，不要记起我的书、我的名。

董秀玉有事业心，有一本书的版权，我因不知情重复授权，是她帮助我处理好，所以我欠她的情。译文集版权问题，你要与吴学昭谈。

你也是个好人，讲义气，对人热心，但有时多管闲事。你还关心施咸荣，召开了他的研讨会，但我不想写他了。

我同你讲的话，你知道就行，有些不要讲，更不能写。希望你能明白，凡是会对人不好的事，我决不做。

第四次　2005年11月25日下午

"点烦"①是语言学学术问题，谁说外文可以"点烦"？这是外行话，你别去掺和。不听老人言，吃亏在眼前。

文洁若为《尤》译本正名

萧乾、文洁若翻译的《尤利西斯》出版后，金隄等部分人曾造舆论，说萧乾只是挂空名，实际上是文洁若根据日文本转译，甚至还传出"抄袭"金隄译本等语。为了反映萧、文夫妇翻译《尤利西斯》的真实性，我曾经发表过他们两位给我的全部来信。为了替文洁若正名，现只选几封她的来信摘要，再次证实，译林版《尤利西斯》，绝对是译自乔伊斯英文本原著。

景端同志：

　　萧乾已写信给英、美两国的友人，托他们寄些评论、

---

① 有人批评杨绛《堂吉诃德》中译本比别人译本字数少了许多，质疑她作了删节。杨绛后来对我解释说，对外文她一字未删，只是参照了唐朝文人刘知几对文字进行"点烦"的原则，表达中文时，在忠实原意的前提下，减去多余赘言，尽量精练文字。为此，我写过一篇文章，认为翻译没有统一标准，应允许翻译家用自己的方式来诠释外文。采用"点烦"精练中文，这是杨绛的选择，要允许有不同的实践。可以争议，但不要扣"帽子"下定论。杨绛看后，要我"别去掺和"。

与萧乾、文洁若夫妇合影

字典之类。同时,八年前和我们打过交道的英国文化委员会的官员又调回来了。翻译中当所有字典都不能解决问题时,还要托他写信给国外朋友求助。

我从早到晚啃《尤利西斯》。根据翻译的英文原著有644页,每天顶多只能译一页。经萧乾改过后我还得抄。所以,起码需要两三年。

我手上三种英文原著,都是向文研所借的。最可靠的是1986年版。将来你们编辑要参考时,可在南京去借,因为是公家的书,我不便寄到外地。

洁若

1990年10月8日

景端同志:

金隄译的部分,由百花文艺出版社出版过1.5万字。第一章他就没译。由于请英、美朋友寄的书未寄来,第一章要迟些时候才能寄出。

当年人们认为此书不能译,是因为拦路虎太多。我对天主教比较熟(读过六年教会学校),至今保存着《圣经》《圣教日课》等。问题都搞清楚了，加上注释，可能变成80万字。

萧乾最近也起劲了。几封英文信是他主动用打字机打的，总之工作艰巨，但值得做。

洁若
1990年12月7日

景端同志：

在这间工作室，我把不用的书，统统束之高阁，代替它的是二十几种上百本工具书，仅《大百科》就多达29卷。

金隄下了不少功夫，但在第二章中就发现了几处误译。例如原文They sinned against the light，金译为"他们不光明"，我了解天主教。其实书上意思，这里的light，不是"光"，而是指"耶稣"；sinned，原意是犯罪，此处是指犹太人把耶稣钉在十字架上。例如，《约翰福音》第一章，就有"光照在黑暗里，黑暗却不接受光"一语。1986年在美国一个小城镇，我曾对一位美国朋友，用英文背过这第一章的头十节，使她大吃一惊。因为当年我曾结合学英文，认真背过《圣经》。

你说南京的神学院有人可以解决这方面的问题，头三章中有六个问题，先麻烦你帮我请教一下。其余的问题，以后再请教。

今天我们去英国使馆借书，一秘答应借给我们三本书：企鹅丛书中的《尤利西斯》《乔伊斯传》和一本参考书。现在越翻译越觉得此书难度大，说它是"天书"绝非夸张。因为作者下的字眼，不是通常用的，自己还不断造字。我是11月23日动手译的，40天译了32页，照此进度，全书要920天才能译完。美国纽约乔伊斯研究会知道萧乾的名字，将来有问题，我们会找他们请教。我相信，逐渐能加快进度。

此书有不少英语以外的外文字，如拉丁文、希腊文等。为减轻排字、校对上的负担，拟一律译成中文，注文说明原文是拉丁文等。但有个别例外。有个地方，乔伊斯用一个词把四国语言表达出来，这样就只好把原文都排上。

文洁若
1991年1月8日

景端同志：

附上需要查找拉丁文的疑问三份，是从全书1/4中查出的，请你找南京神学院专家帮助解决一下。企鹅版这个新版本，花了七年时间，用计算机校勘，纠正了五千处错误，更有权威性。

萧乾现在每天改译，他是逐字逐句核对原文改译，所以是名副其实的合译。我们争取三年完成，顶多四年，免得精神上太紧张。

文洁若
1991年1月10日

另外，又有了新信息。今年1月1日，美国诺顿出版公司出版了美国波士顿大学基德（Kidd）教授编的《尤利西斯》新版本。基德撰文说，1984年出版的《尤利西斯》加勒（Gabler）版本，有三千多处差错。对此，我们已去信在美国的儿子，叫他买一本基德新版本带回来。将来的中译本，也会标明参照了这个1992年的最新版本。

景端同志：

您复印寄给我的钱锺书先生那封信①，给我的印象很深。倘若1949年以后，不是要钱去译毛选，而是要他翻译《尤利西斯》（那时他才39岁，比萧乾略小几个月），那今天我们

---

① 指钱锺书给我的复信。钱说《尤利西斯》不能用通常的译法来翻译。如果年轻，他也许会考虑，如今八十衰翁，如译此书，就无异别开生面的自杀了。

看到的,将是比得过任何译成外语的《尤利西斯》中文本。

我虽然尽了一切力量,挑起了大半个担子,但萧乾的把关,仍是重要的。我对人说,饭虽是我做的,然而沙子不少,吃下去不香,只有经过他的英文校订和中文润色,才能像个样子。所以合译,绝不是借他的名望,而是名副其实的合译。不在改动多少,而在质量的把关。交稿日期写上1994年,是让他减少精神压力。我们做工作,绝不会因而放松,甚至要争取早于1993年底完成。

洁若
1992年5月4日

景端同志:

上次来京时电话告诉你,我家的老大从美国带回一本《尤》的注释本(共643页,全部是注释),我正根据它来重校已译完的十二章。一个半月过去了,刚重校完六章,要到9月底才能把这十二章定稿。但10月以后译起第十三章来,可能就省事多了,因为有这个注释本可供参考。

洁若
1992年8月12日

景端同志:

译《尤》之困难,简直难以想象,一边译后面,一边还要随时改动前面。例如,第八章有"坐在宝座上嘬红色的枣味胶糖"之句,当时不知道指的是谁。到第十五章快译完,才知道指的是爱德华七世,这自然就要加注。另外书中的贝洛与贝拉,这次才弄明白,贝拉是这位老鸨的真名,变成男性的阶段,才改为贝洛。

我现在译着第十五章,要把前面译的十四章译稿,沿着墙排了一屋子,这样便于前后翻看。

洁若
1993年9月23日

帮季羡林打赢官司

2000年杨武能教授告诉我,他偶见一本《诺贝尔文学奖大系》,其中所收译作均无译者署名,而且有三篇就是他的译作,希望我帮他维权。出于对翻译抄袭造假现象屡禁不止的憎恶,我觉得要为译者伸张正义。因不知道哪些人被侵权,我复印出几十篇译文的首页,向译界朋友征询,初步查出有冰心、季羡林、杨武能等16人的译作被剽窃。于是去函征询要不要起诉,是否请我做代理人。得到授权后,我去请律师,并个人担保向漓江出版社借来5万元代垫诉讼费,正式起诉物价出版社侵权。

出庭时有一人被被告"做工作"而撤诉,最后15人全胜诉。季羡林只有一个短篇被剽窃,本来他无意追究。但被告竟托人向他施压,"劝"他撤诉,这下反而将他激怒,终于决定授权我代他起诉。通过这起官司,增进了我与季老的了解与交往,彼此成了朋友。下面是从未公布过季羡林胜诉的民事判决书。

与季羡林在病房

北京市第一中级人民法院
民事判决书(摘要)

(2001)一中知初字第68号

原告 季羡林,男,90岁,汉族,北京大学教授。

委托代理人 刘春田,北京市地石律师事务所律师。

委托代理人 李景端,男,汉族,译林出版社原社长。

被告 中国物价出版社,法定代表人徐方浩社长。

委托代理人 乔冬生,北京市远东律师事务所律师。

委托代理人 杨荣宽,北京市远东律师事务所律师。

原告季羡林诉被告中国物价出版社侵犯署名权、使用权、获得报酬权一案,本院于2001年2月19日受理后,依法组成合议庭,于2001年4月4日公开开庭进行了审理。原告季羡林的委托代理人刘春田、李景端,被告中国物价出版社的委托代理人乔冬生、杨荣宽到庭参加诉讼。本案现已审理终结。

原告季羡林称:原告50年代翻译了德国作家托马斯·曼的《沉重的时刻》,7000字。应当享有译作的著作权。被告物价出版社于1998年11月出版了由李博、王槐茂、刘景峰主编的《诺贝尔文学奖大系》一书,其中收录了原告翻译的《沉重的时刻》,被告物价出版社并未得到原告的授权。侵犯了原告的使用权和获得报酬权。还漠视原告的劳动,将原告署名删除,严重侵犯了原告的署名权。此外,被告还再版了32开本的侵权作品。综上,请求法院判令被告:1.停止销售侵权图书;2.在《光明日报》和《新闻出版报》上向原告公开赔礼道歉;3.向原告赔偿3万元;4.承担本案的诉讼费用。

被告物价出版社未提交书面答辩意见。其在诉讼中辩称:1.由于上述译文首次出版时间不明,原告主张的权利存在瑕疵;2.稿酬支付标准应按1990年颁布的每千字8—24元计算;3.原告主张财产权损害赔偿金和署名权赔偿金于法无据。请求法院作出公正裁决。

（原告举证及法院审核过程从略）

本院认为，季羡林翻译《沉重的时刻》早于1956年7月，当时我国尚未加入《伯尔尼保护文学和艺术作品公约》，无需得到原作者的授权，季羡林享有上述翻译作品的著作权。

被告物价出版社懈怠了应尽的审查义务，其主观错误明显，应承担相应的侵权责任。

原告要求稿酬应以每千字35元计算，鉴于被告主观错误明显，主张以稿酬乘以5倍作为赔偿依据，本院予以支持。原告要求被告支付侵犯署名权赔偿金1万元，缺乏法律依据，本院不予支持。

综上所述，判决如下：

一、被告物价出版社，立即停止出版原告季羡林翻译的《沉重的时刻》；

二、被告登报向原告季羡林赔礼道歉；

三、被告物价出版社，赔偿原告季羡林经济损失人民币一千二百二十五元。

四、驳回原告季羡林的其它诉讼请求。

案件受理费60元，由被告物价出版社负担。

如不服本判决，可在判决书送达15日内，向本院递交上诉状及副本，并交纳上诉案件受理费60元，上诉于北京市高级人民法院。

审判长　刘海旗
二〇〇一年六日二十日

对于这个胜诉判决，我们虽然接受，但仍觉对侵权人处罚太轻。只赔季老1225元，如果是他一个人起诉，那连取证、电话等开支都不够。可谓赢了官司，反而更赔钱。为此，我写过文章，指出"按稿费5倍"赔偿这种规定不合理。如此轻罚，实际上是对侵权的纵容。首次出庭打官司，我才体会到，即使你有理，但要维权打起官，实在太艰难了，难怪许多人自认倒霉，无精力去追究。这案子开庭，有几百名政法大学学生旁听,还上了中央电视台的新闻联播,我一下子也受人关注。常有人找我替他维权,我只是"票友"代理人,只好婉拒了。

替杨宪益在香港读贺信

2000年香港中文大学举办"全球华文青年文学奖",决审评判都是海内外一流专家。短篇小说组是王蒙、白先勇、齐邦媛,散文组是柯灵、余光中、余秋雨,文学翻译组是杨宪益、高克毅、金圣华。我也受聘担任该文学奖的特邀顾问。在香港举办颁奖典礼时,邀请各位评判及我到场颁奖,并在文学讲座上发言。文学奖筹委会主席、香港中文大学金圣华教授,托我向杨宪益请驾,但他确因年迈无法到会。怎么办?这时我想出一个替代办法,就是由我代他在颁奖会上宣读书面发言。金圣华表示赞成,但杨宪益说他老了,脑筋不好使,要我代他来写。眼看难以推辞,我只好答应试试看。

我写好后寄到北京请杨宪益审阅,他一字没改,签个名就退

与杨宪益合影

给我了。我在香港不仅代他宣读了贺词,还代他领回一尊奖给评判的水晶纪念品。我就近前往住在南京的杨宪益妹妹杨苡家里,托她把奖品带给杨宪益。她顺便看了我代拟的发言稿,笑着批评我说:"你写的很全面,先是祝贺,接着讲评奖重大意义,再为自己未能到会表示歉意,最后还要勉励青年学生几句。只是我哥从来不会讲这种带官腔的套话,这不是杨宪益讲话的风格。"我听了脸有点红,但她讲的确是事实。我习惯了内地会议上的讲话模式,写东西有时不自觉地就陷入了"新八股"的框框。

次年,我陪金圣华去拜望杨宪益,闲聊中我特别检讨了代拟的发言稿没写好。但他不以为然,反而"称赞"我所写的,正是他想讲的。我明知这是安慰我的话,互相客气一下也就过去了。最有收获的是,那天他送了我一本用英文出版的自传,还特意在书上签了名。这本书至今还只有中文节译本,将来能出全译本那就更好了。我还向杨宪益提议:"您和乃迭,从异国相恋到相濡以沫,多么富有传奇性,应该编成电视连续剧才好。"他说李辉也有这个想法,但很少有人愿意写,更没人愿意投资。是呀!如今胡编乱造的电视剧多的是,像杨宪益和戴乃迭夫妇这样丰富的人生故事,为什么就没有受到人们的关注呢?

黄宗英为什么会嫁冯亦代

冯亦代与黄宗英两人丧偶后,晚年结为夫妇,这在文坛成为一桩佳话。许多朋友事先多不知晓他们俩如何走到这一步,恐怕连冯亦代自己,也未曾预料到事情进展如此顺畅。他在一篇散文中曾回忆说,黄宗英与赵丹早就是他的好朋友,以往黄宗英从上海来北京出差,他去车站迎候时,心情十分轻松自然。但自从两人确定结合关系后,黄宗英到京那一天,耄耋之年的亦代,内心竟像小伙子会见初恋情人那样,紧张、局促,甚至反复琢磨开口第一句话该怎么说。结婚那晚老友聚餐,丁聪、黄苗子、郁风等人,硬逼他俩交代,是谁先向对方提出"在一起过"?他俩就是闷笑,谁也不肯说。当然

与黄宗英

这只是逗乐,谁先提并不重要,结合本身就是一种缘分。

在老一辈翻译家当中,算下来我跟冯亦代相处最随便,彼此说话也从不顾忌。自从他老伴安娜去世后,亦代说话很少,往往问一句才答一句,情绪十分低落,以至有次在纽约,董鼎山曾问我:"亦代是不是得了老年痴呆症?"可是,同宗英大姐结婚后,亦代有说有笑,经常笑眯眯,好像完全变了一个人。这让朋友们都备感欣慰。

有次我上他家去看望新婚后的老两口。趁他俩高兴,我故意问宗英:"亦代都快老年痴呆了,你怎么还嫁给他?"宗英又像正经又像玩笑地回答说:"首先,二哥(她对亦代的昵称)对安娜大姐好,因为这一点,我才看上他。其次,二哥对什么人都好。赵丹生前讲过,在重庆时,许多文艺界人士,都多亏二哥的鼎力帮助,才得到安定的生活。对这样的好人,为了'临终关怀',所以嫁给他。"

宗英所说"临终关怀"虽是一句玩笑话,但事实上亦代晚年,确实是受到宗英的充分关怀。2002年7月宗英给我的信中,就可见她的这种关怀:"亦代是垂危病人,在医院住着还经常被抢救,回得家来,我思想紧张得要命。……出现险情送医院就犯难。二哥看病指定的北大医院,病床少,永远住不进。外宾病房虽有绿色通道,

与萧乾、冯亦代（左一）

但冯不够级别，我们设什么硬关系，费用都要自己扛。为住院我们倾家荡产好几番。……现在请了小琴和小娟两名护工，我当尽心尽力带领她俩照料好大家伙的冯二哥。"

亦代去世时，宗英在上海。不久她给我来信说："看到你为亦代写的悼文心里沉甸甸的。21日晚得知亦代情况不好，预感到生离死别的时刻终于即将到来。我病得不能站立，我不能去真的临终关怀，这是我始料不及的。"我理解宗英此时的心情。她真是眼看二哥孤寂，心疼二哥，为了表示"临终关怀"才嫁给了他。正如亦代儿子冯浩所说，是宗英阿姨让我爸多活了十年。亦代弥留时，宗英虽然人未到，但心已到，这也是对亦代真诚的"临终关怀"。

香港回归约凌青编书

1996年初我退休又返聘，心想要为香港回归，编一本反映香港沧桑变化的书。以前我交往的朋友，多为翻译和文学界的，没有与香港沾边的人。想来想去想到了凌青。他是林则徐的曾孙，曾任我国驻联合国大使。但不认识他，怎么办？我还用向来不避冒昧的办法，主动写信向他求助。信中介绍我也是福州人，现在搞出版，有意约请他编书。因不知他家地址，信就寄到外交部老干部局转。

不久果然收到凌青的回信，说他现在身兼福建省政协副主席，常要北京福州两边跑，没有时间来编书。但肯定我的这个创意不错，介绍我去请福建师大历史系林振元教授来写。有了组稿对象，我十分高兴。

经与林教授联系，他表示系里有多位研究中国近代史的教师，愿意接受编写的任务。后趁凌青赴福州的机会，我同他约好，一起前往福建师大历史系同林教授面商。三方会商很顺利，确定由凌青、林振元主编，组织四人的编写组，立即动手撰写，务必赶在1997年香港回归前出书。

当时这类书的选题很多，我与林教授商定：我们这本不是历史专著，不要引用大量枯燥的历史文献，定位为史话普及本，尽量用讲故事的方式，叙述香港百年的变迁。书稿出来后我送凌青过目，他复大体看过，可以出版。书名《百年风雨话香港》是我定的。出版后本准备去深圳举办一次向驻港部队赠书的仪式，后部队方面表示他们进驻前的工作太多，实在没时间插进这一活动，我们只好将书托运去，后来收到了驻港部队政治部的一封感谢信。多年后，我们收到加拿大一所大学图书馆来信，说要将这本书的内容，输入他们的馆藏图书数据库，征求我们的意见。这是传播文化的好事，我们自然同意了。

通过这件事，我同凌青熟悉了，去过他家，见到他的夫人张联大使。有一晚我在燕京饭店设宴，感谢萧乾夫妇等朋友对出版《尤利西斯》的支持，冯亦代夫妇、凌青夫妇、梅绍武夫妇等朋友都来了，大家相聚甚欢。后来凤凰出版集团北京办事处成立，在北京凤凰台饭店宴请知名人士，我也把凌青夫妇请来了。因为编一本书，使我交到了一位知名的外交家朋友。

见多识广的资中筠

资中筠无疑是当下知名度相当高的学者。我同她相识较晚，

与资中筠合影

编辑人脉是重要的出版资源

但很快成了很熟的朋友。九十年代末,有一次老友巫宁坤,从北京陪一位美国前官员到南京,在南京大学中美文化研究中心请我去吃饭,席上资中筠也在座,这是我初次见到这位温文尔雅的老大姐。虽说印象不错,但并没多交谈。后来得知,她就是当年畅销的《廊桥遗梦》的译者,欣赏她的译文,很想约她译书。

　　没多久,她来南大讲学,我同她再次相聚,这次谈得很融洽,知道她毕业于清华大学外文系,我进清华那年她正好毕业,但毕竟是校友,所以联系的纽带仿佛又多了一层。促使我对她益发敬佩的,是我连续读了近年她发表的一系列文章。我发现她虽是读英文出身,又曾任中国社科院美国研究所所长,但古今中外的知识相当渊博,所写文章分析精辟,观点鲜明,敢讲真话,又不失分寸。所以我很爱看,也很受益。2004年,我在北京举办社科院美国所原副所长、翻译家施咸荣的学术讨论会,她应邀到会,做了很好的发言。她对我在任时,帮美国所出版了英文本《中美关系十年》表示感谢。我说,美国所的董乐山、施咸荣、梅绍武、朱士达、潘小松等,都是译林的好朋友,希望今后与美国所有更多的合作。她说好呀。

近些年来,她来南京,我上北京,都时常会晤。她的老伴陈乐民,女儿陈丰,我也都熟悉。陈乐民曾任社科院欧洲所所长,还是一位很有水平的业余书画家。资中筠除了写文章,还弹得一手好钢琴。也许因为我与她对许多问题都有相同看法,所以我同她的交往,不仅联系多了,而且更加坦承己见了。她刚出版了她的文选,又出版了她的新作《有琴一张》,回忆她与钢琴音乐的缘分,从中展现了她丰富的人生。

坎坷又幸运的创业
资中筠

我与老李是同代人,而且是清华老校友,我是1951届毕业,我原以为自己是清华最后一届文科毕业生,他提醒我说他(52届)才是院系调整前最后一届。开始相识是上个世纪80年代后期,我在社科院美国研究所时,事因是我们要出版国际会议论文集,介绍人是我们所的研究员,也是清华老校友施咸荣。施君是外文系的,比我低一班,原来在人民文学出版社工作,所以与出版界熟悉。

我对李景端第一印象是较少书生气而是非常干脆的干事的人。那时像我们这种没有经济效益的书很少出版社愿意承接,何况我们还要出英文版。他初次见面,毫不客套地直言困难。后来不知施咸荣如何说服他,终于出了。这肯定是勉为其难。后来译林名声日隆。就老李在译林出版社以及译林杂志所表现的对外国文学的知识和判断力,我一直以为他也是外文专业出身的,后来才知他是经济系的,完全是奉命改行,而竟然在这一行做出如许的成绩来。

在各自退休以前,我和他来往并不多,最早特别给我印象深刻的是他主持翻译出版《尤利西斯》之事。这么一部难啃的天书,他居然下决心组织翻译出版,而且说动了当时已经年逾古稀的萧乾夫妇担纲,而且能如期交稿,居然首印十万册!这些都是不可思议之事。要知道,那个时期学术著作出版十分困难,首印三千册以上就不错。记得不少学者翻译了学术著作不但得不到稿酬，还要自己包销几百册，实际上就是自己掏钱买回来，放在家里慢慢送人。《尤利西斯》虽为文学作品，其晦涩难读绝不亚于哲学著作，又不能像那种钦定必读书，各单位都必须购买。如何能做到销十万册，这营销术至今对我是个谜。当时我私下与陈乐民议论，说这个人"神"了。尽管此译本真正全部读懂的人也不多，但经过这样大张旗鼓地作为一件出版盛事来宣传，这本名著以及乔伊斯其人，从此在中国读书界名声显扬了，就这一点，在学术交流史上就是功劳一桩。从这一件事，足见李景端办事的魄力和眼力。

作为出版人，而且是以引进外版书为主的出版社和杂志的负责人，老李在诸多方面都有开创之功，有许多"第一个"，今天看来的寻常事，在当时却是闯禁区。例如出西方爱情小说、侦探小说，都需要敢为天下先的勇气。于是就在这一次次闯关中，把不寻常之事变成了寻常事，开辟出了一方天地。他在职时致全力于出好书。选书独具只眼，并且认定了一个目标，总有办法把事情办成，这不但需要勇气，还需要锲而不舍的韧性和一定的谋略。在市场化的改革之后，出版社必须盈利，老李不愧为经济系出身，在他治下，译林出版社确实是盈利单位。但他又不唯利是图，在需要时，又能赔钱出好书。二者兼顾，说来容易，做来难。即使我这旁观者也是深知个中艰辛的。

退休之后，我和老李接触多起来，凡他来京或我访宁，都要聚一聚。他仍然精力充沛，体脑皆健，与他年龄不相称。而且总是忙忙碌碌。如果说在职时所有作为都与本业和本单位的发展有关，退休以后就更加完全是"管闲事"了。这种"闲事"基本上围绕着他执着关注的两件事：提高翻译质量和维护知识产权，特别是译者的权益。近年来他发表的大量文章都与此有关。难得的是不仅动笔，而且身体力行，奔走呼号。有些事与他个人以及单位毫无关系，但是他常常路见不平，拔刀相助。最令我惊叹而敬佩的是世纪之交，由于一套《诺贝尔文学奖大系》侵权，为译者打官司之事。他不是律师，这套书也与他无关，他却慨然出头承揽为译者维权的诉讼案，而且代理的不止一位，是包括季羡林在内的一批译者。每一位情况都不尽相同，使自己卷入意想不到的无穷麻烦。他以特有的执着和韧性，与请来的专业律师一道，最后打赢了官司，还译者以公道。这一来，名声在外，一发不可收拾。一位出版家退休后竟成了打抱不平的侠客义士！不过他主要打抱不平的对象还是翻译工作者，那是因为他在长期工作中对高质量翻译之难求和译者报酬之与劳动不相称深有体会；另一方面出版界愈演愈烈的种种侵权、鄙陋之事也是他为之痛心疾首的。维护和发展译介事业，净化出版领域，已成为他的职业本能，加以急公好义的本性，就造就这样一位永不知疲倦的忙碌老人。

"创业"一词现在已经成为时髦的口号。李景端出版生涯的一个个故事串在一起，实际上就是一个特定的时期中，某一个侧面的创业史。我理解的创业，就是在某一领域内见人之所未见，为人之所不为。比别人先走一步。迈出这第一步总是有诸多困难和主客观阻力，需要眼光、胆识和某种信念。等到成功后，开辟了一片新天地，原来不寻常之事变成了常态，整个事业就前进了一步。《译林》发展的道路，可以看作是改革开放初期翻译出版事业的创业史的一部分。

李景端自己说，他做的许多事，常常要逆风前行。因为每一创新都会有阻力，没有逆风而行的精神是办不成的。但是平心而论，李景端得以成功的大背景，是与当时的改革开放分不开的。从这个意义上讲，也可以说是"顺风"。即顺了改革开放之风，顺了世界潮流之风。

就以刊登《尼罗河上的惨案》这桩公案为例。《译林》创刊号登了这篇小说，引起冯至先生写长信告状，所告不仅此一篇，还包括其他出版社翻译出版《飘》等一大批外国小说，认为"五四以来，我国出版界还从来没有像现在这么堕落过"，罪名不可谓不大，而且信直接写给当时分管意识形态的政治局委员胡乔木。胡批给相关省委"研究处理"。这些都是泰山压顶的来头。但是幸运的是，当时的省委真的只是认真"研究"，而不是为保险起见立即下一道禁令，甚至处分当事人以交责。特别是省出版局党组，更坚定地保护新生的《译林》，支持编辑部提出申辩。在全国作协召开的一次期刊会议上，与会者对此事还能发表不同意见。李景端在会上也才有机会发表自己的看法，事后还应新华社记者的要求，写了一篇《内参》，进一步陈述自己对整个问题的意见，提出要把方向性和学术性区别开来，提倡讨论、争鸣，不宜用行政方法轻易对文艺轻易肯定或否定，等等。当时的中宣部长王任重也出席了会议，并非来训话，而是倾听大家发言，最后总结时，关于《译林》之事，表态是，此事到此为止，还说冯至先生的信中有些话可能过于尖锐一些，但出发点是好意。这样，一桩公案就此结束。不同意见的双方都没有受到伤害。而客观结果是，从此一大批外国文学作品得以放行，门就是这样一点一点打开的。

  今天的年轻人可能对此事有两种反应：一种是，连侦探小说也不让出，这位老先生实在太保守了，还向中央告状，这是要置人于死地啊，多缺德啊！另一种是，有人举报，扣那么大帽子，居然没有获罪，还许申辩，美的你！当事人运气真够好的。曾几何时，那个时代似乎已经离我们很远了。殊不知，当时人们刚从思想极端禁锢，动辄得咎的梦魇中醒来，有一个常用词是"心有余悸"。冯至先生还没有摆脱思想的枷锁，循习惯思维看新事物，这是可以理解的。以后冯先生也随时代进步，认识有所变化。至少他是堂堂正正，光明磊落，实名写信，详述自己的理由。事后他也感到不妥，向李景端道歉，两人坦率沟通。李也一直保持对冯作为老学者的尊重。至于第二种反应，那种大家讲道理的过程确实值得向往。任何时候，任何领域，都可能有不同的观点，只要允许讲道理，摆到桌面上，各抒己见，以理服人，而不是以势压人，出发点都是为了某个领域的健康发展，分歧的解决总是可以将事业向前推进一步。李景端创业之初虽然筚路蓝缕，有许多艰辛，但是所处的时代方向是向着改革开放，这是共识，在此共识下，大家都可以摆事实、讲道理。这种氛围也培养光明正大、襟怀坦白的人和作风。所以我说，他实际上也可说是顺风而行——至少在创业之初。

（作者为中国社科院美国研究所原所长，
载《译林书评》2018年3月第二期）

开会结识俞可平

一篇《民主是好东西》，使中央编译局原副局长俞可平名声大扬，我也是因这篇文章开始关注他。也算巧，2006年在"经典中国国际出版工程"评委会上，因为他和我都是评委，所以认识了。会上的评委，至少是在京正局级领导干部，更多的是副部或正部级。像我这样京外小人物仅此一人。

也许是因为那天会上讨论中，我直率地评价一本书，提出与初评结果不同的看法，受到与会评委的重视，所以会后我在路边等出租车时，俞可平停车招呼我上他的车，说可以顺路送我去宾馆。在车上我同他闲聊，感觉共识很多，彼此互换了名片，相约下次来京再聚会。

这个评委会每年开一次，我就连续六年，都会同他在会上见面。因为他还分管中央编译出版社的工作，同出版也沾点边，所以有两次由编译出版社出面宴请我。他还要我多约请几位朋友来吃饭聊天。我先后请过桂晓风、资中筠、叶廷芳、陆建德、王玮等几位一起来聚会。在俞可平办公室里，我看到他藏书很多，显然是位学者型官员。那天他送了我新出版的两本新书，还特意签了名。

我有时确实"爱管闲事"。因为看到翻译抄袭现象屡禁不止，维权又很艰难，其中一个关键，就卡在很难鉴定是否抄袭。一个外文词，可有多种中文表达，改动几个字，但剽窃他人的创意，这算不算抄袭。打起官司，法官如何界定，如何采信，都没有权威的说法。译林社有场维权官司，江苏省版权局委托南大外语学院，承担是否抄袭的鉴定任务，并以此作为法院采信的依据，后来胜诉了。受此做法的启发，我向俞可平大胆提出一项建议。

我认为，中央编译局外语人才众多，还有外国专家，在翻译领域，称得上权威机构。因此建议该局筹办一个"翻译质量鉴定中心"，有偿受理关于翻译作品是否存在抄袭的争议。其好处：一凭编译局的威信；二凭编译局的人才优势；三为法院采信有了依据；四为编译局开辟创收门路；五可增加社会就业岗位。俞可平对这个建议确实挺上心,局里多次开会讨论。最后告诉我,因为翻译,尤其是文学翻译,至今没有统一明确标准,凭什么来判别真伪优劣。你鉴定出来的结论,有多大说服力也难说,所以中央编译局不愿接这个"烫手山芋"。他这个答复,我理解,也不感意外。

以翻译出版为志业
俞可平

2009年,我受邀担任新闻出版总署主持的"经典中国国际出版工程"评审委员,从此与同是评审委员的李景端先生相识。虽然李先生是前辈学者,但我们一见如故,对翻译出版界乃至整个学界的诸多问题,有着高度的共识,丝毫没有代沟的感觉。在我的印象中,李先生并非一位通常意义的翻译家,也不是通常意义的出版家,而是一位翻译出版家。

翻译可细分为口译和笔译。一般人可能对这两者不加区分,其实这两者差异极大。我刚到中共中央编译局时,曾经对一些声名如雷贯耳的翻译家不能说流利的外语而大为吃惊。后来当我发现,有些能够说一口地道外语的译员,其翻译的作品不忍卒读时,便不再见怪。因为我已经明白,口语翻译与文献翻译迥然有别。口译主要服务于日常交流,而笔译则主要用于专业交流。对于文明的交流而言,口译和笔译都同样重要,但对于文明的深度交流和传播而言,笔译更加重要。所以,当我们说某人是翻译家时,更多的是指那些专业从事文学、艺术、哲学、历史和科学文献笔译的专家。

文献翻译总是与出版不可分离,因为绝大多数文献的翻译是用来公开发表的,只有极少部分用于内部参阅。国外文献的翻译出版,与国内文献的出版当然有许多共通之处,这一点毋需多说。需要特别强调恰恰是,翻译出版与普通出版的不同之处。只有了解翻译出版的特殊性和专业性,才能使翻译出版的作品有质量的保证。李景端先生不仅深刻地认识到了翻译出版的特殊性,而且是国内首倡"翻译出版学"的专家。早在1987年,他在参加香港大学举办的

"当代翻译研讨会"时，就提交了名为《翻译出版学初探》的论文。他从学术研究和作品传播两个方面，系统地区分了翻译与翻译出版两者之间的异同。尽管学界对李先生的"翻译出版学"响应者至今寥寥，但我非常赞同这一倡议。我认为，翻译出版虽然兼有翻译与出版两种属性，但又有别于一般的翻译和出版。在我看来，李先生不仅是"翻译出版学"的首倡者，也是杰出的翻译出版家。

李先生自己说，他的前半生很"平凡"，主要在经济部门从事一般性工作，中年时才与出版结缘，人生变得丰富多彩。改革开放后，李先生受命创办《译林》，从此他便全身心地投身于我国的翻译出版事业。我觉得，从创办《译林》开始，他不再把翻译出版当作一种职业，而把它当作了一种事业。职业与事业是有重大区别的。职业是一种谋生的手段，其内在动力是直接的物质利益。从业者只要完成本职工作，就算履行了职责。事业则是对职业的超越，其内在动力是使命感和责任感。当一个人把某种职业当作自己追求的事业时，他就会有一种使命感和责任感，并贡献其毕生的精力。这时，他不再计较眼前的物质利益，而会着眼于这项事业的社会效益和长远意义。

李先生从创办《译林》开始，一路走来的所作所为，其推进我国翻译出版事业的殷殷之心，斑斑可见。为了把《译林》办成高品位高质量的权威刊物，他百折不挠，以十二万分的诚心，感动了译界的众多名家宿老，最后居然以一介"无名之辈"，请来了萧乾、杨绛、钱锺书、戈宝权、冯亦代、卞之琳、王佐良、周煦良、杨周翰、戴镏龄等一批翻译文学界的顶级学者担任《译林》编委；为了将优秀的国外文学作品译介到国内，他敢于直面翻译界权威的责难和最高领导层的批示，不仅意志坚定地为自己的行为做辩护，而且以极大的勇气毫不退缩，继续坚持国外优秀作品的翻译出版；为了维护翻译出版工作的清正风气，保护翻译出版工作者的合法权益，提升翻译出版的专业水平，他在退休后还不停地"多管闲事"：一会儿"替季羡林打维权官司"，一会儿"声援马爱农为翻译打假维权"，还为"成功保住林纾故居"和《出版史料》期刊"奔走叫喊"。凡此种种，如果仅仅把翻译出版当作一种职业，那简单就是不可理喻的，因为这些对李先生的"升官发财"毫无益处。然而，如果把翻译出版当作一种事业，所有这些行为便都又在情理之中。

李先生为推进他所钟爱的翻译出版事业，可谓挖空心思，不遗余力。从制订翻译标准、提高翻译报酬、设立翻译奖项，到改进外语教育、培养翻译人才、完善法规制度，他似乎都做了认真的思考，并形成了相应的方案。他还不失时机地利用一切机会，去推广他的政策建议。在我们共同担任"经典中国国际出版工程"评审委员期间，他至少向我提出过两个关于翻译出版的政策建议。一是他提及的建立"翻译质量鉴定中心"，一是由中央编译局牵头设立国家翻译奖。尽管我当时不分管翻译工作，但我还是很认真地向有关领导转达了李先生的建议。我认为李先生所提的这两个建议，对于提升我国的翻译出版水平，鼓励更多优秀人才从事翻译出版工作，意义相当重大。

尽管我尽了最大的努力，而且一度曾经觉得这两个建议都有望落实，但最后却双双流产，至今想来，仍觉得十分愧对李先生的一片良苦用心。关于建立国家级的翻译质量鉴定机构，中央领导部门也很重视，还专门下发了一个文件，明确指出由中央编译局牵头，会同国家其他有关部门，组建类似的机构。但因为遇到了一些技术困难，最后仍未落实。至于设立国家级翻译奖项的建议，我始终未觉得有什么实质性的困难，但不知何故最后也没有下文。政界和业界一样，多数人并不把工作当作事业，而只是当作一种职业。当一个党政部门的官员，把自己的工作当作一种职业时，他首先想到的是"做官"，而非"做事"。只有当他把自己的工作当作事业时，他才会把"做事"放在"做官"之前。在现实中，"做官"与"做事"常常是矛盾的，一旦选择"做官"为先，不"做事""少做事"也就很好理解了。

一个国家的兴旺发达，离不开众多"做事"的人。各行各业都需要有像李景端先生那样把工作不只是当作职业，而是当作事业的人。尽管对那些优先选择"升官"或"发财"的人也无可厚非，但对那些首先选择"做事"的人，社会各界尤其应当善待之。李先生说，他"偏爱逆风"。但我相信，他一定也希望社会上能多刮一些"顺风"，为那些选择"做事"而非"做官"或"发财"的人，给予更多的宽容、保护和关心，营造更加自由宽松的环境，鼓励更多的人把工作当作事业，共同来推进我国的现代化事业。

（作者为中央编译局原副局长，现为北京大学政府管理学院院长，载《人民日报》2017年9月12日及《编辑学刊》2017年11月第六期）

翻译推广家金圣华

人们只知有翻译家，何来翻译"推广家"？其实这是我加给金圣华教授的头衔。因为她不仅从事翻译写作，而且不断倡办各种社会活动，推广翻译，促进文化交流，四十年如一日。她身上凝聚的这种执著的文化痴情，使她在全国译界，成为既有丰富译作的知名翻译家，又是热衷推动翻译发展的翻译"推广家"。

金圣华，出生上海，在台湾上中学，毕业于香港中文大学的前身崇基学院，后又获华盛顿大学硕士、巴黎大学博士学位。曾任香港中文大学校董、文学院副院长、翻译系主任兼讲座教授、香港翻译学会会长。

金圣华身上有浓厚的文化痴情，表现在以下四个方面：

献身翻译，为推广翻译鸣锣开道

金圣华的父亲金信民，是与著名导演费穆等同时代的电影制片人，曾出巨资拍摄过《孔夫子》等大片。金圣华出身电影世家，人又长得漂亮，本来有条件成为电影明星。她写作文采极好，也有望当个专业作家。但是她却选择了翻译，而且倾毕生精力，全身心投入。

她早在1972年就参与了香港中文大学翻译学系的建设与发展，就任系主任之后，从单纯教外语，发展到全面传授翻译理论、文化翻译、应用翻译、传声翻译、字幕翻译、数字翻译等新领域，使翻译学真正成为一门独立的学科。她出任过香港双语立法咨询委员，承担了政府法律文件翻译的咨询工作。1997年香港回归前夕，她因推动香港翻译工作的贡献,被授予OBE(英帝国官佐)勋衔。如今,翻译在香港的社会地位已比早年大大提高,对此,金圣华功不可没。

研究傅雷,传播傅雷译事成就

金圣华精通英文与法文,在诸多前辈翻译家当中,她尤其崇敬傅雷先生。她认为,不仅傅雷的翻译经验值得认真传承,而且傅雷的人品和译德,同样应该广为传播。为此,她多方位从事傅雷的研究,出版了《傅雷与他的世界》《江声浩荡话傅雷》以及傅雷英法文书信的中译等。

2007年5月,她代表香港翻译学会,与南京大学法语系及国家图书馆,在南京联合举办了"傅雷百年诞辰纪念,暨'傅雷与翻译'国际学术研讨会"及"傅雷著译图片展",她在会上就傅雷的翻译成就及傅雷精神,做了精彩的诠释。傅雷生前与金圣华并不相识。金圣华如此热心研究傅雷,宣传傅雷,正因为她与傅雷一样,都对翻译事业怀着一份执著的热爱。

为名家"画像",崇尚人文进取精神

金圣华是搞翻译的,但她却对有项"副业"乐此不疲,那就是替中文大学颁授荣誉博士和新校长就职盛典撰写赞词。这份差事可不容易。既要正面概括这些文化精英和社会贤达的成就、贡献和特征,又必须高度精练,不得冗长,而且还要适用香港重大场面常用的庄重文体。为此必须大量搜寻资料,才能灵活取舍,写出精华。一篇不长的赞词,往往要阅读好几个月的材料,才能理出头绪,其辛苦不言而喻。迄今她已为李嘉诚、田家炳、饶宗颐、连战、费孝通、季羡林、袁隆平、路甬祥、杨利伟、汪道涵、余光中、白先勇等海内外数十位著名人物撰写了赞词,以至被戏称是"写赞词的专业户"。她挑选了二十篇赞词,随附她在采访这些名人时了解到的一些细节故事,合集出版,取名为《荣誉的造像——正面与侧面》,著名作家白先勇为该书写了序。出书后,金圣华又把版税全部捐赠给香港中文大学的"儿童癌症基金"。有人问金圣华何以对

这桩事如此费心？她说：这些名家的贡献和精神，是社会宝贵的精神财富。我介绍他们，就是希望大家像他们一样，始终崇尚人文与科学的进取精神，共同推动社会文明不断进步。

举办华文评奖，热心弘扬中华文化

进入新世纪，金圣华又积极投身一项功德无量的文化善事。1998年开始，她筹划由香港中文大学文学院主办"全球华文青年文学奖"。该奖分短篇小说、散文、文学翻译三个组，向全球在读华文大学生公开征稿。冠军奖金为两万港元，最少的鼓励奖也有奖金五百元。冠亚季军及一等优秀奖的获奖人，还可免费到香港参加颁奖典礼及文学讲座。不但奖金高，决审评判的阵容更是华文界闻名遐迩的一流专家。先后担任过该奖决审评判的，小说组有王蒙、白先勇、齐邦媛、刘以鬯、王安忆等人；散文组有柯灵、余光中、余秋雨、董桥、林文月等人；翻译组有杨宪益、高克毅、彭镜禧、陆谷孙和金圣华自己。从1998年至2017年，已连续办了六届，获奖大学生遍及中国及东南亚、欧美等五十多所高校。如今，这个奖项已成为青年文学奖中的一个品牌，越来越显示出激发年轻人文学热情，弘扬中华文化的作用。

金圣华作为这项文学奖的创办者和前四届的筹委会主席，可谓付出了巨大的心血。每届评奖需要花费上百万港币，这全靠她四处去募捐。此外，章程要她定，评判要她请，征文宣传要她抓，直到颁奖典礼及文学讲座的每一个细节，都少不了她的辛劳。我曾问她，出于什么考虑，驱使她花费这么大的气力去办这件事。她很平静地说，语言是把钥匙，能使人打开文化的空间，进入知识的天堂。我虽是学外文出身，但我深感中文最优秀，中华文化最富有精髓。面对欧美的强势文化，我们有必要为弘扬中华文化多多出力。

金圣华退休后，还在上翻译课，写翻译文章，做推广翻译的事。一句话，她还在译道上不倦跋涉，还在为弘扬中华而奉献自己。她的这种文化痴情，使人感动，更令人敬佩。

（载《中华读书报》2010年4月14日）

顶风前行的汉子

金圣华

年届耄耋的李景端，仍然精神矍铄，声若洪钟。退了休，每日里还是风风火火闲不住，为文化界，翻译界各种常见的弊端，各种不公的现象打抱不平，忙于对抄袭侵权口诛笔伐，大声疾呼，似乎生活得丰盛惬意，锐气十足。但是，回溯往昔，他一路走来，人生道上经历的坑坑洼洼也确实不少。只是吃了亏，不认输；摔了跤，再起身，全凭一股顽强的意志和顶风前行的勇气。

与李景端初识于1987年香港大学举办的"当代翻译研讨会"上。当时只知道他是江苏《译林》的社长，一个国内出版界响当当的人物，至于背景如何，为人如何，则完全不甚了了。几年后，李再次访港，那时我恰好出任香港中文大学翻译系主任。在某天聚会中，谈起想举办一次大规模翻译国际研讨会的构思，李景端一听，马上热烈赞同，并表示愿意合作，于是促成了1996年中文大学翻译系"外文中译研究与探讨"学术会议的召开。那次会议，由于李的全力支持与推荐，内地请来了一大批翻译界举足轻重的健将，包括叶水夫、李芒、罗新璋、杨武能、施康强、许钧等，而大会当局则邀请了台湾、香港地区及海外的译坛名家，包括余光中、蔡思果、高克毅、林文月、齐邦媛、林耀福、彭镜禧、黄国彬、钟玲等，这些学者在会上踊跃发言，尽情交流。除此之外，我们还举行了"翻译作品展览会"暨"翻译出版专题座谈会"，诚邀全国的知名出版家前来发表演讲及展出书籍。会议一连三天举行，由于名家众多，规模宏大，可说是盛况空前，成果丰硕。

经过这次盛会，发现跟李社长不但合作无间，而且性情相投。我们都是办起事来，不顾一切，努力求好的人。由于种种机缘，此后彼此相交渐多，相知日深。有一回，不记得是在四川大学访问之余同游都江堰的时候，还是在厦门大学讲课之后寻访名山的当口。李景端提起了自己原属"富二代"的出身，以及上过四所名牌大学的经历，也说起了与翻译出版结缘和打造《译林》品牌，以及出版各类西方名著的事迹。只是日久年远,种种详情早已经在脑海中渐渐褪色,印象模糊了。前一阵有媒体约我写一篇评论李景端的文章,促使我又回忆和重温了他当年叱咤译坛风云的诸多盛事。

最令人印象深刻的,不啻是他策划《尤利西斯》全译本出版的经历。爱尔兰作家詹姆斯·乔伊斯于1922年出版的这部巨构《尤利西斯》,乃西方现代派意识流小说的开山之作。译林出版社要把这样一本晦涩难懂的"天书",在改革开放后不久的中国出版中文全译本,所需要的不仅是极大的魄力、心力和精力,还要有不比寻常、洞悉全局的眼力。

遥想《尤利西斯》于1922年在巴黎出版之初,英美均列为禁书,而当时负笈英伦的年轻诗人徐志摩,却已经慧眼独具,盛赞这部天书为"独一著作",并指出全书最后一百页,不用可厌的符号,不分章句篇节,"只是一大股清丽浩瀚的文章排衙而前,像一大匹白罗披泻,一大卷瀑布倒挂,丝毫不露痕迹,真大手笔!"(见徐志摩《康桥西野暮色》)。悠悠七十余年后,李社长和徐诗人心意相通,在他的大力推动和不懈努力之下,再经历译者萧乾、文洁若夫妇的废寝忘食与悉心投入,这部天书终于以翔实流畅的全译本面貌,呈现在国人的眼前,成就了我国翻译出版史上一则脍炙人口、动人心弦的传奇。

李景端善于同名家交朋友,有许多是我们共同认识的,如杨绛、杨宪益、叶君健、王蒙等。李景端曾陪我同访杨绛和杨宪益。至于季羡林,2002年香港中文大学决定颁授荣誉博士衔予季老,由我担任赞词撰写人。当我事前远赴北京造访时,应门的季老秘书李玉洁大姐一开口就说:"你是李景端的朋友,一定是个好人",仿佛由中文大学特派的访客身份,竟因而更得到加持,可见李景端在友人心目中的口碑。

有些名家,是李景端介绍我认识的,如冯亦代、黄宗英。其实,我父亲金信民也是电影界前辈制片人。小时候就由他带我见过"甜姐儿"黄宗英。多年后,由李景端引荐,又在上海的华东医院,重见已届耄耋之年而仍风姿嫣然的名演员兼名作家黄宗英,彼此相谈甚欢。另外一些名家，却是由我介绍他认识的，如余光中、林青霞。青霞与我于2007年同赴北京观赏在国家大剧院演出由白先勇监制的"青春版牡丹亭"，我们想趁白天造访季羡林。于是请李景端事前安排，那次造访成就了林青霞向季老讨文气的佳话，而李和林也从此成为相熟的朋友。李景端说，他与诸多名家的交往，既是他的人生故事，某种程度上也赋有文坛史料的意义。对此，我很赞同。

李景端不辞辛劳，为香港"全球华文青年文学奖"当义工。从1998年中文大学文学院委托我筹办第一届开始，他就受聘出任此项文学奖特邀顾问。从帮助宣传征文，发动大学生参赛，募集图书作奖品，把家里电话充当应征人咨询热线，直到在"文学讲座"上当嘉宾演讲，连续六届，历时漫漫十九载，他都不计回报，热心服务，为这项弘扬中华文化的公益活动积极做贡献。李景端退了休没闲着，不知老之将至，仍在为提高翻译地位而发声，为促进中外文化交流而奔走呐喊，不禁使我对这位"战友"及其赫赫战绩，给予衷心的喝彩！

（作者为香港中文大学文学院原副院长兼翻译系主任，载《新民晚报》2017年8月3日）

从"小陆"变"神仙"的陆谷孙

复旦大学英语教授、《英汉大词典》主编陆谷孙，一生都献身在编纂英语词典之上。1979年冬我认识他之时，他还只是讲师，我叫他"小陆"。他出名后在网上当"版主"，取号"老神仙"。这固然是自我调侃，但也是他超脱世俗、远离功利这种意境的比喻。前不久，他不幸病逝。我在悲伤之际，不禁回想起我同他几十年交往的诸多往事。

时间回溯到八十年代初。《译林》杂志因刊登《尼罗河上的惨案》，被一位权威上书中央告状，指责《译林》"堕落""把社会主义飘掉"。在这桩得到妥善处理的"译林事件"之后，北京译界仍有一股势力，对新生的《译林》进行封杀。面对这种压力，我只好向上海译界另求出路。就是在这样的背景下，我有幸结识了陆谷孙夫妇。

《译林》第二期要译介英国名著《吕蓓卡》，经人介绍，我先见到谷孙夫人林智玲，随后才认识了谷孙。他们并未受"封杀《译林》"这种偏见的影响，欣然接受了翻译《吕蓓卡》的任务。他们夫妇这个译本的完美，不仅为《译林》带来了极大声誉，还成了后来几十年久盛不衰的畅销译本。那时谷孙夫妇还住在旧弄堂老房的一间阁楼上。所得翻译稿费虽然区区千把元，但对于穷教师来讲，还是难得的一笔收入。林智玲高兴地用它买了一台当时流行的日本四喇叭录放机，而且还录制了好几盘外国轻音乐的磁带送给我。人生的缘分往往来自偶然。就因为翻译《吕蓓卡》这本书的偶然，成就了我与陆谷孙夫妇多年的诚挚友谊。

陆谷孙学术上的成就，许多人都知道，无需我再来赘述。仅就我与他几十年的交往，许多往事仿佛过电影一样，一幕幕在我脑际闪过。其中我想到：《译林》与上外《外国语》杂志举办首次全国英语翻译竞赛时，我也邀请陆谷孙和万培德参加了在苏州召开的终评会。那次到会的评委，都是像叶君健、戴乃迭、卞之琳、杨周翰、冯亦代等这样的外语界"大佬"，陆、万二人当年算是"小字辈"。他们主动坐在会场后边，陆谷孙自称"我们两人是后排议员"。但他在会上的发言很有说服力，会下冯亦代对我说："你请的这两位年轻人，蛮有眼光。"

1986年《译林》在杭州举办中青年译者笔会，谷孙夫妇本来均应邀到会，但临时谷孙另有任务，只有他夫人来了，而且做了精彩的发言。我社要翻译出版《英国文学辞典》，需要专家审稿把关。我找谷孙帮忙。当时他编《英汉大词典》的任务很重，对我的请求二话没说，一口答应，如期完成。谷孙夫妇对《译林》的支持不胜枚举，我确是感激在心。谷孙的姐姐在南京工作，姐弟关系至亲，谷孙每次来南京探望姐姐，我必与他在夫子庙，边小酌边谈古论今。我去上海，若没空去看他，至少也会打个电话问候一下。

2006年5月，我同陆谷孙夫妇同时参加香港"全球华文青年文学

与陆谷孙

奖"的颁奖典礼,谷孙和我还在"文学讲座"上先后作了发言。我同她夫人林智玲有好多年没见面了。有件事我要特别感谢她。1993年我去美国访问,在纽约因出发匆忙,竟把放在枕头下的钱夹忘拿了。里边装有我的护照、还程机票,还有800美元。中途想起赶回去时,宾馆女服务员否认拾到。这一下可把我急坏了。没护照,身无分文,又回不了国,日子怎么过!一到华盛顿,我急忙找在当地工作的林智玲求助。她用上海话对我说:"侬格是老居彭扎贼骨头(你这叫老行家碰上贼了)。"

那天她顾不到上班,先开车送我去中国大使馆,又去银行取了200美元借给我,再送我去航空公司。幸好大使馆给我新办了一张一次性的"旅行证",代替护照使用,才使我如期回国。倘若没有林智玲的帮助,我可就惨透了。

几十年的相交,使我对陆谷孙的为人和人生态度,逐步有了更深的了解。许多人都尊称他为当今英语界大师,这自然当之无愧。他为人和治学等多方面的美德,无疑都值得后人颂扬和传承。但最令我敬仰和佩服的,就是他自称的"第二种忠诚"。

有一年我去上海,那时谷孙已经很有名了。他特意请我去宾馆吃饭。那天就我们两个老头,可谓什么话都谈。我知道他的夫人在美国有个很好的工作,女儿又嫁了美国人,我就问他:"你为什么不去美国同妻子和女儿团聚?"他抽了一口烟,很凝重地说:"我不是共产党员,甚至连体制内也不是。我不敢说我有多高的觉悟,会为祖国去献身当烈士,但是我对我的故土,对我的事业,依然充满热爱与留念。我把它称之谓'第二种忠诚'。我在上海,有做不完的事,处处受人尊敬,心情很舒畅。如果去了美国,失去了用武之地,有谁看重你。我不愿当个二等公民,低三下四去取悦外国人,所以我不去。"我又问:"这样你岂不是很孤独吗?"他笑答:"看不透,想不开,才会感到孤独。我现在工作很忙,我们复旦好几位单身老人,有个不成文的'俱乐部',平时互相照应,假日一起喝酒聊天,像这样神仙般过日子,哪里还想到什么孤独。"这一番既充满乐观、又富有哲理的话,使我听罢,除了敬佩再无话可说了。

谷孙去世后,我从网上看到他生前写的一些文章和访谈,联想接触到他的为人,听到他推心置腹的真言。我仿佛更加理解了,他为什么自称闲云野鹤,自我惕厉;为什么一生敬业工作,晚年散书散财,视名利为浮云。原来都是基于他对故国的"第二忠诚",也源自他怀有远离急功近利那种心态的境界。

(载《新民晚报》2016年8月11日)

外文所才女朱虹

中国社科院外国文学研究所,是个大所。八十年代时有二百多人,拥有冯至、杨绛、叶水夫、卞之琳、李健吾、戈宝权、罗大纲、李芒等众多知名学者,堪称我国外国文学界"最高殿堂"。起初,因为受冯至那封"告状信"的影响,外文所里有些人对《译林》,有的跟着封杀,有的保持距离,总之看不顺眼。但随着对外开放的发展,学术界思想进一步解放,特别是看到《译林》快速发展的成就，许多人都改变了态度。外文所与译林社，后来更发展成亲密的合作伙伴。所办期刊《外国文学动态》出现经济困难，译林社不惜赔钱，帮它印刷出版。不少研究成果，都在译林社得到出版。当今所里许多语种的骨干学者，如吴元迈、柳鸣九、陈众议、董衡巽、李文俊、郭宏安、叶廷芳、韩耀成、林一安、王逢振、郅溥浩等等，如今都已成了我的朋友。这当中，我要特别介绍一位才女，她就是朱虹。

朱虹是柳鸣九的夫人。她从小在教会学校成长，经过北大英语系四年磨炼，其英语水平更是突飞猛进。她在外文所从事英美文学研究，但她最擅长的还是中译英。八十年代后期开始，她几乎长期在美国哈佛大学，一边搞研究，一边搞中译英。起初她也觉得《译林》没走"正道"，所以尽管她与我同在美国文学研究会里一起开会，但从未交谈。

为了迎接在北京召开"世界妇女大会"，有家出版社约朱虹主编并翻译出版一本《中国当代女作家作品选》，全弄好了，那家出版社却变卦不想出了。于是朱虹托人找到了我，我立即答应接过来，由译林社来出。而且还负责向黄宗英约稿，硬求她为这本书写了一篇生动的序。也许有了这件事的促进，随后朱虹与我的交往逐渐多了。她在苏州参加哈佛同学联谊会时，特意打电话约我去苏州见面。在北京，她与我也互相请对方吃过饭。可以说，在外文所的女学者中，朱虹成了近年与我联系最多的朋友。最近，她又用英文给我写了一封信，从中也可看出她与我交往的一些过程。

Dear Old Li,

　　I am old and sick and have undergone many operations and also have to travel sometimes, but I am grateful that you keep ahead of the times, like a young man full of fervor.

　　This last mistake that you discovered is really very very important. It should alert the authorities, who is responsible.

　　I also admire the way thar overlook offenses to you.

　　You are not vindictive. You stick to your position but you

are not mean to people who have wronged you.

Feng Zhi is a very careful person, it is not easy for him, a man in his position. In Peking University, he underwent a lot of criticism and attacks. So he is cautious, afraid to make a mistake. He was wrong about Yilin. We were ALL wrong, I remember Li Wenjun and I had talked to Feng about this new magazine that "frightened" everybody.

We were way behind the times, you had the sensitivity, the smartness to catch on to the new era.

But though we had opposed you, and we were wrong, you never took it personally.

I also admire the way you keep up with old friends and don't say bad things about other people. I just want to tell you that I had written a little essay on The Little Prince and the Shanghai Daily English magazine is going to publish it. I now sent to you by attachment, It raises the problem of piracy, I wonder what you think.

Best wishes for your good health and good spirits.

I am old and sick and down-hearted. Don't use cell phone, don't go on line. Just read old books, like the feeling of paper in my hands.

zh

老李：

我年纪大了，身体也不怎么好，陆续做了好几次手术，但还不时出去旅游。只是不及你，总是像一个充满活力的年轻人，走在时光的前头，真好。

你上次新发现的这个问题，的确是太重要了，需要请相关的领导警觉起来。

再说，在面对他人的错误和冒犯时，你的态度让我很是敬佩。

你从来都不心存报复的心理，坚持自己的看法，但对冤枉你的人，也从不刻薄反击。

冯至这个人很谨慎，对于他这种身居高位的人来说，着实难得。他在北大受过不少批评和攻击，所以他后来很严谨，总是害怕犯什么错误。可是关于《译林》，他真是错了，我们都错了。我还记得当时李文俊和我，向冯至说起《译林》，说这本新出的杂志"吓到"了每一个人。

我们曾远远地落后时代，而你却那么敏锐，那么睿智，跟上了新的时代。

我们曾经反对你的想法，而事实证明，我们才是错的一方。可你却没有将公事的不和，掺入到我们的私交之中。

我敬佩你一直和老友们保持联系，且从不说他人的坏话。这次写信是想告诉你，我新写了一篇关于《小王子》的小文章，会刊在英文版的《上海日报》上。我把文章放在附件里了，写到了盗版问题，不知你有什么想法。

祝你身体健康，精神好。

我嘛，老了，身体不好，心情也总是低落。不爱用手机，也不上网。也就翻翻旧书，还是喜欢书页在指尖的感觉。

朱 虹
（杨玉丹译）

与林青霞的文学交情

林青霞是台湾老牌大明星，现居香港。我一个当编辑的，怎么会同她交上朋友？这纯是出于文学的缘分。

2007年国庆前后，白先勇邀请影星林青霞、香港中文大学金圣华教授和我等友人，到北京新开张的国家歌剧院，观赏他策划演出的新编昆曲《牡丹亭》。青霞仰慕杨绛和季羡林两位大师的学术造诣，意欲前去拜访。她得知我与这二老均熟悉，就托我代为引荐。

后来青霞与季老的会见，成了文坛一桩佳话。遗憾的是，杨绛当时在其侄女陪同下去大连休养，青霞与她失之交臂。

初次与青霞相识，她挺热情，既送我签名照，又送我瑞士产的巧克力。那晚看完《牡丹亭》，青霞邀请全体演员去吃宵夜，把金圣华以及我和太太也请去了。那晚互相拍了很多照，气氛很热烈。这些只是交往的一些过程，促使她与我后来保持联系的，还是互相关于文学的交流。

我知道她闲时在练书法，就建议她不妨写写散文。她问写什么？我说，你演电影的经历，你认识那么多的人和事，都是写作的好题材。心里什么有感，就写什么，写多了就熟练了。她表示赞同，还说季老建议她多读些世界文学名著，但不知选读哪些书。我说这我来帮你选。后来我寄赠给她一箱译林版《精选世界文学名著》，她十分感谢。有次她刚看过一部美国电影，很快就从《译林》杂志上读到这部影片的小说原著，对《译林》很欣赏。我就答应按期给她寄《译林》。

2009年我去香港参加"全球华文青年文学奖"颁奖典礼，她邀金圣华和我两对夫妇在九龙半岛饭店品茶。她感谢我看过她的文章

与林青霞合影

后所提的意见，表示以后写出文章，都会先发给我，请我帮她选择内地的报纸发表。从中我发现，她的写作技巧和水平，越来越娴熟多样。2012年2月，我曾与她有过如下的通信。

青霞：

　　谢谢你发来新作《忆》，读后感觉一新。如你自己所说，确与以前的写法明显不一样。你已从以前那种单纯写故事、再现过程的心态，开始在你的文章中，注意融入自己的构思，施展自己的拼裁，也就是真正进入文学创作的状态了。你先前的文章，好像平铺直叙的多一些，写人讲事，似多着笔在故事的经过，时空也是随事件发展而顺序延伸。这种写法朴实、顺畅，读来比较轻松，但有时因较少起伏与波折，以至在吸引人注意这一点上，可能会有所削弱。

　　而《忆》这一篇就有不少变化，凭我粗浅的观察，至少使用了现代主义中虚实并存、穿插倒叙、人物替换及意识流等手法。例如，说脑子里出现两股轨道，看着圣华，却想起国荣；对答今人，又忆及故人；想到一个人，更联想到好几人；见到故居，却想起孤单，如此等等。不管你是刻意的还是自发的，总之，这样写，不仅与主题《忆》贴题，而且多了断绪、续谱、蔓枝、潜词等诸多悬念和关节，这种变化起伏，似更容易勾起人们的回味与遐想，这也许正是早些年现代主义创作手法受人欢迎的原因之一。

　　再提高的空间何在？恕我冒昧直言，用意识流，最重要的一点，就是要善于展现内心世界，通过丰富的联想、想象，不但追忆往事，更表达内心情感，从而让人触景生情，见文动情。比如，你突然想到了邓丽君，文中只有一两句对话，其实这地方就是施展意识流的好机会，如果能适当展开，多表达一些思绪的荡漾，加一些情感的回溯，我猜想，必定会更丰富这篇文章的情感色彩，通俗点说，文学味似会更浓一些。当然这些只是我偶然想到的一些啰嗦话，可能不靠谱，说得不对，切莫介意。

李景端
2012.2.25

景端先生：

　　你好！谢谢你花时间读我的文章和给我宝贵的意见，我会铭记在心。

青　霞
2012.2.27

　　多年来，我帮她在《新民晚报》《光明日报》《文汇报》《北京晚报》《新闻出版报》等多家媒体，发表过40多篇文章。她先结集出版了《窗里窗外》，随后又出版了《云里云外》，这两本书，表明林青霞在明星向作家转型的道路上，已迈出可喜的一步。

　　我在对她《窗里窗外》一书的评论中，曾写道："林青霞的书，不仅写电影界'窗里'的，更广写'窗外'的世间万象。都是在咀嚼岁月，回眸往事，回忆故人，感悟人生。……书中写了好多人物，既有对老爸及女儿的感恩与眷恋，也有对琼瑶、黄霑、徐克、张国荣、三毛等圈内外诸多好友的回忆与思念，还有对圣严法师、季羡林等大师的仰慕与崇敬。青霞写人物，不问对象是谁，都怀着很虔诚的心态来写，丝毫没有大明星咄咄逼人那种语气，就像与好友在谈家常。……

　　"青霞还写出她这一代人对人生的诸多感悟。她感悟最深的，就是岁月使她更加懂得感恩。对亲人、故友、引路人、大师、乡土，乃至花十年写出《永远的林青霞》一书的作者铁屋彰子，都怀着真挚的感恩心态。息影后青霞一直十分低调，深居简出，拒绝炒作，并热心公益事业，这大概与她心怀感恩有关。……

　　"青霞善于捕捉不起眼的小事物，连结放大，赋予想象，达到以小窥大的效果。在《小花》中，她讲游览柬埔寨吴哥窟时，偶然在乱石中看到三朵小花，由此她联想到吴哥的千年巨变，并从历经磨难小花依然绽开,悟出了人生旅途虽屡遭考验,仍应在心田开出美丽花朵这个哲理。"

又见林青霞

由于青霞在内地发表文章,大多都是先发给我,经我帮她联系报社发表,所以,我就成为她的作品在内地的第一读者。像这样的文学结缘,持续10年至今从未间断。2017年4月6日,香港中文大学又邀请我前往香港,参加该校主办的第六届"全球华文青年文学奖"的颁奖典礼,我已连续六届受邀担任特邀顾问参加这项活动。这一次我婉辞了像前五届那样,在"文学讲座"上作翻译讲座的邀请,但给自己添加了一项任务——凭我的人脉,从北京商务印书馆、江苏人民出版社和译林出版社,募集到《现代汉语词典》(第七版)、《中国近现代移民史》《西南联大国学教材》等7种书共四百多册,作为赠品送给获奖的海内外大学生。正是因为要出席香港这次活动,使我又有了同林青霞见面的机会。

行前,青霞的闺蜜兼英语老师金圣华教授就告诉我,青霞要请我和老伴上她家吃饭。初次上门总不能空手去,明知她什么都不缺,要带什么样礼物,这可把我愁煞了。我向圣华求助,她答青霞现在潜心看书练字,近日尤爱看契诃夫的戏剧,你什么也不要送,找几本她爱看的书就行了。我连忙向人民文学出版社一位俄语老编辑朋友打听,他说契诃夫戏剧新译本刚发稿,还没出版。但他家里还保存有三种五十年代李健吾先生繁体字的老译本。我说我也要,多谢老朋友的慷慨相让,书算是找到了。不过我觉得,只拿3本旧薄书送人,难免不好意思,考虑再三,终于想出了一个主意。

十年前我陪青霞去看望季羡林先生,这是我初次与她相识。在去途的轿车上,我想我这么一个老头,怎么好意思像年轻粉丝那样,向明星要签名照。正好那年我的小孙子昊岳出生,我就以小孙子的名义,试向青霞要张照片。没想到她十分愉快地拿出两张她年轻时的照片,并在一张的背面写下:"昊岳小朋友:快高长大——青霞姨姨,2007"送给我的小孙子。回到宾馆时,她又叫助手送我孙子一盒瑞士巧克力。2009年我到香港，她请我在半岛酒店喝茶时，特意吩咐秘书张小姐，去买了一件"乐高"电动玩具送给我孙子。后来又寄来好多件她先生公司出品的名牌童装。转眼间我孙子十岁了，学国画和书法好几年，少年书法考级达到五级。我就想，为了答谢青霞姨姨的关爱，不如让孙子送她一幅少年书法，虽难登大雅之堂，但也算小孩的一种心意。

于是我针对青霞现在潜心看书练书法的心态，写了一首《林青霞乐》的藏头打油诗，让孙子录写后回赠给青霞：

林鹏展翅始窗外，①
青峰翱翔耀影坛。
霞光不息心怡然。
乐在书香墨韵中。

4月8日下午，青霞派车来接金圣华和我们夫妇。这是青霞在港岛半山她自己接待朋友的住所。周围环境的安静，与香港市区那种嘈杂成了鲜明对照。按过门铃，青霞亲自到门口迎接。与上次同她见面已过去快八年，她的神态依然显得年轻、优雅。落座后，我开始向她赠送礼品。第一件，是北京商务印书馆，一周前刚出版我的散文回忆录《风疾偏爱逆风行》。我说："主要回忆我后半生创办《译林》杂志和译林出版社的经历，书中有钱锺书等多位名家给我的信，还有我写你的文章，请你指正。"她笑答："一定认真拜读。"第二件，是她想看的几本契诃夫戏剧中译本。她一看，十分高兴地收下。第三件，是我老伴送给她的一条丝巾，无非略表一点心意。最后一件，我对她说："这是我带来独一无二的一件礼物。"她有点惊讶地望着我，大概在猜我卖什么关子。

我先拿出十年前她送给我小孙子的照片，并给她看了背面她的题字。问她还记得这件事吗？她迟疑一小会儿说，记得。我接着说："如今我孙子昊岳已十岁了，知道你在练书法，他也在学国画和书法，在少年书法考级中还达到了五级。为了答谢你送那么多东

---

① 青霞出道拍的第一部琼瑶电影，就是《窗外》。

西给他，这次他录写了一首我写的七言打油诗，呈送给你求教。"她一听，显得既意外，又高兴，连忙把这幅书法长条展开，边看边读。当读到林、青、霞这几个字时，觉得有所发现，连忙问我："诗中还有我的名字？"我说："对呀！写的是'林青霞乐'四个字为首的藏头诗。"她又把诗从头到尾读了一篇，连声称赞："诗的寓意贴切，十岁小孩的字也写得不错。"

林持字幅

她立即拿起这幅长条，走到客厅靠墙处全条展开，叫我们给她拍照。由于我的手机像素低，拍照时手又老动，照了几张她都不满意，就叫来她的菲佣，改用她自己的手机来照。因为她对拍照要求很严格，那位菲佣也拍了好多张她才满意。看得出，她对收到这件独创的十龄童书法礼品，显得十分高兴。

随后她领我们到她家的阳台拍照。从阳台前面望去，香港岛临海的全景，几乎一览无遗。尤其是夜间，远处密集高楼上灯光闪烁，造型独具特色的中国银行大厦，被灯光照耀得格外显眼。青霞同我、我们老两口以及金教授，一一合影。后来在客厅里和沙发上，又分别合照了好多张照片。那天，青霞留我们吃晚饭后，又一起聊了很长时间。我问她第三本书什么时候能出版？她说最近一阵写得少，才写有十几篇。我直率地对她说："你还不如把做电视真人秀的时间，用来写文章更好。那种节目，无非借娱乐明星来吸引观众，靠出洋相博眼球。"她点头赞同我的这种看法。青霞向来是"夜猫子"，熬夜是常事，那天直聊到快11点，她才派车送我们回去。

我返宁的次日，就收到青霞发来的电邮。表示那晚在她家聊得很愉快。还特别告诉我：在我送她的3本契诃夫戏剧老译本中，有一本出版的时间，同她的出生年份相同；还有一本出版的年月，更与她生日的月份相同。她为得到如此珍贵和巧合的译本，备感兴奋和欣喜，相约下次我赴港，一定再聚会畅叙。

（节载于《光明日报》2017年5月19日）

出版同行是友不是敌

人民文学出版社领导

常说同行是冤家,其实不然。同行虽是竞争对手,但同处行业之内,势必有共同关心的问题,有些涉及行业相关事务,也需要同行合作去解决。所以,作为编辑,善于处理好与同行的关系,也是编辑的一项基本功。基于上述认识,我从事译林编辑工作期间,首先注意处理好行业两位老大哥——人民文学出版社与上海译文出版社的关系。

屠　岸　曾任人民文学出版社总编辑,是位出版家、翻译家。他是江苏常州人,还是我在上海交通大学运输管理系的学长。他比我年长,我是在其退休之后才与之相识。因为他常在报上看到我的一些文章,所以有一次回常州经过南京时,特意来找我。吃饭中他谈起,"我多年翻译的一部《英国诗选》,是迄今收入英国诗人最全的诗作,因为篇幅太大,又不赚钱,至今没有出版社肯出。"我知道他也是著名诗人,翻译功底很厚,这部诗稿无疑有学术价值,就表示请把书稿寄几章来，看后如合适，译林愿意出。他听后十分高兴。

后来我们看过部分书稿，觉得翻译严谨，用词流畅，经研究后同意接受出版。屠岸也是出版人，知道出这样大部头诗集，难免要赔钱，就高姿态表示，只要送他100套，他愿意放弃稿费。此书出版后，在诗歌界反应不错。屠岸与我，也由此加强了联系，成了朋友。

秦顺新　曾任人民文学出版社、分管外国文学出版的副总编辑。1986年在镇江召开的"出版调查会"上我就认识他了。后来筹建"外国文学出版研究会"，我当然推他当头，凡事尊重在先，所以彼此相处很融洽。好多次我发现有人盗印该社的书，立即向他通报，对此他很感谢。有一次我问他："名著《尤利西斯》你们为什么没去组织？"他答："我找过金隄，他说要10年才能译出。"我随口说了一句："你们不译，那我就要译了。"他反问我："你能找到什么人来译？"我当时确实心里没数，自然也无法回答。等到译林版《尤利西斯》出版，他见到我，不知道是赞扬还是持疑，笑着说道："你能找到萧乾夫妇来译，本事真大。"

任吉生　她是秦顺新的继任者，虽然年纪比我小，但我仍视她为大姐。刚接触她我就出了个洋相。那年美国文学研究会在厦门开年会，我是会务主持者。在安排房间时，我看到"任吉生"的名字，误以为是个男的，就把她安排同外文所的赵一凡住一个房间。她进去后发现错了来找我。我才知道她是位女士，连忙赔礼道歉，调换房间。后来熟悉了，她还常常拿这件事取笑我。外国文学出版研究会她是会长，我是秘书长，但她从不"争权"，所有活动全部放手让我去做。当然我也注意尊重和汇报，所以多年合作下来，始终十分愉快。杨绛译作的出版权都在人文社，译林社为了出《杨绛译文集》，我希望任吉生允许我们使用其译作。她知道出文集，不会影响单本的销售，表示同意。这又一次表明，译林与人文两社的关系很融洽。

上海译文出版社领导

上海译文社前期，因受冯至"告状信"的影响，与《译林》关系并不密切。但随后几任领导，都成为我的好朋友。

骆兆添、叶麟鎏 在他们二位主政时期，由于出版了名著普及本等因素，译文社的经济效益大增。那时译林社实力还很弱，我一直将他们二位当作老大哥看待。在对外买版权中，凡是上海译文社报过价要买的书，我们一般都不去抬价争抢。骆兆添也很大方。虽然他们买下《蝴蝶梦》的版权，但知道是《译林》最早组译这部作品，所以也默许译林社继续同时出版这本书。对此，我当然很感谢。至于叶麟鎏，我同他一起访问日本和美国，又多次在国内一起开会，经常互相开玩笑，所以，一直是要好的朋友。他嗜酒如命，又无子嗣，晚年很孤寂。有时同行相聚，我还常常提到这位老好人。

汤永宽 曾任上海译文出版社副总编，1978年在广州会议上，我最早认识他。他与我，都是美国文学研究会的积极参与者。后来他出任副会长，我被选为副秘书长，我和他同赴厦门主持了那一届的年会，双方的友情越来越密切。他退休后翻译了一本传记文学《福楼拜的鹦鹉》，想找译林社帮他出版。那时我也退休了，想到他的翻译水平不错，就向社里推荐这个选题，后来顺利出版。晚年他患病，要靠电子发声讲话，有次我去看他，他十分憔悴，但很高兴，自知时日不多，告诉我他已将多年藏书，全部捐赠给了常州老家的一所中学。这是我同他最后的一次见面。我同他既是同行，又是几十年的朋友，许多交往往事，至今还不时会想起。

杨心慈 她是接骆兆添的班当社长的，也自然被选为外国文学出版研究会的副会长。在新疆、海南、温州、云南、广东多次开年会或颁奖会，她都同我一起开会和参观，她随和的为人，谦逊的作风，毫无社长的"派头"，都给同行留下很好的印象。至今我同她还互通微信，继续在"朋友圈"里延续彼此多年的友谊。

商务印书馆原总经理　杨德炎

杨德炎当过我国驻德大使馆一秘，新闻出版总署外事司司长，商务印书馆总经理。我是1999年在参加"国家图书奖"评委会上认识他的。有一次散会后时间还早，他邀请几位评委去香山饭店的咖啡厅喝咖啡。正好我也在场，就把我一起请去。初见杨德炎，只见他很友善地同在座的人闲聊。得知我是译林的，少不了说了几句赞美的客气话。后来有次我去馆里拜访他，他十分热情接待，中午还打电话约请董秀玉过来，我们三人一起在南河沿一家会所餐厅吃饭。我想借用他们馆会场举办"施咸荣学术研讨会"，他一口答应，还免费提供茶水服务。接触多了，我对他也逐渐增多了了解。

杨德炎从上海外语学院德语系毕业后，分配到商务印书馆工作，没多久"文革"开始，他下放到湖北咸宁向阳湖五七干校劳动，被派去当了管杂事的"司务长"。有次聊天我问起他，你成天管买菜、烧饭有怨气吗？他说，你改变不了环境，就得适应环境。他觉得五七干校那段经历，使他产生了"向阳湖情结"，懂得该如何面对困难和逆境。商务印书馆105周年馆庆时，德炎没有大铺张，而是带着领导班子，下书店站柜台卖书。他每次到上海，都会抽空看望商务印书馆退休的老员工，尽可能帮助解决一些困难。老员工也非常尊敬这位领导。有次老员工约他见面一起吃饭，德炎说由他来请，而老员工坚持要他们请，最后彼此来个AA制，可见多么有人情味。他手上握有实权，但不管什么人找他，他都秉公相待，尽量与人方便。

杨德炎为人的厚道，还表现在对待自己吃了亏的事情上。众所周知，前几年曾出现过他人新出版的《规范现代汉语词典》，与商务印书馆的《现代汉语词典》存在版权之争。就我所知，后者的作者和不少辞书界的朋友，都极力要求德炎大造声势，来维护已形成多年的品牌。但德炎一直强调，有理不在压人，我们表明了立场就行了，要让人家有个转弯的过程。对德炎这种态度，我当面表示过不以为然，但说实话，心底里是佩服他的。

2004年我在清西陵举办一次高端"出版决策研讨会",计划邀请多位著名出版人来主讲,邬书林、赵斌、张胜友、管士光等几位很快都答应到会,惟有德炎迟迟未表态。我连忙上门当说客。他先是谦逊说:"你请的都是名人,我还不够格。"后又说"讲不出什么"。我一听急了,半认真半开玩笑地说:"商务印书馆刚刚迎来105周年馆庆,连朱镕基总理都去商务祝贺,商务能讲的东西太多了。预备通知中已把你列为主讲人,你要不去,就不怕人家说你拿架子?"他这人心好,经不住我的"蘑菇",终于答应了。后来在研讨会上,德炎先播放了朱总理庆祝商务印书馆馆庆的讲话录音,接着简要介绍了商务的传统,结果反应很好。

2005年,我在哈尔滨和镜泊湖举办研究会年会,知道德炎平时忙碌,特意请他到会放松几天,他来了。次年在京举办"李景端出版理念讨论会",他也到会发了言。几年来,译林社与商务虽无业务往来,但我与杨德炎的私交,却日益密切。

杨德炎先后两次在商务呆了27年,为商务印书馆的发展贡献多多。在他主政商务的12年期间,创造了《新华字典》累计发行四亿册、《现汉》累计发行四千万册的纪录。他为了维护商务的品牌,丰富"商务文化"的内涵,特别重视商务诚信经营的传统。早在1992年我国加入世界版权公约之前,商务引进的牛津版辞书,就已经主动向他们支付版税,这在我国是仅有的先例,这也是为什么牛津乐意与商务长期合作的原因。总之,商务靠诚信赢得公众信任,更靠诚信使商务品牌增添了光辉,这其中杨德炎功不可没。能交到这样的朋友,我受益匪浅,值得永久怀念。

三联书店原总经理　董秀玉

现今出版界,在众多女出版家中,董秀玉无疑称得上是佼佼者。早在八十年代初,她还是《读书》杂志年轻编辑时,我就认识她了。那次她是随《读书》副主编冯亦代来南京召开作者座谈会。初次会面,她说话不多,但我注意到,她讲话有独立见解,对组稿要求的思路，听了深受启发，对我当时办《译林》很有帮助。

那时《读书》杂志很红火，我去见冯亦代时，少不了常向董秀玉请教取经。她叮嘱我，办杂志一定要秉持自己的宗旨，不要东张西望看风向，保住特色，就能留住读者。尽管那时她比我年轻，但这些话，我还是当作"前辈"的经验，记在心里了。

多年后她提升了，而且还派往香港三联书店任经理。1987年我去香港参加香港大学举办的"当代翻译研讨会"，特意去三联拜访她。感觉她的视野更加广阔，不仅注重学术品位，而且懂得出版经营了。从香港老出版人萧滋先生的口中，我得知董秀玉在香港出版界的口碑很好，心里自然替她高兴。

有件事我给她添了麻烦。她退休后与人合作，办了一家中介性质的工作室，只策划选题，做成书稿转让，但自己不搞出版。有一年她告诉我，她手边有一部《西藏画册》的书稿，是作者从1万多张照片中精选的，并配有解说文字，问江苏有无兴趣出版。我觉得这个选题，对介绍真实西藏情况有积极意义，不仅有望得奖，还可作为外宣书"走出去"，值得投入。

我先找江苏有实力的一家出版社，起初反应冷淡，我只好回绝董秀玉了。谁知设几天，这家出版社找我，说他们愿意做。我马上又找老董，她说抱歉，今天上午刚同四川民族出版社谈好，他们说四川也有藏族，这部书该给他们出。我一听急了，对老董说，你就说先前已答应给江苏，人家没有回绝，你要讲信用，还是应给江苏。也许出于老董与我多年的交情，她真卖力地说服四川让步了。

于是我陪江苏这家出版社老总一行，专程去北京与老董面谈。我只是介绍人，见面后他们双方怎么谈，就不是我的事了。很遗憾，后来得知，这件事没有谈成。我猜想董秀玉为了这部书稿的反复，肯定挺被动，我不但没帮上她的忙，反而给她添了麻烦，心里实在有愧。

董秀玉还有一点很令人钦佩，那就是为人仗义。杨绛对我说过，她有次因不知情，造成对两家出版社重复授权。多亏老董帮她做工作摆平纠纷，杨绛感激在心，所以《我们仨》书稿只给三联出。冯亦代病危时，有些住院费不能报销，黄宗英经济陷入窘迫。董秀玉马上送去5万元支票，表示如有缺额，她再垫付。董秀玉与作者之间，建立起如此真挚的情感，这是当编辑的人都应该学习的。

人民出版社原副总编辑　吴道弘

吴道弘是建国后最早一代的编辑前辈，不仅资格老，而且学识广，在出版界很有声望。我是2001年在黄山出版研讨会上偶然与他相识的。那天乘缆车上山后，还要步行爬一段山才能到山顶。体壮的都去了，只有吴道弘和我两个老头，放弃再爬山，两人就坐在半山上聊天。虽是初次相见，但留下的印象很好。

两年后，我和他又在兰州出版研讨会上相聚。因为对出版界许多问题都有同感，他的不少朋友，我多也认识。他对《译林》的发展，十分赞赏；我也知道他曾遭受过不公正对待，但他坚强挺过来，而且做出很多贡献。说得好听一点，就是彼此都很欣赏。

后来他受聘开明出版社，担任《出版史料》期刊的执行主编，并向我约稿，我也多次应约投稿。有一年他来南京，我参加了他召

与吴道弘

开的"作者意见征求会",对他如此高龄,还为办好杂志而辛劳操心,甚为敬佩。而《出版史料》的刊号被开明社挪作他用这起纠纷,更增进了我与他的联系。

刊物的刊号被挪用了,这样的大事,事前竟瞒着执行主编吴道弘,直到期刊没了刊号才通知他,还中止了对他的聘用。为了这件事,我又不断"管闲事",四处奔走呼喊。这期间,吴道弘给了我很大鼓励和支持,最后终于成功使《出版史料》易名《中国出版史研究》得到新生。这一来,吴道弘更成了我的好朋友。事后,他给我寄来了两首诗,虽然明显过誉,但足显老友的真切情谊。诗如下:

赠景端兄(二首)

出版创业谱新篇,中外译介是大贤。
曾记初识留真谊,识见谠言记心间。

人文关怀年复年,坦率真诚敢当先,
良知勇于申正义,感君正气老更坚。

癸巳初夏

吴道弘 并书

长江文艺出版社　金黎组合

长江文艺出版社北京出版中心的金丽红与黎波,一个抓组稿,一个抓发行,几乎成了出版界做畅销书的专业户,以至被人誉称"金黎组合"。金丽红说过,发行5万册以下的书,他们都不做。瞧!有多牛!为了介绍他们的经验,2004年我在易县清西陵举办高端出版研讨会上,特意邀请金、黎二位到会,并由金丽红向大会做了发言。他们俩以及安波舜经营的这个"北京出版中心",事实上是长江文艺出版社与金、黎"公私合营"的。金、黎有较大的经营自主权,其管理及分配模式,是一般国企出版社没法仿效的。尽管如此，但金、黎的经营理念和做法，还是有许多独到之处。我就经历过这样一桩事。

贵州遵义一座高山的山峰上，有块很大的石碑，上面刻有多行奇怪符号，不像图，也不像字，被称"红崖天书"，至今无人解读。民间有的传说是诸葛亮留下的，甚至有人说是外星人搞的。据说郭沫若曾去考证过，但也没破解。对外开放后，当地政府悬赏100万元金、征集解读天书谜团。应征的说法各式各样，但都无说服力来证实。

后来上海浦东造船厂有位工程师，出身中医世家，对古文字有所研究。他基于自己的历史根底，结合科学图形成像原理，历经几年研究，宣布他成功破译 "红崖天书"。他认为这是明朝建文帝逃到贵州后，刻在山上一篇讨伐篡权的永乐皇帝的檄文，因为怕被追剿，所以故意采用隐晦的怪图形来表达。这个见解一时很轰动，媒体大量报道，有赞同，也有反对。当地政府觉得是一家之言，不予表态。

因为这位工程师是福建人，不知谁介绍他来找我，希望帮他出版破译"红崖天书"经过的一本著作。那时我已退休，没有用稿权，但觉得这个故事富有传奇性，有希望做成畅销书。于是打电话给金丽红，她一听感兴趣，相约在上海与作者会面。

我专程去上海陪作者林国恩去见金，她听作者讲解破译道理之后说，这件事还没有定论。所以重在写过程，而不是写结论。不要写成引用大量古籍的学术考证著作，要着力写一层层破解的挫折和经历。要像侦探破案那样，运用思维和故事，来反映你的过程和成果。最后，她建议作者看一看《达芬奇的密码》这本书， 借鉴一下那种写法。

这种做畅销书的理念，听了确实有启发，所以我写过一篇文章，题目叫《文化裁缝新解》。意思说，当今做编辑，不能只是作者写好书稿，让你"量体裁衣"，而是应该想到，只要这块"布料"好，就应该按照市场需要的款式，帮作者做出流行时装。难怪"金黎组合"会成功，原来他们确有新的理念。

由于这位作者毕竟是工程师,而非作家,所以出版后的书,仍然引据考证太多,而曲折和发现故事又嫌少,全书吸引力欠缺,以致未达预期效果。但有此一事,我与金、黎二位的交情,自然又进了一步。

香港联合出版集团原董事长　赵　斌

赵斌原是上海市出版局副局长,八十年代后期被派往香港,主持香港中资出版企业的管理工作。有一年我去香港中文大学参加会议,会后打算在香港留两天。一来因为译林社有本英语词典,被香港中华书局买去版权,有业务要面商;二来也想顺便拜访一下香港出版界的朋友。经人引荐,我认识了身为香港联合出版集团董事长的赵斌。

他比我年轻许多,待人很谦逊,对译林的过去好像还挺了解。这次初会,他不但请我吃饭,还亲自开车送我去九龙火车站。

后来几年,我每次到香港,都会去拜访他。为了借鉴香港出版界开辟对外出版的经验,我先后在清西陵、南京、杭州三次邀请他回内地作报告。还有一次在桂林全国书市上与他共餐叙旧。他是数学系毕业,对电脑,不但会熟练使用,自己还会拆、会装。受他的激励,所以香港一回来,我也赶紧学用电脑。

他退休后还不忘把他的继任人文宏武介绍给我。文董事长原先是电子工业出版社社长,2009年我去香港时,他和赵斌两人,还特意约请我和金圣华一起共餐。2013年我去香港,赵斌又介绍他先前的副手、吴静怡副总裁接待我。这位大姐也是福建人,是有权选举特首的选举委员会委员,在香港出版界相当有名。那天她冒雨陪我上街购物,次日又派车送我去浅水湾参观,她的热心劲令人感动。回来后,我除了感谢吴静怡女士,少不了也要大大感谢赵斌。

与媒体成为朋友

我与《中华读书报》

媒体朋友对于一个编辑的重要性，不言而喻。20多年来，与我关系最密切的媒体，当数《中华读书报》了。1995年5月，我策划出版的《尤利西斯》萧乾、文洁若中译本公开发行。《中华读书报》的赵武平，先是采访我，接着参加了译林社在北京举办的"乔伊斯与《尤利西斯》国际研讨会"。随后报纸又以整版篇幅，报道了《〈尤利西斯〉南北大战》，由此开启了我与《中华读书报》的交往。该报各个版面的记者，我几乎都有朋友，文字内外都充满友情。所谓"文字内"，是指稿件来往；"文字外"，则是指稿件以外的合作。

先说"文字内"。我退休后空闲时间多了，常写些小文章，分别投给南京、上海、北京几家报纸。起初难免常遭退稿，往后练笔多了，采用率逐渐提高，而交往最多的就是《中华读书报》。这些年，被采用的稿件百余篇，上过几次头版头条，还出现过同一期报纸不止采用一篇的情况。这不仅因为我每期必看《中华读书报》，了解了办报风格和用稿要求，更因为我同报社记者之间，建立起良好的互信：删改稿件先沟通，编辑退稿我理解，重要选题互配合。

仅举"哈利·波特"译者马爱农向法院起诉被抄袭之事为例。我先是给记者韩晓东发去一篇评论稿，文末附有多名翻译家表示支持的联署。他觉得这事有扩大影响的价值，提议发表我的文章同时，另写一篇众多翻译家声援马爱农维权的新闻，登头版头条。我完全赞成。于是，他向总编报告，赶写新闻，我则遍向全国译界名家，逐个征集联署。这期间我与晓东多次联系，商议充实头条新闻的内容。不到两天之内，百名翻译家联署声援马爱农维权的新闻，就在《中华读书报》头版头条见报了，我的文章同时也登了，此事读者的反响极好。我与记者陈香、丁杨，也有过类似的配合。

再说"文字外"。我在协助《中华读书报》"时评版"组稿时，曾策划或参与组织了"缩写名著是非谈""为书籍装帧把脉""透视劣质翻译症结""呼唤出版经纪人"等四项专题讨论。这些专题，从选题、组稿、改稿，都由我做好后发给报社送审，成功率很高，可见双方互信与协作之良好。特别要提一下，从2005年2月16日至8月3日，我帮助《中华读书报》开设了"开放的翻译家人物谱"和"外国现代派文学流派走廊"两个专栏，先后介绍了十位文学翻译家和十种外国现代派文学流派或文学现象，使读者有重点地回顾了对外开放以后，我国文学翻译界走过的道路，并由此在译界产生了"开放翻译家"这一概念，多所高校把这两个专栏文章，纳入翻译教学的参照内容。这项工作，报社放手让我做，我也确实花了不少精力。可以说，报社、读者和我三方都觉满意。

在我负责外国文学出版研究会工作期间，还曾以这个社团的名义，与《中华读书报》联合举办过下列活动：

——2004年在清西陵合办"出版选题与决策研讨会"，邀请邬书林、杨德炎等人到会主讲，随后报纸做了报道。

——2007年在杭州会同浙江工商大学，共同合办"数字化时代出版研讨会"，除邀请出版专家主讲外，还请该报总编庄建和《中国图书商报》总编孙月沐二人，到会就数字化转型时期媒体的发展做了专题发言。

——2006年经我引荐，《中华读书报》成为香港中文大学"全球华文青年文学奖"在京的唯一媒体援办单位，总编庄建受邀前往香港，出席了这项文学奖的颁奖典礼及文学讲座。

此外，2006年《中华读书报》成为了凤凰出版传媒集团在北京主办"李景端出版理念与新书讨论会"的联办单位。对报社的支持，我由衷感激。

我是出版人，也是读书人。读书人爱读《中华读书报》，这无需多说。但我对《中华读书报》，除了爱读，还有感谢，更乐意为她效劳。

我与《光明日报》

《光明日报》有个出版部，负责"书评"和"书林"两个版面。在庄建女士负责出版部时，我就与她认识了。在这个部先后工作过的记者，还有王玮、计亚男、刘斌、丰捷、王大庆、杜羽、邢宇皓等人，我都与他们有过稿件往来。计亚男还参加过我在清西陵举办的研讨会。

起初是我主动给《光明日报》投稿，大多数稿件都会被采用，有些较长篇的稿件，如《季羡林与李景端关于翻译的对话》《翻译读物质量亟待提高》等多篇，还登上过"书评周刊"或"书林周刊"的头条新闻。到后来，也许记者常见我就翻译出版问题发表文章，于是遇到他们要就这方面某个问题作深度报道时，也会主动向我约稿或电话采访。每次双方都合作得很顺畅。

近几年，除了翻译出版方面的文章外，我有时也会写一些文化评论和见闻散文之类的稿件，于是又同《光明日报》的评论部和文艺部开始交往。现在同张焱、付小悦、赵玙等多位记者也常有联系。

我与《中国新闻出版报》

我与《新闻出版报》的交往始自1990年，因为同该报总编辑谢宏同志联合举办"外国通俗文学研讨会"而彼此熟悉了。当时译林社刚建社不久，实力和名望都还弱，所以很希望有媒体帮我们多做宣传。

后来他们派记者来南京，先后发表过《书要优，人要精》《不比胆大比胆识》等几篇采访我的报道。译林社出版《追忆似水年华》和《尤利西斯》之时，该报都及时配合发表书评及对萧乾的采访。历届优秀外国文学图书奖评奖结果，该报也都及时报道宣传。

因为该报是出版总署的机关报，所以通常我只把弘扬主旋律、反映先进经验、肯定出版成果这类稿件投给他们，而涉及曝光和批评那种稿件，多另投他报。这不是报社的要求，是我自己定的规矩。可能我有误判，但多年来我确实这样做的。

谢宏升任副署长之后，后来继任的张芬之、马国仓等几位总编辑，我也认识，只不过不如同谢宏那么熟。该报多名记者如章红雨、孙卫卫、姚贞、杜一娜等，都与我有过交往，其中孙卫卫，更成为一直保持联系的好朋友。

我与《中国出版传媒商报》

商报的社长孙月沐，上世纪八十年代末，他在《中国新闻出版报》当记者时我就认识他了。多年后，在一次中国出版工作者协会代表大会上与他相遇，得知他在商报当社长，老友重逢，十分兴奋。次日他请我去报社小坐，一起吃晚饭时，他向我介绍该报社长助理任江哲小姐。这位女士能干会说，极善公关工作，初次见面就让人觉得似乎相识已久。我向月沐介绍江苏刚成立的凤凰出版集团情况，建议他们应来江苏加强与凤凰出版集团的联系。

没多久，孙月沐、任江哲一行果然来到南京。我介绍他们与凤凰集团董事长谭跃会面，并与江苏各家出版社老总开会座谈。由此促进了该报与凤凰出版集团的合作。我也开始常向该报投稿。

有些报纸对来稿中，涉及尚无定论的话题，通常多要求回避或淡化。尤其是公开揭丑曝光，更极少指名道姓。媒体这种慎重态度，我可以理解。不过，商报对是非扬抑的态度比较鲜明，有种为正义勇担当的精神。

这里我只讲一件事。2006年前后，图书市场上翻译抄袭现象，再次沉渣泛起。尤其是冒出了一个"翻译达人"李斯，居然精通十几国外语。翻译界的高手，我多少还知道一些，从未听说过这位"全才新秀"。后经了解，李斯者，不过是个文抄公的化名。于是我决定查一查此人的老底。

经老友翻译家傅惟慈，提供他的译作被李斯抄袭的实证，又经南京大学图书馆版本专业人士的帮助，查明2006年时代文艺版的《诺贝尔文学奖文集》中《布登勃洛克一家》的李斯译本，明显是抄袭的。

于是，我在当时的商报上，先后发表了《"文抄公"的"黄马甲"》和《致"李斯"的公开信》两篇文章。列举具体译文的对比，证明时代文艺版的李斯译本，确实抄袭了人民文学版的傅惟慈译本。要求李斯"公开亮出自己的外文专业、学历以及真实的翻译经历，以消除人们的疑虑"，并希望"时代文艺出版社负责任地向读者说明李斯的译本，何以与别人的译本那么雷同，有的甚至一字不差？"文章同时还揭露了李斯抄袭上海译文版《福尔赛世家》周煦良译本的事实。尽管后来李斯沉默没有回应，但这次实证曝光，却对抄袭剽窃行径，起到了震慑的积极作用。

我的这两篇文章，触及翻译打假，而且指名道姓，提到了出版社、责编、文化公司和李斯的名字。起初我还担心报社对指名有顾虑，恐难照登。但商报不是这样。他们在了解事出有据后，基于弘扬社会正气，抨击造假劣行，果断如实发表了我的文章。这是媒体具有责任心和担当精神的体现，值得点赞，更应该保持和发扬。

我与《文汇读书周报》

从褚钰泉开始到徐坚忠，在他们担任《文汇读书周报》主编时，我都与其交往密切。后来又与记者朱自奋经常邮件来往，虽至今尚未谋面，但已经是好朋友了。

《文汇读书周报》向来个性鲜明，学术性现实性都很强，在读书和出版界有很好的口碑。我也是该报的老作者，投稿采用率还挺高。因为我觉得《文汇读书周报》比较开放，用稿"顾忌"相对少一些，所以遇有涉及曝光揭短之类的批评稿件，我多首选该报。有件事最值得说一说。

大概是2012年吧。先是央视曝光湖北一家出版社，钻了国家免费向小学生发送《新华字典》的空子，自行印制低成本假冒的《新华字典》发给小学生，从中赚取国家采购正版《新华字典》的差价。对于这种昧着良心赚小孩子钱的恶行，我非常气愤，立即写了一篇谴责并要求严查的文章。

我先是打电话问《光明日报》的庄建。她告诉我，这件事是该报最先发现，记者写出稿子后被上面压住。等到央视曝光了，记者赶紧补充内容再送审，上面还是不同意发。我一听知道"没戏"。想改投《中华读书报》，又觉得他们是同一系统，恐怕也不会用。于是立即改投《文汇读书周报》，要求周五必须见报。

那天已是周三下午，朱自奋说，该报周五的版都已做好了。若改用我的稿，就得撤版重做。我简述此稿的背景，强调必须快登，否则我就另投。不久她告诉我，主编同意撤版插进我的稿子，并把题目加重为《假冒新华字典无异于毒奶粉》，赶在周五一早见报了。第二天小朱来电说，上午刚见报，下午就接到通知：这件事不要再报道了。这篇文章反响很大，辞书界专家周明鉴等多人，特意来电表示支持。我不理解，既然央视都报道了，为何不让报纸报道。反正我要感谢《文汇读书周报》的配合和支持，使我这篇稿子只差半天，及时而幸运地抢先见了报。还有，我为保住《出版史料》刊号的叫喊，对新稿酬规定中翻译标准偏低的批评等，许多篇直率甚至有些尖锐的稿子，几乎都是在《文汇读书周报》上发表的。舆论的这种监督作用，我认为是正常和必要的。

我与《新民晚报》

上海《新民晚报》是华东发行量最大的报纸，能在该报发表文章影响大，自然吸引许多人愿意向该报投稿，我也是其中之一。译林同它倒没什么接触，只是我个人同他们交往颇多。

先是我对钱锺书和萧乾生生逝世的悼文，以及季羡林和黄宗英为我新书写的序言等，我都是发往《新民晚报》发表，后来因为林青霞和金圣华两人的文章，都委托我安排在内地的报纸发表，而我大多都发给《新民晚报》用了。这样一来，我同该报副刊的记者贺小钢女士，常通邮件，一直保持联系。

小钢同宗英大姐也熟悉，所以我为了不直接打扰宗英大姐，有时是向小钢间接了解宗英大姐的情况。交往多了，现在连小钢的先生也成了我的朋友。今年春天杨绛先生去世，我与《新民晚报》合作，以整版版面，发表了我的长文《杨绛：明事理拒张扬的慈祥老人》，回应了有些人对杨绛的质疑，展现了杨绛真实人生的一面。我很赞赏《新民晚报》这种重事实的负责态度。

参加旧金山图书节

老编辑的下半场

我当编辑以来，在报刊上发表过300多篇文章。其中以退休以后发表的居多。这批文章，有部分已收录在我已出版的散文集中，或在网上都能查到，不必也不宜再重复。本书收录的，主要是我近几年来新发表的文章。

编辑眼光评说出版

从两则报道看出版业落实去产能之必要

当前为保证国民经济可持续发展，国家要求那些产能过剩的行业，要实行"去产能，减库存"。我联想到，出版业应该也有这个需要。近日看到两则报道，使我更加觉得，有必要把"去产能，减库存"当作出版业实行供给侧改革的一项重要举措。

这几年，确有一批出版单位，转变以往单一出版模式，取得了可喜效果。但仍有些出版人习惯于广种薄收。

头一则报道是，宁波有书店"论斤卖书"。这虽不是头一回的新闻，但有再次敲响警钟之效应。另一则报道是，新华出版社发表"废旧图书公开竞价处理公告"。声称有412种、27.23万册图书，招标处理。要求现场切割损毁，全部报废出售。这批报废书总码洋为1117.12万元，竞标者先交5万元保证金，起拍总销价为15万元。未中标者可退还保证金。

前一则说明，书积压太多，到了只好论斤卖的地步。后一则表明，如果只能按底价中标，那么这1100多万元码洋的书，只能回收15万元。倘若竞价流标，连这点钱都收不回。

众所周知，书店和网购的图书品种不断增加，而买书的人和能够常销的书却反而呈萎缩趋势。有粗略统计，进店半年还销不出1本的新书，约占到进货的6成。有相当数量的新书，还没机会上架就成了压库书。出版业产能过剩，库存过大，已是不争的事实。

1978年我国年出版图书1.4万种，2015年猛增至47.6万种。相比之下，近几年美国、俄罗斯、日本基本维持在20万种、12万种和8万种。我国重印书中，历来都是新书比重高过重印书；但2014年新书比重竟首次低于重印书，这表明原创不足、销售不畅、产能过大状况，尚未得到有效遏制。

再看图书库存。我国书店及出版社自办发行的总库存，2004年为449亿元，2011年达到804亿元，2014年更增为1010亿元。销书退货率高达30～40%。据《人民日报》的文章报道，如今每销售1元图书，因滞退等原因，就要伴生1.77元的库存。因为库存不计入考绩指标，积压再多，出版社也无人担责，报废冲账就完事了。

常讲出版生产要转型，这几年，确有一批出版单位，转变以往单一出版模式，取得了可喜效果。但仍有些出版人，习惯于广种薄收。依赖增加品种、扩大规模，来弥补单种印数和盈利下降。特别是现在出版社基本上不强调专业分工，于是自家田歉收，就抢种别人地，不管是否懂行能把关，只要能赚钱，什么专业的书都敢出。不少出版社不注重发现和培养作者，舍不得在内容建设上投入，导致选题老化，创新乏力。于是只好跟风、傍名人、赶时髦、对他人成功的选题创意，来个"拿来主义"，换个包装，上市抢剩饭。做书如此偷懒，同质化的书怎能不多！特别是那些版权保护已过期的公版书，那更是低水平不断重复。例如许多世界文学名著，所谓不同译本多达几十种，有些译本，不但缺乏更新，甚至粗制滥造到了糟蹋名著的地步。2014年相比前一年，全国出书品种增长0.9%，但总印数反而下降1.51%，变化幅度虽不太大，但这个趋势，正是重规模、轻质量这种后果的反映。前一阵，许多出版社滥出五花八门的养生保健书，就是明显的教训。

当前出版业有必要把"去产能""减库存"及制订和完善出版退出机制，列为出版改革的重点项目。

出版业产能过剩、库存过大的原因有很多，本文着重分析两点。

一是书号控制出书品种的作用弱化了。原新闻出版署署长宋木文生前曾对我说，九十年代出版署出台出版书号管理的政策，目的就是为了控制品种无序膨胀。起初书号管理很严格，配给每社的书号都有定额，出了问题图书，还要扣减书号，查出卖书号要受处罚，所以当时对控制图书品种，起到了一定的作用。不过现在虽未取消书号管理，出版社获得书号已非难事。没有了使用书号的约束，出书品种自发膨胀也就不足为奇了。

二是出版生产缺乏完善退出机制。我国从八十年代后期开始，就对出版社的准入实行严格限制。那时对"进"，是管住了。但随着出版业逐步融入市场化，加上出版社出书范围和书号管理陆续松绑，出版社的出版能力大大提高。特别是民营出版力量的兴起，不少民营文化公司和工作室，实际上已成为不挂牌的准出版社，这更使得我国的出版能力，越加强大。事实上，"进"也松动了。

更值得注意的是，出版业至今只见"进"，不见"退"。现今的出版社，大多是计划经济年代，按地区或部门设立的。在当前激烈的市场竞争中，有些出版社，或因同质化严重，缺乏竞争力；或因经营管理不善，生存相当艰难。但即使这样，也不见有倒闭退出的。十多年前，日本出版了《出版大崩溃》一书，讲了因出版泡沫，一度导致日本大批出版社倒闭的情况。在国外，出版社经营亏损就倒闭，这是既正常又常见的现象。而我国出版业，何以只有进，没有退？

在我看来，现今有些出版社虽衰落犹能生存的原因，除了有的依赖行政手段给予"输血"外，主要靠打擦边球，卖书号抢教辅；傍名跟风，抢他人饭碗；行政推销，公款买书；有偿出版，给钱就能出书；把部分编辑和发行业务，发包给个人或民企，等等。还有不正当的，就是不惜搞抄袭、剽窃和造假来非法牟利。出版社还在，当然要出书。只要有钱赚，垃圾书也照出不误。

综上所述，当前出版业有必要把"去产能""减库存"及制订和完善出版退出的机制，列为出版改革的重点项目。这项改革涉及多方利益，改革难度很大，但久拖不改，恐怕泡沫会越来越大。这是一项需要动体制、革弊端、推创新的文化治理工程。既要有顶层设计，也需要全体出版人以及与出版业相关的部门，共同参与改革。特别是出版集团和出版社的老总，眼睛别只盯着"产业化"和"利润最大化"，盲目片面追求"兼并、做大、上市"，以致走偏了路，结果只落实到扩规模、促增长而出版的品质则抛到九霄云外去了。

（载《中国出版传媒商报》2016年7月15日）

出版做减法，务须减攀比

《出版广角》杂志近日约请一些出版人，面对出版"浮华的怪圈"，讨论出版该做哪些减法。"宁可少些，但要好些"，这大概是共同的看法，至于什么宜少，哪些该减，则难免见仁见智。有的认为应控制不断膨胀的图书品种；有的强调要狠治重复出版这个顽疾；有的建言发展产业，要少涉足太游离主业的陌生行业；还有的从更深的层次提出，要减掉阅读承载的功利负担，让读书回归为一种自由和愉悦的享受。诸如此类做减法的主张，还有好多项。每一种主张背后，都有实情甚至数字为依据，似乎各有道理，都值得人们思考与重视。

也许曾经受过一味鼓干劲、争上游那种狂热的影响，以至不少人凡事都习惯于做加法，即急于上数量、壮规模、见业绩。如今有人提出，对出版要考虑做减法，给出版"减肥消肿"。且不问其观点对错，怀有这种冷静思考的态度，是符合贯彻落实科学发展观精神的，勇做减法，同样是一种负责任的表现。对出版做减法的众多选项中，我特别想强调一项，那就是：必须在克服对出版事业具有无形杀伤力的攀比心态上，下大力做减法。

所谓攀比，就是不顾自己条件及能力，只盯着外界的光环，抱着急功近利的心态盲动追逐。这种光环，有来自社会评价的荣誉，如获奖；有来自时尚潮流，如跟风新花样；更多的则来自竞争对手，你有我也要有，他好我也要好，于是不惜代价、有的还不择手段拼着上。不妨细想，出版界不少被诟病、失误乃至违规现象，似多少都与盲目攀比这种心态有关。其结果，有的难免造成损失与危害；有的虽然未酿恶果，但也有损职业道德。当前出版攀比心态，主要有如下表现：

攀比高指标。出版单位的资产规模、销售收入、利润、品种、市场占有率、同业排行位数等，都是出版人时常关注和攀比的指标。促使攀比的压力，有的是来自上层考核业绩，有的是来自媒体的排行榜。其中最能左右出版决策的攀比，无疑是利润指标了。你能赚一万，我不能只嫌九千；你占前十名，我要挤进前五；你销售过亿，我要资产、收入双过亿。正是基于这种攀比，有的走正路上去了，也有的不顾自身条件硬要攀高枝，又违反规律瞎折腾，结果弄得企业，轻者嘴歪鼻斜，重的内痨外伤，有的甚至致残，如此案例并不少见。

攀比获奖荣誉。你得二等，我不能三等；得了省级的，要比全国的；已经拿了提名奖，还眼红"不如我的"为什么能得正式奖；今年人家评上优秀，明年咱无论如何也要挤入先进。争先进这本是好事，问题出在不是下功夫努力去增强实力，而是企图讨巧走"捷径"。例如，不顾市场需要及学术水平，专为得奖特意去做豪华大部头的套书，最后都成了压库书。为了得奖，有些人可谓使尽招数。据我所知，有家出版社找到一位名人遗孀，提议出版这位名人多卷本文集，明讲不求销路，只图得奖，并表示免收书号费及编辑费，但要收取印制费30万元。这种别人出钱、自己得奖的生意，只会给出版形象减分。至于为了得奖，不惜采用造假、打擦边球和变相送礼等不正当手段，那就更不可取了。

攀比市场跟风。市场一出现什么热，眼看别人"抢占了沙发"，不管自己条件是否具备，你能上，我也要上。营销上你使出花花点子，我就用更雷人招数来炒作。上面规定了什么市场准入门槛,于是,你挤我进他也要塞。前一阵市场养生书热销,看到别人为此赚了大钱,绝不能自甘落后,不顾自己没人会编会审医书,也要硬着头皮去抢一杯羹,有的书不仅不能"养生",反而误人。国家规定,只限符合必要资质的出版社才允许出版教辅。这一下又不顾条件攀比起来了。你能申请出版教辅资质,我也要想方设法去申请。他能文理各科全申请,我同样一科也不能少。不少行业特殊性很强的出版社,明显缺乏相应编审的条件,也挤向出版教辅这条船,令人感到这除了攀比争利益,实在找不出更好理由。

攀比时兴潮流。上面号召"走出去",本应量力扎实推行。可是又有人,一看有人出外文书也能名利兼收,自己连懂外文编辑还没有,也急着东拉西凑"速成"外向图书,表明"走出去"了,至于走到哪里,有谁来买,反正不会找社长算账。还有,近年时兴"造大船"、兼并、上市,这是出版改革重要的一步。只是难免又会有人,不是从自己条件出发,而是出于攀比心态,你上我也得上。于是把舢板一连,也勉强算条大船挂牌了,有的可持续增长尚未获得充分保证,也一心筹划着去上市圈钱。类似现象,虽程度不同,恐都难离浮躁、轻率。

上述现象的原因可能有多方面,但出于攀比心态,应该也是重要原因之一。攀比本不是贬义词,有比较,才有鉴别,才明差距。攀比心态也有它积极向上的一面,提倡正常的比学赶超,是促进发展的需要,开展创优争先,更是当前各条战线必须持之以恒的工作目标。本文所列举的,只是出版界局部或个别现象,更不能把它全怪罪于攀比心态。所以对于攀比,不是要求废,而是希望减,也就是要保持它积极的一面,克服它消极的一面,把减法做得恰到好处。

(载《文汇读书周报》2012年4月20日)

使深阅读的劲　做浅阅读的书

自从去年两会政府工作报告提倡全民阅读以来,全国范围内阅读风气盛行。读书会、书香万里行等读书活动,正在吸引越来越多的读者。在这股浪潮中，也出现了对待阅读的两种不同声音。在媒体尤其是网络上，出现关于深阅读与浅阅读利弊之争论。许多文人学者多强调深阅读，认为浅阅读只图快速、快感、快扔，是"肤浅轻松的休闲消遣，对于提高身心修养有弊而无一利"。

这些学者的初衷当然向善，他们所持主张有道理，尤其对于经典著作，坚持深阅读很必要。但是，从现实生活观察，浅阅读不是"有弊而无利的危险信号"，而是当今社会不可漠视的阅读需求。

社会文明的传承与发展，当然离不开对书本知识的深阅读。但是不同层次读者有不同的阅读需求，在不同环境和不同时间，读者对深浅阅读的需求也有变化。如今社会节奏加快，工作和生活压力很大，时间和精力又有限，导致许多人常把阅读当成放松的一种方式。还有些人，不是出于积累知识，只是为了获取信息，喜好碎片式快速浏览，只求知其然而不求知其所以然。像这样满足了个性需求，也是一种收获，并非"无一利"。

传播方式的多样化，更加快速助推着浅阅读的扩展。互联网时代，不断涌现的新媒体平台，催生着阅读热点，也变化着阅读方式。在线阅读、手机阅读、耳机听读以及微博、微信等"微产品"的流行，正在构建以浅阅读认知为主要特征的"微时代"。

还要看到，人们"快餐化"的消费习惯，正在延伸到阅读的领域，使更多人把浅阅读常态化。当今，"快餐化"已成为世界性的社会生活趋势。美国《洛杉矶时报》曾发表一篇文章，题为《一切快餐化（The Snackification of Everything）》。snack本是快餐、小吃之意，英语中本无snackification一词，这是作者艾克斯特教授杜撰出来的。文章说，时下美国，"快餐化"不只局限于食物，而是渗透到社会众多领域，成为美国文化最流行的标志。他举例说，美国杂志现在有个共同特点，就是每版充满一篇篇极其短小的文章。

面对上述趋势，出版界该如何应对？

首先，要端正对浅阅读的认识。所谓浅阅读，只是一种阅读方式，不能将它同低档、粗俗相提并论。长短作品及深浅阅读，都各有精细、优劣之分，浅阅读中也有好作品。古人的三字经，经典的格言和家训，传世的名诗名句，都可算浅阅读中的精品。新中国成立之后出版的《大众哲学》《十万个为什么》等，也堪称普及理论及科学知识的浅阅读成功范例。

其次，要积极发现和扶持擅长创作浅阅读作品的作者。短作品要求主题突出，文字精练，往往比写长篇更难。要参照高校安排博导给本科生上课的做法，鼓励高端名家多为浅阅读写作。开展丰富浅阅读形式和提高浅阅读质量的学术交流，组织浅阅读作品的评论与评奖，不断提高各种浅阅读作品的质量与水平。

再次，出版人要学会运用"微信思维"，探索"阅读遇上微信"的新课题，拓展互联网时代的出版新理念。现今不少人看书，有种"畏长"心理。可是书店里映入眼帘的，又多是既厚又重的大开本书。其实书厚，学术含量未必就高。曾经提倡出版理论著作通俗本，应该坚持。除了文献性巨著外，有必要在社会倡导短写作。微童话、微诗歌、微科普、微科幻、微自然、微太空等领域，都是耕耘浅阅读的沃土。

最后，出版界要更加积极投入数字化复制与传播的建设。深阅读也好，浅阅读也罢，今后的出版，都必须置身数字化的洪流。既要迎接数字化的挑战，又要充分运用数字化的优势，积极探索内容出版商与新媒体运营商之间衔接与合作的模式。针对公众阅读变化着的需求，提供分层次、多形式、便于传播的精神产品，争取深阅读与浅阅读同发展、共繁荣。

（载《光明日报》2015年07月21日）

出版社扩张的"马儿"慢些走

现在各行各业都时兴讲"做大做强"，出版业也不例外，许多人都向往"造大船"。诸如联合组建集团，大社兼并小社，国营与民营联营，跨行业跨地区重组，异地或异国建立分支机构，等等，近几年都有很大进展，显示出版社"扩张规模"这匹马儿，步伐正越来越快。这种扩张，有的取得了很好效益，是出版改革重要成果，自然应予肯定。但凡事多有两面性。依我看，"做强"众望所归，理当力争；至于扩张"做大"，似不宜一刀切。如需要与条件皆备，又经营有术，大则愈强；若判断不当，背离需要与条件，致力规模膨胀，却后继乏力，则难免事与愿违，造成大了未必就强。

在出版社扩张中，也出现了一些问题。例如，有的以行政手段"拉郎配"式组合，局限于原有行政区划和隶属关系框架内建集团；有的出版社改公司，名称换了，资产未动，机制基本依旧；有的兼并缺乏互补性，规模大了，成本高了，效益低了，包袱重了；有的产业上去了，主业淡化了，产值增加了，好书少见了。对于以上问题，报章已有述评，本文无意重复，现只想探讨这股扩张热中，出版社热衷拉民营文化公司联营这一现象。

近来报上常说民营经济困难很多，有什么"国进民退"的说法。就是在出版业，许多民营书店生存也很艰难。像有名的北京第三极书局，广州的三联书店、龙之媒书店、学而优书店等，都在今年关门了。据业内人士估计，十年来，约有近一半民营书店停业。奇怪的是，惟有做书的民营文化公司和工作室一花独俏，不仅生意越做越大，而且风头盖过了一些国营出版社。现在市场上的畅销书，不论是文学、少儿，还是经管、养生，透过版权页一查，竟大多都是民营出版人在操盘。有些民营出版商的确很牛，包下作家，版税一签就是上千万，对外买版权，一出手又是上百万美元。偌大出版界，仿佛"六宫粉黛无颜色"，独有民营占鳌头。难怪许多出版社，在改制转型当中，都极力把找民营出版联姻合营，当作可持续发展的一条捷径。对此现象，作为一名老出版人，我不禁深感困惑。

我把国营出版社与民营出版试作比较。论经济实力，人员素质，文化底蕴，品牌声誉，国营显然都超过民营。那么民营出版现在何以比国营出版社容易赚钱？绝不是国营出版社的人都没本事，何况民营中的人员，有许多都是从国营出版社跳槽过去的。其差别的原因，主要还是在体制和机制上。民营出版老板说了算，决策效率高，容易掌握机遇；而国营出版社婆婆多，决策要走程序，通关卡要做工作，很多机遇都丧失在犹豫的过程中。民营没有离退休人员包袱，可以随时炒员工鱿鱼，可以自定报酬、稿酬、奖励和开支，除税收外无须再上交利润；而国营离退休人员包袱都很重，要辞退员工困难重重，不能自定工资，稿酬和奖金要控制，还要上交利润，支配资金的权限也有限制。民营可以自定发行折扣，可以自行择廉采购纸张和选择印刷厂，可以用灵活的营销手段自办发行；而国营变动发行折扣的余地很小，一般必须从集团内物资公司买纸，印书很大比重要找指定的印刷厂，卖书大部分还靠新华书店，自行推销的仍较少。

由此不难看出，民营出版的某些机制比较灵活，使得它在竞争中占有一定优势。国家从支持民营经济发展出发，重视发挥民营文化公司和工作室的作用，这是必要的。但是，那种"神化"民营出版机制的观点，仿佛国营出版社可持续发展的出路，就是把民营出版"拉过来""合起来"。这显然是一种认识误区。要看到，国营出版社与民营出版联营，既有利，也有弊。有人只看到利，我则想着重讲讲主要的弊。

一是因为现在市场不规范，管理还不到位，才使得民营出版的那些灵活性形成优势。随着改革的深化和管理的加强，特别是民营出版那些暗中违规和不讲诚信手段被遏制，民营出版的竞争优势难免会削弱。二是增加了出版资源配置的矛盾。民营出版通过合营，从国营出版社获得书号，等于变相增加了出版社，不仅冲破了多年来以书号来控制出书总量的努力，还因为民营出版大多只出赚钱书，不出赔钱书，使得出版资源向赚钱书倾斜，造成出版结构新的失衡。三是国营出版社依赖联营公司赚钱，使民营出版在选题策划、内容确定、作者选择、图书制作和营销等方面有了更大的发言权和决定权，长此以往，势必助长国营出版社人员的惰性，磨灭他们在竞争中的进取心，造成编辑队伍素质的退化。其结果有可能是，钱赚了，心散了，品牌弱了，软实力差了。许多联营的结果，是民营运用国营的资本和出版权赚了大头，国营让出书号换来民营销售码洋，表面上"做大"了，实际上只啃到小利，有人形容很像浮肿。其弊端也许还不止这些，有责任心和远见的出版人，必须看到和想到这一点。

国营出版社联营民营出版，这是当前出版改制转型中扩张的一个选项，确有联营成功的，当然可以做，值得做，但要悠着点，想得周到点，别把宝全押上去，出版社扩张的"马儿"，你慢些走。

（载《文汇读书周报》2010年11月11日）

编辑发稿量猛增的隐忧

不久前，在新闻出版总署与澳大利亚驻华大使馆联合举办的"中澳出版论坛"上，论及我国有些图书质量下降时，多位中方人士认为，编辑发稿量不断猛增，显然是一个重要原因。上海译文出版社资深编辑张建平回忆说，他初当编辑时，全年发稿指标不过三四十万字，而现在年轻编辑的年发稿量，竟多达两百万字。我也曾同一些编辑聊过，发现编辑发稿量猛增这一现象，不仅相当普遍，而且有不少比报道的还要严重。一位青年编辑告诉我，他去年发稿量总共有280万字。问他怎么编得过来，他倒是诚实回答："一般稿子只能通读粗改，力求内容别出问题，至于文字差错，反正校对会改。"当过编辑的人都清楚，一本书从确定选题，经过组稿、交稿、审稿、改稿、编稿，直到发稿、付印，这一流程需要付出多大的工作量。以我自己当年当编辑的切身体会，每年发稿50万字已经十分吃力了，如今编辑一年竟要发稿二三百万字，对此，我实在深感困惑。

促成编辑如此"高效率"的原因，不难举出好多条。例如：现在学术沉淀较深的巨作少了，那些名大腹空的空壳书、赶潮流跟时髦的应景书、跟风抄剪的拼凑书、水分很大的炒冷饭书等等明显多了。这类被编辑视为"短平快"的书稿，内容肤浅、难点少、用典少、注释少，通常不需要也不值得下大功夫去编辑，加上有了电子稿，看稿、改稿都方便多了。对于翻译书稿，现在强调"文责自负"，算负责的编辑也顶多只少量抽对原文，更多的编辑仅是作些中文处理。至于"公私合营"中来自民营一方的书稿，主要在内容上注意把关，更很少会下功夫去编稿，如此等等。这些自然都属表面现象，真正导致编辑发稿量猛增的深层原因，还是单纯追逐利润这个幽灵在驱动。因为如今图书市场销售不旺，除少数畅销书之外，多数书的单本利润率都很低，不少出版社为了维持起码的盈利底线，大多采取广种薄收的办法，实行多出书，占市场；增品种，保利润。

对于上述现象有人以为，现在行行都在发展，不能守着一年编书三四十万字这个老皇历不放，没有发稿量的大增，哪有今天出版如此的繁荣！若从图书品种"不但应有尽有，甚至不应有的也有"，以及"书店卖场和气派越来越大"这两点来看，上述这话似也有据。但是，从出版业赖以健康发展的社会文化生态来看，编辑发稿量这种大跃进式的猛增，难免含有下列的隐忧。

首先，放松图书质量把关。"萝卜多了不洗泥"，其后果势必伤及质量。图书为什么署名"责任编辑"？就是要对编书的质量承担责任。值得注意的是，现在编辑对于涉黑、涉黄这类明显犯忌的内容，都比较重视把关，但对于那种伪命题、伪科学、假经验、瞎吹捧、注水书、抄袭书等一类糗书或垃圾书，却多因要完成发稿任务而疏于审核与查证，以致让它们披着伪装混入了图书市场。前一阵那么多反科学、悖生理的号称养生书，还有种种违反青少年成长规律的所谓速成益智书，大量充斥市场，贻害读者，就是一个明证。编辑囫囵吞枣赶忙编书还有一大危害，就是给出版社的信誉抹黑。前一阵有报道说，一向图书质量严谨的老牌中华书局，居然也因图书差错太多而被人告上了法庭，后来虽被迫召回，但出版社的品牌已经遭到了伤害。

其次，促使出书品种更滥。我国现在年出书品种多达30万种，是世界出版第一大国。但许多人都有相同的感觉，即到了书店，真正能吸引人去买的对路书实在太少了，原因就在出书过滥之上。南京一家书店的朋友告诉我，近几年他们的店面扩大了许多，但因图书品种增加更快，以至新书的上架率更低了。畅销书不算，普通新书在店面的上架时间，前几年约为六七天，现在只上三四天就要更换，还有一大批新书，根本没机会上架亮相。

发稿猛增导致滥出书，催生了书业虚假的繁荣。许多滥出的书，有些一出世就压库，有些也是昙花一现，炒作一过，立即进了冷宫。像名人出的书，自从刘晓庆出版《从电影明星到富婆》以来，出版各类名人写的书，不下三百余种。起初赵忠祥的《岁月随想》和倪萍的《日子》，还一度抢人眼球，可后来滥到连名人的配偶、子女都来沾光出书。读者自然不会老被忽悠，有不少只能成为了压库书。还有一种是"裹脚布式"的滥。就是把一种原本不错的选题立意，重复翻用，刻意延长，越往后这种又长又空的衍生书，因缺乏新鲜内容，也成了徒有原先光环的滥书。例如《藏地密码》起初很受好评，谁知一连出到第十部才收局，越出越令人失望。《鬼吹灯》也出了好多本，这盏"灯"还没灭，又衍生出《盗墓》系列。有评论说，这类书一本比一本空泛，往往还没等到收局，就进了滥书行列。

还有，造成编辑素质退化。编辑行为是一种基于原作的再创作，编辑素质的提高，有赖于编辑实践中，发现与处理难点的不断磨炼。一本优秀图书，既体现作者的学术或艺术水平，也包含编辑精心加工雕琢的编辑含量。倘若编辑不读懂作者，不吃透原作，不去查典求证，不通盘考虑图书的内涵及外观，只是在接稿与发稿之间，当一名改字顺稿的"二传手"，长此以往，这样的编辑，其素质不退化那才怪呢！像周振甫、赵家璧这样一些品学兼优的老编辑，编书常常比写书还用心，重大书稿一年才编一两本，有的几年才编完一部大书。尽管这不能当作今天编辑发稿量的尺度，但一年发稿量猛增到几百万字，这绝不表示编辑素质的迅速提高，而恰恰是其相反。

（载《编辑学刊》2008年第2期）

不要放任"擦边球"掩盖下的侵权

近日国务院办公厅发出通知，要求从10月起，在全国开展为期半年的"打击侵犯知识产权和制售假冒伪劣商品的专项行动"，其中也包括各类出版物。对此部署，首先深感欣慰，图书市场势将又一次得到净化。其次也不无忧虑，因为这类行动已搞过多次，虽有成效，但痼疾难治，造假售劣仍屡禁不止。所以殷切期盼这次行动，既要大刀阔斧，横扫明处；也要深入细致，不留死角。我特别想吁请：注意以"擦边球"形式掩护下的实质侵权。

拙文《出版"擦边球"种种》一文，曾列举过出版界打"擦边球"的一些表现，联系近日媒体曝光的一些事例，想着重分析一下"跟风出版"这一规避侵权的"擦边球"。

前些年，海内外著名学者南怀瑾先生曾在吴江创办了一座"太湖大学堂"，系统举办中国传统文化讲座，并授权复旦大学出版社、东方出版社出版他的讲授著述。由于融入了南老个人独到的解读，内容深入浅出，生动幽默，所以他的书非常畅销。这一来，立即招来好多家出版社的"跟风出版"。目前市场上标名"南怀瑾著述"的各种版本多达二三十种。有的用"南怀瑾说""南怀瑾认为"的形式，以"引用"之名，行剽窃之实；有的把南怀瑾的见解，变换说法，打扮成自己的观点；有的擅用南怀瑾的肖像及其图片，强拿没商量；更有表面打着南怀瑾的旗号，实则极尽断章取义、摘我所需之能事，篡改甚至杜撰南怀瑾的言论。

其实南怀瑾著述"被跟风"，仅仅是近年不胜枚举的"跟风出版"中较为突出的一例罢了。也许对南怀瑾著述的"跟风出版"太滥太厉害了，不仅逼着原作者无奈向法院起诉，还引发部分媒体，组织了一场"从假冒南怀瑾先生之名的各种图书泛滥看中国文化市场"的座谈会，足见人们对"跟风出版"这种现象，既憎恶，又无奈。

在我看来，"跟风出版"似乎有两种：一种是遇到重大纪念日和重要盛举，如多少周年庆、香港回归、迎奥运等等，许多社搭车竞出相同主题的书；另一种是争夺出版资源，跟随他人的创意，改头换面重复出版。前一种，有时虽也存在选题雷同，挖掘不深，品种过多等缺憾，但多少还有点正面意义。而后一种，则主要受逐利驱使，想借人家畅销之风，变着手法来赚钱，这显然是不可取的。君不见，出了一本《中国不高兴》，就引来这《不高兴》那《不高兴》。你有《水煮三国》，我就有"水淘""烧烤"多种烹调三国。盗墓书一吃香，我跟着就来"挖墓惊魂""守陵秘闻"。还有什么"奶酪系列""穷爸爸系列""胜过好老师系列"，等等。正跟还不够，还要再来个反跟，于是《反盗墓》《说不》《反细节决定成败》等故唱反调的书纷纷出笼。许多人对此分明反感，但均因"跟风出版"打的是"擦边球"，较难抓住它触法的把柄，以至往往见怪不怪，徒唤奈何。两种"跟风出版"都有各自要解决的问题，但重点无疑应该谴责并整治后一种"跟风牟利"的出版歪风。

"跟风出版"阴魂不散的一个重要原因，源于人们对其性质在认识上的误判，以为它构不成侵权，其实许多跟风的背后就是侵权。对此，我想到了几点：

其一，体现在物品和行为中的创意，凝聚了知识的创造，同样是一种知识权利，理应受到法律的保护。就像南怀瑾的系列讲座，体现了他个人独特的解读。这种解读，不论是否以文字传播来展现，都属于具有专利性的一种创意。试想，如果哪届奥运会开幕式，有人也搬用"李宁飞跃点燃火炬"的模式，势必会被指责对张艺谋创意的剽窃。可见，并非只有照抄他人的文字才算剽窃。

我国现行著作权法，保护对象未包括书名、封面和版式，这有待今后修法时再予完善。我认为，起一个好书名，设计一个好封面，都是巨大的脑力付出，当然是一种创意，理应视为原创而得到保护。当前虽然著作权法无此规定，但我国还有商标法和反不正当竞争法。商标是商品的符号，书名、封面则是图书的符号，两者有相通之处。既然禁止使用与他人的商标近似或易混淆的商标，那么，利用书名跟风，以近似、易淆的手法，套用他人的见解、观点和主张，复制人家的创意，这至少也属于不正当竞争，也该查处吧！

其二，有人会说，图书抄袭、剽窃有物为证，而追究创意剽窃，太空幻，很难查。这也不见得。任何一种知识创意，都会不同程度地在某些物质载体或行为过程中体现出来。判断是否构成剽窃，审查一下能否形成创意链，是不难取证的。再说，现在也强调重视互联网这种虚拟领域中的版权保护，那么，对于出版界因跟风打"擦边球"的创意侵权，是否也该管一管呢？

其三，国家立法有个过程，著作权法已修订一次，以后还会再修订。社会上有些事情，不能因为立法滞后就不去管。为规范图书市场管理，政府主管部门可以也应该运用行政手段进行必要的干预和引导。我们高兴地看到,北京市相关主管部门,在贯彻执行国办关于打击造假侵权专项行动中,除查处那些例行的项目外,提出要打击"套牌生产和销售授权产品",查处整顿"存在侵权隐患的图书",还要求建立起这样做的长效机制。我深为这样做叫好。依我看,"跟风出版"南怀瑾的书,就属于"套南怀瑾的牌生产授权产品","跟风出版"应该列入"套牌生产",严肃查处。

(载《中华读书报》2010年11月24日)

劣质问题图书就该召回

近日国家新闻出版广电总局,公布了2013年图书编校质量的抽查结果。在抽查的2300种图书中,合格率为96.3%,对90种编校质量不合格的图书,要求出版社从市场召回。生产者对商品实行"三包",召回问题产品既是注重诚信和公平交易这种商业信誉的体现,也是市场营运成熟的一种表现。现在,对问题图书也实行召回,无疑是件好事。

回顾出版界,曾经有人对编校质量不达标的图书,不赞成实行召回。所持的理由是,别的商品有毛病就不能用,而图书出现文字差错,即使多了一点,一般还能看懂意思,不至于无法阅读,若召回,会造成浪费损失。受这种思想支配,以前有很长时间,对问题图书,出版社要么附张勘误表,要么局部换页,再就是等重印时改正。那时少见通报召回,而由出版社主动召回的,更是几乎没有。所以,现在主管部门组织抽查,并实行不合格图书召回制,当然是图书质量监管的一大进步,自然会受到消费者的拥护。

不过也有人觉得,现在一年出书41万种,召回的只有90种,市场上实际存在的劣质问题图书,何止这一点点。每年花精力就查出这么几十种,对治理劣质问题图书来说,恐怕连扬汤止沸的作用都达不到,更难以形成对图书质量有效的监管。从理论上讲,这种说法或许有些道理,但现实生活中,对图书质量的优劣,较难有准确的衡量尺度。除编校质量勉强可以量化检查,以及出现明显政治性错误可确认以外,其他方面的内容,确实很难定性评判。尤其是涉及学术专业领域,你说它违反常理,他说是"创新";你说它误导读者,他说是百家争鸣。还有那些注水的滥书,说它劣质,但它的编校质量全合格。诸如此类"准问题图书",连给它定性都难,更别说要不要让它退出市场了。

如此说来,对图书质量的监管,只查编校质量,作用太小;要查内容,又不像其他商品那样,有质量标准可以比对检查,操作起来显然不现实,办不到。那该怎么办?

对于评价精神产品,首要的自然是必须加强评论与导向。但既然投向市场,那么,有进就该有出。图书市场哪些书该出,怎么出?我想,必须从实际出发,探索建立、并逐步完善问题图书下架召回的机制。当前来看,除应召回编校质量不合格的书之外,我认为,至少以下三类书,也应该纳入实行召回的范围。

第一,经专业机构认定,会误导读者、造成危害安全的书。包括可能危害人身安全、食品安全、个人信息安全等。譬如,前一阵曝光的张悟本养生书,教人当黑客、破译私人密码的书。

第二,歪曲公认历史,离谱恶搞古人的书。诸如以戏说、翻案、编造等手法,篡改史实,丑化英雄形象,颠覆传统美德故事,极度渲染恐怖迷信,造成贻害青少年的恶果等。最近,总局已出台禁令,不许在影视中出现鬼魂的场景。对出版物中这类现象,应该也要管一管。

第三,经查实认定侵权的书。有许多已经法院判定为抄袭、剽窃的书,侵权人虽然赔了一点钱,但那些侵权书还照样卖,有的甚至还冒用旧的出版日期,继续重印销售。因为通常只判侵权者"停止出版",没有明令已发行的要召回,以至输了官司,书照卖没商量。败诉赔的钱,从"照卖"中全赚回来了。对于这种法院已判定的侵权书,除实行召回外,还应按照今年3月生效的新《消费者权益保护法》规定,对已购书的消费者,实行"罚一赔三"的赔偿。

总之,现在主管部门,决定对编校质量不合格的书实行召回,这是一个好的开头。在深化出版和发行改革中,希望深入调研,总结经验,改进图书评价体系,制订并完善问题图书召回机制,不断加强市场监管的力度。

（载上海《编辑学刊》2014年第3期）

不可俗化编辑的身份

自从新闻出版广电总局去年8月20日批给《中国出版史研究》正式刊号以来，人们都很关注出版界这本期刊。近日一些老出版人在与中华书局老总聚会时获悉，该刊编辑部已经成立，出版准备工作正在积极进行，计划年内先出试刊，明年初正式出刊。顾青总编介绍了刊物的定位及办刊设想，听了颇受启发。大家觉得，传承出版史，就要弘扬优秀编辑史，让后人铭记维护编辑身份的可贵。这个话题引发了对编辑身份的回溯与思考。

经历十年"文革"对文化的摧残，有一段时间，不少人并不理解更不尊重当编辑的。认为那不过是"剪刀加糨糊"，"改改错别字"的"雕虫小技"。在实施专业人员技术职称时，给编辑定职称，就曾经遇到不小的阻力。有人说，"别的行业都有大师，你们编辑有什么大师"。好在中央高瞻远瞩，充分肯定编辑的贡献，不仅坚持设置了编辑职称系列，还通过设立韬奋出版奖，以及多项优秀出版人物的评奖，提高了编辑的声望，促进了社会对编辑身份的认同与尊敬。

不过，随着市场经济的发展，加上出版行业转企改制，编辑在出版流程中的作用与角色，也出现一些变化。对传统编辑身份的评价及认同，似乎又产生了新的解读。直白地说，在当前，有文化的学者型编辑，与会赚钱的"准商人"编辑，哪一种更受人认同？

所谓"准商人"编辑，是我给他起的名，是泛指出版界部分存在的某种思潮。例如：抬高和重奖策划编辑，轻视文案编辑。尊崇渠道为王，否定内容为王。强调营销一票否决，漠视选题学术价值。有些会公关、能挖到名人选题的编辑，只需签完合同，把书稿让校对去校差错，一年竟能发稿几千万字。这样的编辑，高创收多提成，处处吃得开，无异"准商人"；而埋头查据考证、潜心提炼书稿的编辑，却因出活慢，创收少，只好坐冷板凳。现在还出现一种观点：夸大专业化的好处，主张出版社只需要几名擅长交际的选题策划编辑，具体编辑事务都分离出去，交给社会相应的机构去办，也就是把编辑工作的学术性事务化了。在他们看来，好像今后只需要出版经纪人，而不需要有学问的编辑了。

上述种种，有的可能是出版变革中新事物，是否可行，有待时间与实践检验；有的则是认识上的片面性。但它们似乎有个共同特征，就是忽视或者淡化了编辑固有的学术身份。如果说，以前有人不赞成对编辑行业评定技术职称，那是外界对编辑身份的误解；那么，如今出现对编辑身份的变轨看法，则是出版界某些人自身认知的变化。恕我直言，倘若推崇"准商人"编辑，势必俗化了编辑崇高的身份。这不应该是出版改革的正确前景，更不符合编辑工作真实的属性。编辑应该姓"文"，而非姓"钱"，至少应该"文"居前，"钱"居后，而绝不能相反。那天聚会上，多位出版人列举出许多编辑名家的敬业事迹，有力论证了编辑的学术身份。

《林海雪原》的原稿只是一部"荡匪记"的粗糙素材，是人民文学出版社编辑龙世辉慧眼识珠，专诚把作者曲波请来北京，历时3个多月，帮他重新调整结构，强化故事情节，并设计出护士"小白鸽"白茹这个人物，增添了小说爱情的元素，大大提高了作品的艺术水平与可读性。还有《青春之歌》《芙蓉镇》等多本著名小说，都是经过龙世辉精心修改、充实内容之后才获得成功的。包括作者在内的许多人都清楚，没有龙世辉的编辑加工，就不会有《林海雪原》那一批名著的辉煌。

可以载入出版史册的老编辑周振甫的学术素养，已成为编辑身份的一个公认典范。他在承担钱锺书名著《管锥编》《谈艺录》的编辑中，细心考证，提出了千余条意见，所提很有见地的疑问，深受钱锺书的肯定。钱在《管锥编》序中说："命笔之时，数请益于周君振甫，小叩辄发大鸣，实归不负虚往，良朋嘉惠，并志简端。"在《谈艺录》初版序及修订版引言中又说："周振甫、华元龙二君于失字破体，细心雠正；周君并为标立目次，以便翻检，底下短书，重劳心力，尤所感愧。""审定全稿者，为周君振甫。当时原书付印，君实理董之，余使得与定交。三十五年间，人物浪淘，著述薪积。何意陈编，未遭弃置，切磋拂拭，犹仰故人。诵

'印须我友'之句,欣慨交心矣。"如今《〈管锥编〉审读意见及钱锺书先生批注》一文,已作为重要出版史料发表。钱、周二人如此学术切磋,相得益彰,更成为学界及出版史上一桩佳话。

还举一位。《全宋词》在四十年代就有个初印本,但内容错漏很多。经唐圭璋与编辑王仲闻合作,校对原书,增补遗词,删去谬误,重排目次,改分卷册,历时6年全面审读加工,到六十年代出版了面目一新的修订本。王仲闻为此写出了约10万字的编辑加工记录《全宋词审稿笔记》,此书作为编辑的学术成果,已由中华书局出版。王仲闻还在《南唐二主词校订》一书的编辑中,做了取真辨伪、校勘典故、考证资料规范文字异同以及撰写评语等大量工作。而这些,如果没有充实的学术功底,是绝不可能完成的。

再去看看近些年获得韬奋出版奖和优秀出版人物奖的编辑事迹,都表明上述这些编辑的身上,还留有浓厚的文化烙印。当编辑,要懂学问,做学问,传播学问,坚守学问,这才是根本。现在提倡编辑了解市场,关心经营,这也属于编辑工作中众多项目之一,需要加以关注,但绝非首要,更不能把它当作惟一。否则,就是把编辑的学术身份庸俗化了,这当然不可取。

议论完编辑,又谈到总编辑。中国编辑学会会长桂晓风对中华书局的徐俊与顾青说,商务、中华这些出版老字号,是我国出版界乃至文化界的神圣殿堂,能在那里当编辑,都视为有学问的人,特别是当总编辑,那更受人尊敬,可谓是一生的荣幸。我有点感慨说,可惜现在有些总编辑成了小官员,成天忙于事务,根本没时间看书稿。桂晓风接着说,身为总编辑,至少必须做到这样三条:一是本社出版选题的总设计人;二是本社图书质量的总责任人;三是本社编辑的总带头人。大家赞同这个看法,尤其强调当社长和总编辑,一定要脚踏实地做文化,不可凭官场习气搞出版。这时不知是谁提出了对联的上联:"为官不靠三板斧",又有一位附上了下联:"出水才见两腿泥"。那横批呢?只见桂晓风脱口而出:就叫"文化不朽"吧。

众人皆笑。一次短暂的出版人聚会,大概也称得上是关于维护编辑身份的论坛吧。

(载《中华读书报》2014年7月2日)

出版强国该强在哪里

近日看到对一个省级出版集团的巡视反馈报道，除暴露党纪党风方面的问题以外，还指出在经营上存在"过分强调企业属性，出版主业萎靡不振，一味扩大贸易规模，人为拉高经营业绩，多元产业杂草丛生，野蛮生长"等等问题。人们还记得，这家出版集团，前几年正因为多元经营有方，经济快速发展而备受赞誉。哪知一经巡视，才发现它"严重偏离文化产业发展方向"。再放眼一看，像重产业、轻主业、扩大规模、热衷上市、追求业绩等种种现象，在当今出版业，绝不是个别现象。尽管各家的程度不同，表现也各异，但现在有些出版人对一个相同问题的认识似乎还欠全面。那就是：出版强国，究竟该强在哪里？

长期以来，人们往往习惯地把"大"与"强"联在一起。在市场经济条件下，又常把盈利的多寡视为强弱的指标，以至规模大了，赚钱多了，就自认为"强"了，这显然是种片面认识。壮大规模和开源增收，固然是做强的一种表现，但若仅此，绝不等于真的就强了。2016年我国新闻出版业营业收入多达2.3万亿元，出版种数再创纪录，高达五十万种。从规模讲，已多年位居世界第一。但大家都承认，我们离出版强国还存在差距。差在哪里？出版强国，该强在哪里？以笔者孔见，除稳定经济收入之外，还应该从以下几方面不断努力：

第一，突出出版主业，创建繁荣的原创生态。数据显示，2016年新闻出版业总收入中，印刷复制就占去54%，发行占14.5%，图书出版仅占3.53%，在图书中，教材教辅类又几乎占去一半。若再除去一年上千亿元的库存滞销书，真正有效出版图书的比例就更小了。究其原因，还是出在学术、科技的内容，原创动力不足，创新成果不多，扶持激励力度还不够。除少数政宣类图书外，市场上少见大销量的书。最受人们关注的文学类书，也只有极少数几本少儿书叫座，能享誉全国的文学作品，多年难见踪影。没有原创的繁荣，出版哪能成强国。

第二，不断增强读者的接受度，大力提升文化话语权。我国尽管年出书五十万种，对外版权的文化逆差也从1999年的15∶1，变为现在的1.5∶1。但由于出版的书多不对路，被外国读者接受和喜爱的程度不高，以至虽然费力"走出去"了，但并未"走进去"，我国的文化话语权依然较弱。据前几年文化部的一项调查数据，在世界文化影响力的格局中，美国占43%，欧盟占34%，日本占10%，韩国占5%，我国只占4%。此外，多年来，我们国内几乎还没有被国际公认的权威学术期刊。可见不能仅满足文化逆差数字上的缩小。书不对路，没"走进去"，缺乏权威学术期刊，出版怎么能强！

第三，提升国民阅读率，完善社会阅读生态。近几年，在各级政府的倡导下，我国国民的阅读风气，有了很大改善。读书节、书香工程、农家书屋、阅读竞赛等等活动，对营造良好的阅读生态，起了很好的作用。但是，这只是初见成效，从总体看，我国国民的阅读率，依然明显偏低。2015年网上有资料显示，国民年均读书量，以色列64本，俄罗斯55本，日本40本，韩国7本，我国0.7本。再从图书馆数量来看，小如以色列，全国图书馆多达两万多所，平均每500有一所，而我国，平均46万人才有一所。爱读书的人多了，出版强国才有基础。

第四，加强知识产权保护力度，清除抄袭剽窃等侵权土壤。这几年，尽管我国在保护知识产权、打击抄袭剽窃等侵权劣行方面，从立法到执法都采取了许多措施，并取得明显成效，但是，基于多种原因的制约，在市场上各种侵权现象仍屡见不鲜。取证难、维权成本高、赢了官司仍赔钱等现状，使得一些"文抄公"和出版商不惜铤而走险，变相抄袭没商量。这种状况如不坚决纠正，必然与出版强国的要求格格不入。

最后，还必须建立购销双方信息畅达的流通渠道，健全和规范出版物的市场管理，实现好书有人知，卖得便捷，买得方便，纸质电子双繁荣。

上述这些，既是出版人的愿景，也是力争实现出版强国强之所在，应该成为更多出版人的共识。

（载《文汇报·文汇读书周报》2017年8月14日）

翻译编辑争鸣翻译

翻译可有"快餐"但不可"快餐化"

当今社会，各式快餐文化频频亮相，大有令人目不暇接之势。没想到，这股时潮很快也传到了翻译领域。近来译坛出现了从美国"众包"（crowdsourcing）工作方法移植过来的一种翻译模式，即通过互联网海选译者，再由多人以最短时间合作翻译一本书。最早采用这种模式的翻译书，是新星出版社2010年底出版的《失控：全人类的最终命运和结局》，700多页的厚书，11人用一个半月就译完，比这更快的布什回忆录《抉择时刻》，6人仅20天就译完。现在沿用这种模式的翻译书还有：《曼德拉自传》《巴西——一个国家的崛起》《哈姆雷特的黑莓》及奥巴马《赞美你——给女儿的一封信》《不列颠百科儿童丛书》等等。最引人瞩目的大概就是刚出版的《乔布斯传》。该书出版方先是从四百名网上应征者当中，选出5名译者分工自译，然后找人通校，在不到一个月之内，就完成了50万字中文本的翻译。

上述用"众包"模式翻译出版的书，速度快、效率高，有些还实现了与原文版本同时间上市。这种翻译模式，似可称之为快餐翻译。一项新事物出现，总会有不同的反响。现在有些人在文化领域也推崇所谓"蜂群智慧"，以多人集约求速度。从一年多时间里，以快餐方式速成的翻译书就多达上百种来看，足见这种理念多么受人青睐。不过质疑的声音也不少。

就以中文本《乔布斯传》来说，由于翻译匆促，加上对多位译者实行保密，互相不认识、不交流，以致才上市不久，就招来不少对其翻译质量的批评。许多人认为，译者缺乏美国生活体验，不了解时空背景及语境，不懂美国俚语及作者意有所指的幽默，不理解美国当时的政治语言，不熟悉苹果公司发展的经历，以致"翻译太烂""文字拗口"。有的说，"看原文感动不已，读中文情趣索然"；也有的说，"就像白开水，毫无文字美感"。不少人尤其对书中乔布斯那封情书的中译十分不满，认为译得太乏味。译言网为此还开展了"线上挑错"活动，不到一个月，发帖挑错的就有上百条。对该书翻译质量的这些微词，连出版方也承认难免粗糙，表示有待重印时加以改进。

尽管对这种"众包"式快餐翻译见仁见智，但它毕竟是现实生活中的一种存在。在当今追逐效率和提倡多元的时代，出现这种速成翻译，既有来自网络、志愿参与分译的译者的推动，也有追求快速获取信息、乐于接受快餐文化的消费者需求，对传播文化也有一定的积极作用，那么，自然应当容许这种翻译模式的存在，就像人们在享用烹饪正餐的同时，也允许甚至需要盒饭和快餐，以便满足不同的需要。

容许翻译有快餐，并不表明在翻译领域，应鼓励采用"众包"这种速成翻译模式。相反，出于快餐翻译本身的局限性，它只适合在某些特定的条件下使用，绝不宜无区别地广泛推广。为了确保翻译质量，有必要吁请译界拒绝翻译快餐化。

翻译作为一门学科，它不是一种可以轻易复制的技术，而是需要不断变化出新的学术与艺术。为此当然需要严谨与耐心，而不是相反。常说脑力劳动，快工难出细活，这话是有道理的。翻译是转换不同文字的智力劳动，要实现它的认知飞跃，需要经历理解、思考、选择、表达等系列的思维过程。迄今为止，已有的机器翻译或电子翻译，尽管速度快了，但一直只能机械地处理文字对应的转换，无法体现翻译过程中人的思维逻辑。成熟的翻译家，正是不惜精力对译稿反复进行修改，才使自己的翻译思维逻辑得到充分体现，而做到这一点，当然需要时间和过程。这就是许多名著的诞生，无不需要好多年才能成功的原因。老一辈翻译名家"数年磨一剑"的事例，早已成为译坛佳话，就是当今不少译者，也都强调翻译不宜太快。如承担"辞海译丛"这套书的主要译者、著名逻辑学家康宏逵，在该丛书首发式上就坦言，他每翻译一本书，都要用时三至五年。中科院何祚庥院士在会上也强调，对西方科普作品，"翻译速度不能太快，要精心打磨"。可见，推行翻译快餐应该有所节制，这恐怕是学界许多人的共识。

尤其在文学翻译领域，更不宜提倡采用"众包"速成法。因为文学翻译，是译者针对原作的一种再创作。无论主张"信达雅""神似"或者秉持其他译论，都要求译文充分表达原作者的思想主题、艺术手法和写作风格。特别是西方现代派的作品，作者常常运用时空变幻、虚实交替、前后呼应等手法，刻意把作品的某些情节碎片化和朦胧化。有的把故事肢解，忽隐忽现，谜底费猜；有的古今穿越，因果颠倒，非连贯通读，难明其真相。

最典型的例子莫过于《尤利西斯》了。萧乾在《尤利西斯》中文本序言中曾这样说："乔伊斯好像把一张写就好的文稿故意撕得粉碎，抛撒出去让读者一一拾起来，自行拼凑。"比如，书中写年轻学生班农与"照相姑娘"米莉相识的故事。第一章只是偶然提到了有个叫班农的人；到了第四章，又从主人公布卢姆的信中，透露出女儿米莉就是"照相姑娘"；只是到了第十四章，经过几次辗转，才弄清班农与米莉的姻缘。只孤立看各段的文字，根本看不出故事的脉络。类似这种现象，在外国现代派作品中时常可见。倘若是多人分头翻译，难免出现因前后隔裂造成误判，即使靠通校补救，也会因为不同译者对各段文字的不同理解，而对情节的认识产生差别，这样，很可能会削弱乃至伤害了原作的完美。由此可见，以快餐方式出版文学翻译作品，更是不可取的。

（载《光明日报》2011年12月13日）

葛浩文式翻译是翻译的"灵丹妙药"吗？

著名美国翻译家葛浩文，近年向美英读者翻译介绍了多部中国小说，为推动中国文学"走出去"，做出了显著贡献，并获得多种奖项，由此受到了中国文坛许多人的称赞。特别是莫言获得诺贝尔文学奖之后，为莫言作品英译的葛浩文式翻译，更备受众人高度赞赏，还有人把它视为莫言所以能获奖的关键因素。对于葛浩文先生在传播中国文化方面的努力和成就，无疑值得肯定与尊敬。

所谓葛浩文式翻译，用简洁通俗的话来形容，就是说翻译可以"连译带改"。前一阵上海有篇文章，就以《文学翻译"忠于原著"成为"走出去"绊脚石》为题，认为翻译不能太忠实原著，必须按照西方读者的阅读趣味，连译带改。还举出莫言作品外文本为例，说"葛浩文不仅没有逐字逐句翻译，离'忠实原文'的准则也相去甚远。他的翻译'连译带改'，在翻译《天堂蒜薹之歌》时，甚至把原作的结尾改成了相反的结局。"（引自中国翻译网）

葛浩文的翻译观，时下在我国译界和媒体颇受青睐。如有些译者认为，当今的翻译，重在传播文化信息，不应拘泥文字的转换。有的报纸以《抠字眼的翻译理念该更新了》为题，声称"莫言热带给翻译界的启示，应该是，好的翻译可连译带改"，还有文章直接以《想当莫言，先得巴结翻译》为标题。上述这些，无非都是赞许"连译带改"。更有教授声称："应将文学翻译从词语对应中解救出来。"竟然要求把讲究词语对应的忠实翻译原则予以"解救"，这表明对"连译带改"的推崇，已经热衷到了何等的程度。在他们看来，葛浩文式翻译，颠覆了传统的翻译观念。莫言获奖的翻译成功，更使得"连译带改"，几乎被放大为解决当今翻译瓶颈的"灵丹妙药"。尽管这只是译界部分人的见解,不过,对葛浩文式翻译,以及由"连译带改"所引发的争议,确有加以探讨的必要。

葛浩文式翻译,是经济全球化时代,文化市场化的一个产物。他强调要适应译入语读者的口味,认为"翻译是原文的补充而非替代",主张翻译可以"重写",并借用意大利谚语,提出"翻译即背叛"的见解。葛浩文式翻译,在市场上确实不乏成功的实例,以至被译界有些人视为翻译理论的重大突破。在文化多元化的今天,市场有需要,就有存在的价值。葛浩文式翻译,是葛浩文对翻译的一种诠释,他的翻译实践,自然应该受到尊重。但我又认为,对它必须理性看待。不要只看到现象而把它极力抬高,更不能笼统将它当为翻译通用的法则。"连译带改",绝不是推动"走出去"和振兴翻译的"灵丹妙药"。

首先,要深入探究妨碍"走出去"的根本原因。现在许多人都怪罪在翻译头上。依我看,高端翻译的缺失,固然是个瓶颈,但更深层的原因,还在于中国文化在世界的话语权仍显薄弱。多少年来,以英美法等国为代表的西方文化,在世界文坛占据着主导地位。文化霸权主义使得欧美文学,在世界上获得强势的话语权,以至他们的作品,无论文字的内容和风格,或是复制、翻译的手法有什么变化,其市场的认同度,肯定要比非西方作品高出很多。强势的话语权,增强了作品的权威性,也势必剥夺了翻译中改动原著的随意性。试以西方名著《尤利西斯》为例。尽管原著文字那么晦涩怪诞,而现有几十种译本的译者,都没有人会按本国读者的喜好去试图改动原著。

由此可见,话语权居劣势的作品,即使翻译得再巧妙,也未必会在今日世界市场获得应有的反响。改革开放以前,西方人提起中国作家,大多只知道林语堂。多年来,中国文学在西方文坛几乎没有话语权。近些年,中国文学"走出去"步伐得以加快,首先得益于中国国力与中国国际地位的增强,使中国作品在世界文坛的话语权提升了,外国人更加关注中国,才会对中国作品提高兴趣。翻译质量对于"走出去"当然十分重要,但不宜夸大翻译因素的作用,更不能将"连译带改"这种葛浩文式翻译,捧为解决"走出去"瓶颈的"灵丹妙药"。翻译中出现"连译带改",并非翻译学中必然的逻辑规律,只不过是为话语权薄弱的作品,寻找便于推销的一种手法。德国汉学家顾彬,虽然表示葛浩文的翻译方式非常巧妙,但也认为他的翻译"在很大程度上是创造了译本畅销书,而不是严肃的文学翻译"。

其次,宣扬"连译带改"的翻译,是对中国文化缺乏自信的表现。倡导中国文学"走出去",当然不是为了多卖几本书,而是要传播中国文化,更好地展现中国的文化软实力。进入新世纪,随着消费主义、声色文化和娱乐至上等思潮的流行,以适应大众化面目出现的霸权文化审美观点,也不可避免地向文学领域渗透,以至浸淫和冲击着其他国家文学的民族特质。仿佛别人写的都不合口味,我看不惯,就得按我的审美标准改写。倘若把中国作品,都"连译带改"成老外爱看的洋化故事和腔调,这样做,即使不算容忍矮化中国文化,至少也是对中国文化缺乏足够自信吧。

有评论家认为,经过翻译家"改头换面"的象征性文本,诺奖评委从莫言的作品里看到的,只是符合自己想象的"中国人"和"中国文化"。另有评论说,打动诺奖评委们的并不是莫言作品本身,而是"脱胎换骨"、被"美化"的译文。在这样的翻译所导致的"误读"中,"走出去"的不是真正的中国的莫言,而是葛浩文的莫言。不是真正的中国文学,而是经过翻译"改头换面"的中国文学。有人更直言:"连译带改"无疑是伪翻译学。这些舆论,表明不赞同葛浩文式翻译的,也大有人在。最近有位著名学者谈到,在资本和市场的交互推动下,文学趋同化愈演愈烈,却美其名曰"世界主义",并强迫人们木然接受。由是,不仅作为中华民族认同感的乡情正在消散,就连我们文化母体的基础,我们最大的国本——中文也面临威胁。(陈众议:《外国文学动态研究》2015年第四期)依我看,这段话,也是对宣扬中国文学"走出去"要"连译带改"的很好回答。

再次,"连译带改"造成译者在翻译进程中错位。翻译行为的性质，是一种文化中介。也就是在不同语言的作者与读者之间，提供文字转换的中介服务。译者产生的译作，是基于原著派生的演绎作品。中介必须对委托方负责，演绎当然不能脱离原著自说自话。译者对原著擅自"连译带改"，导致原著意思或文字变形失实，这是译者错位越权。杨绛先生曾以亲身从事翻译的实践，将作者、译者、读者三者的关系，称为"一仆二主"，认为译者是作为"仆人"为作者和读者两位主人服务。这个比喻既形象，又贴切。葛浩文式翻译，仆人擅替主人说话，这不是错位又是什么。

葛浩文曾对采访他的记者说，我翻译作品，先问有没有市场。中国作品再受人欢迎，如果在国外没有市场，找不到出版商，我也不翻译。还表示，他在翻译中的改动，是应出版商的要求。这就表明，身为译者的葛浩文，虽然热心投身介绍中国文化的工作，但他的翻译实践，实际上使他成了一个听命和受制于出版商的错位翻译家。现在有些媒体把葛浩文的翻译贡献和葛浩文式翻译，吹得很神乎，几乎把他看作是中国作家"走出去"的救世主，显然是言过其实了。

最后，还要强调一点，未经作者授权，译者擅自"连译带改"，难免造成侵犯原著的"作品完整权"。据了解，葛浩文改动莫言作品，是得到莫言同意，这就没问题。但也有作家，反对作品被人"连译带改"。报载，山东作协主席张炜就表示，他无法容忍译者只译故事，不译语言，要求译者每译一章，都要经作者审阅。可见"连译带改"的译作，若未获作者授权，很有可能成为侵权作品。2003年，译林出版社翻译出版希拉里的回忆录《亲历历史》，未经作者授权，有几处删节，受到版权所有人的追究，后来被收回版权，停止出版。这一案例，对热衷葛浩文式翻译的人，应该有所警示。

（载《中华读书报》2015年10月21日）

再谈葛浩文式翻译的争议

自从《中华读书报》发表拙文《葛浩文式翻译是翻译的"灵丹妙药"吗？》之后，在网上引发了众多网友的议论。有赞同者，也有保留或不认同的。再上"百度"搜索一下"葛浩文式翻译",各种观点那就更多了。对翻译是否可以"连译带改"这场争议,称得上是我国翻译界近些年来最受关注的话题。

对拙文质疑"连译带改",持同感的观点无需赘述。那些不同的看法,主要有:现在是市场经济,消费者是上帝,作品不改成读者喜欢看的,没销路怎么"走出去"。你翻译的书没人买,谈什么文化自信。跨文化时代,必须强调译者在翻译中的主导性,要尊重译者对翻译方式的选择。还有的认为,翻译也是一种契约行为,译者要按与作者的约定行事,有授权就可以改,否则就是违约,如此等等。

上述这些"不同看法"确是当前的现实,不能说没有根据。"连译带改"的葛浩文式翻译,现在有市场,自然不能一概否定。但对这种现象的出现,以及它在翻译领域产生的影响,却是值得文化界尤其是翻译界予以关注和探讨。

我认为,翻译存在学术与商品两种属性。从学术层面来看,翻译学是一门语言科学,翻译要探究不同语言文字转换的条件、方式和规律,要求转换准确、到位,其重点在"转换"之上。中外译家曾经倡导的翻译理论,不论是尤金·奈达的"等效翻译",严复的"信达雅",还是鲁迅的"信、顺",傅雷的"神似",等等,无不以忠实原文为首位。简言之,即任何"转换",都不能离开"信"。

再从商品层面来看,翻译作品进入市场,就具有商品的属性。同其他商品一样,为了追求产品价值的最佳实现,势必寻求更好的推销手段。于是在这里,翻译的诉求重点,从"转换"转为"传播"。原先重在"转换"的那些规则,被重在"传播"的需求所替代。所谓"连译带改",就是为适应市场销售传播的一种需求。

由此可见,葛浩文式翻译,在不同层面有它不同的评价。从严肃的翻译学术来说,"连译带改"背离原文,难免有异端之嫌。但从市场翻译传播来看,那样译,有时又是成功的。在市场经济条件下,当学术与市场两者要求出现矛盾时,似不宜以各自的标准和规则,来评判和要求对方。打个未必恰当的比喻。商品为了促销而打折，其折扣的高低，与商品的优劣，通常并非准确对应。因为前者是依据市场营销规则的需要，而后者则是按产品质量标准来评定。"连译带改"变了样的译作，好比打了折的商品。从翻译学角度看，打折表明产品有缺陷，但从营销学来看，打折达到了传播效果，从另一角度实现了翻译的价值。现实中这种两面性，正是当今文化多元化的一种反映。

译文要不要改，可以或不可以改，允许或拒绝怎样改，恐怕不会有一种通用的模式。在我看来，只能从实际出发，分别加以对待。

首先，在翻译版权保护期内的作品，译者必须获得作者允许删改的授权，才能得到改动作品的合法性。翻译进入公共版权期的作品，原作者虽已无法发声，但按常理，作者都会期望维护自己作品的完整性，因此译者也应该尽力尊重这种可以理解的意愿，不可轻率删改。

其次，面对文字准确性要求严谨的翻译，诸如法律文书、商业契约、历史文件、纪实文学和其他非虚构作品等，都应该舍弃"连译带改"，而是要恪守翻译职业道德，遵从传统翻译规则，进行规范的翻译，力求使译作忠实而完美。

再次，对于虚构的文艺作品，特别是话语权还处于弱势的作品，为了便于译入语受众较容易接受，在原作者授权同意前提下，可以允许有限度的"连译带改"。在推动中国文学"走出去"进程中，海外翻译家是一支不可忽视的翻译力量。对葛浩文、陈安娜等海外翻译家，为传播中国文化所作的努力，无疑值得肯定。对葛浩文式翻译，应当承认它的正当存在，至于其利弊，就让实践与历史去判断吧。

（载《中华读书报》2015年11月18日）

何必替文学翻译比"斤两"

近来译坛挺热闹，缘于马尔克斯《百年孤独》新译本的出现，不仅引发了对这部魔幻现实主义名著新老译本的不同褒贬，还引申出后人应如何评价前辈译者的一场争论。

《百年孤独》最早有上海译文社黄锦炎、沈国正、陈泉合译的译本，随后有十月文艺社高长荣译本（英文转译），云南人民社吴健恒译本。今年新经典文化公司获得马尔克斯正式授权，以南海出版公司名义出版了范晔的新译本。不知道是出版方的刻意造势，还是评论界真的对翻译评论重视起来了，这个新译本一上市，立即受到多家报刊的追逐，出版方还专门组织了一场"文学圆桌会"，纷纷为新译本叫好。有的专家更以"很经典""很忠实""异化得很好"这样少见的褒词加以肯定，译者范晔也在微博中，高调为自己译本公开征集"翻译硬伤"。但不多久，对这新译本就有泼冷水的，先是一寒和韩浩月分别撰文，说该译本有删节，是个"洁本"，"还不如买盗版的"，接着林一安发表长文《精品尚未成功，同志仍需努力》，列举具体事例，指出新译本多处与老译本雷同，存在掠人之美，而且行文老旧，使用天马行空、形销骨立、一丘之貉、天赋异禀这类汉语成语太多，有的一页中这类成语竟多过十处，说它"是文有余，而白不足"。此书另一位老译者吴健恒也发表《从拙译〈百年孤独〉说开去》，他在介绍自己翻译经过中，并不认同对新译本的溢美。

对这个新译本的争议，还引发了如何评价译界前辈的争论。有人嘲讽钟爱老译本的人是"无知偏见"，认为"那个年代译者调动的语言资源不够用"。更有署名"南桥"的，直言"译林没有老字号"，另一署名"乔纳森"的，还挑出王道乾、董乐山、傅惟慈等名家几处他认为的误译，称之为"阿喀琉斯之踵"（死穴之意）。对此也招来反驳。有署名杨青的公开质问："年轻译者炮轰前辈为哪般？"他认为，一些年轻译者自恃外文好，翻译紧扣原文，岂不知这仅是"传文"，作为文学翻译，更贵在"传神"，对于后者，译界前辈的功底，无疑要比年轻译者强很多。上述几位名家被挑出的一两处误译，如董乐山把"打晕"译成了"撞倒"，只是表达欠准确，不影响对全书的理解，怎么扣得上"阿喀琉斯之踵"这顶帽子！西语专家林一安甚至借用梁山好汉的豪言，风趣地力挺严谨的老译本："酒家这条命，只卖与识货的。"此事到此还没了，"新经典公司"对于《百年孤独》新译本存在删节这种说法，不仅发表了"严正声明"驳斥，还声言要对其起诉。

如上所述，围绕一个译本的评论，竟引发出这么热闹的争论，这可是多年来所罕见。不管其动机是为营销造势，还是关心翻译质量，能让翻译问题吸引来这么多难得的舆论关注，这总是值得欢迎的。也许是出于多年从事翻译出版工作的"职业激情"，对这场争论，我禁不住也想凑热闹谈点看法。

文学翻译并不等同文字翻译

翻译至今没有公认、定型的评判标准，现在好像不少人都偏重文字的转换，强调译文要对应、等值、准确，这当然没有错。但我认为，这些只是针对像法律文书、外交文件、商业合同、规章制度、技术规程等这一类文字翻译的要求，它并不等同评判文学翻译的标准。文学翻译，应该有比文字翻译更广泛的尺度。文学作品，是作家认识客观世界，又企图表达主观意愿综合思维的反映。引进外国文学作品，并非为了学外文，而是为了了解外国作家在作品中所要传达的信息，体会他观察人生及社会所表现的艺术手法。据此要求，除考察文字转换外，还需要审视与文字相连的语境、伏笔和前后呼应，读出作家在文字以外的文化含义。跨文化时代注重沟通与对话，文学翻译显然也更看重后者，只有这样，才能充分译出作家的真实意思和艺术特色。

实践中许多翻译名家也多是持这样的观点。朱光潜认为，文学翻译不能只追求"术"，更应追求"境界"。叶君健强调："单凭信、达、雅恐怕还不够，我们需要具有个性的译作。一部文学作品是否在另一种文字中具有特色，要看它的译文是否有个性。"余光中也指出："直译，甚至硬译、死译，充其量只能成为剥制的标本，一根羽毛也不少，可惜是一只死鸟，徒有形貌，没有飞翔。"由此可见，不赞成文学翻译死抠字句对应的大有人在。须知有时套用词典的义项，未必就是最贴切的文学翻译。重要的要看，原作的意思、语气和风格，是否完整地得到了体现。不妨比较一下：一种是译文虽有少量瑕疵，但通顺易懂，能较好地反映和体现作家的思想和风格；另一种是文字转换看似对应，但译文生硬堆砌，意思模糊歧义，行文毫无特色。我想文学翻译的读者，还是会更推崇前者。

基于尊重的超越才最珍贵

学术界有一阵好像涌现出一股贬低名家的暗流，郭沫若、钱锺书，乃至鲁迅都曾受到不同的批评。这种现象在文学翻译界也有表现，傅雷、朱生豪、傅东华、王科一、杨绛等人的译本，都被人指责过，有的还把杨绛译的《堂吉诃德》，当作翻译的"反面教材"。对这种现象，有人说，给名家挑错能凸显自己高明，有些人想借批名家来抬高自己。这种人可能有，但我认为不会是全部，对名家提出批评的人，更多的还是对名家的认识存在某些片面性。名家有错当然可以批，超越名家也应该鼓励，但切忌不自觉地陷入"打击别人，抬高自己"的冲动中。对待前辈，必须树立历史唯物主义的态度，要在尊重历史成果基础上，去芜取精去超越。文学翻译允许对原作有不同的诠释，因此更新译本，超越旧译，这本是很正常和值得鼓励的事。但这种超越，不是只看哪一两句译得更准确，而是要看对整个译本的把握上，是否更真实、更完整地传达出原作者所要表达的各种信息。

我强调必须对前辈译者表现尊重，至少有以下三点理由：

其一，首个译本的译者，其开拓之贡献，功不可没。万事开头难。首次接触原文，没有任何参照物，全凭自己的理解与判断，实现两种文字的转换，应该说难能可贵。囿于历史条件（如工具书不全），初译本存在某些误译，在所难免，要客观对待，不能以偏概全、全盘否定。林语堂曾讲过，不可能有百分之百正确的翻译。任凭哪位名家，都不敢说自己的翻译没有任何瑕疵。

其二，译界名家不仅熟懂外文，而且大多身兼作家，学问渊博。文采超群，能译能写，这种功底往往令后人不得不佩服。你可以挑出董乐山、冯亦代的几处误译，但要达到他们写散文那种文采那可不容易。有人只看到杨绛译本的文字比别人的少了，可是他们对刘知几的文字"点烦学"又知道多少？你可以反对"点烦"文字，但也应该允许杨绛按自己的翻译理念进行翻译。有人说"译林没有老字号"，但我要说"译林有芳草"，"译林有奇葩"。译坛中杨必的《名利场》、杨武能的《少年维特的烦恼》、黄源深的《简爱》等，都是许多人公认的佳译。名家"调动语言的资源不如现在多"，这话不假，但名家调动语言资源的能力，恐怕要强过多数年轻译者，这是很值得后人好好学习的。

其三，许多名家身上可贵的译德，更应该大力弘扬。在市场经济环境下，译界许多人功利思想日益膨胀，现今不顾译德的糗事屡屡发生，这与许多名家恪守译德的高尚言行形成了鲜明的对照。对此有人也许未必服气，那好。杨绛为了能从原文翻译《堂吉诃德》，曾特意去自学西班牙文，历经22年，终于出版了我国第一部据西文译出的《堂吉诃德》，杨绛也因此荣获西班牙国王颁发的骑士勋章。朱生豪译的《莎士比亚剧本》，为使人物对话读来琅琅上口，不仅把诗体译成散文体，还特意到剧院去听演员对白的音韵、节奏和语感，以此作为自己修饰译文的参考。他坦言："必先自拟为读者，察阅译文中有无暧昧不明之处，又必自拟为舞台上之演员，审辨语调之是否顺口，音节之是否调和，一字一句之未惬，往往苦思累日。"傅雷译《幻灭》时，已届53岁，法文根底已经很好了，但他还是先把全书750余页中1100多个法文生词单列出来，每天发狠温习三四百个，并以此与儿子傅聪练习钢琴相勉励。如此等等。试问"炮轰"名家的诸位，你们当中有几个人能如上述名家那样去做？名家身上这种崇尚职业道德的精神，那是一种珍贵财富，是激励后人的强大榜样力量。

严谨翻译何妨各行其道

现在评论文学翻译时，常说这句张三译得不对，那句李四译得更好，仿佛要充当裁判对不同译本比个高低。这种用心无可厚非，只是这样做并不科学，吃力不讨好。我认为，只要是严谨自主的翻译，应该允许译者有不同诠释，不同译本无需评高低，让它在市场中各行其道，由读者自行去选择。

文学翻译没法比高低。既然文学翻译没有通用统一标准，译者各有各的理解与表述，那依据什么分出它的高低？我曾举过这样一例。《尤利西斯》中有一句"Wonder is he pimping after me?"金隄译为："不知道他会不会是想拉我的皮条？"萧乾夫妇则译为："不晓得他会不会在盯梢？"两种译法差别很大。我问过萧乾，他答这句语境是：布卢姆背着妻子，正从邮局领取情人的来信出来，突遇妻子的相好麦科伊走来，心虚的布卢姆内心产生了这句疑问。试想大白天在邮局门口，怎么会想到妻子的相好要给自己"拉皮条"？这于理于情都说不通。Pimp是有"拉皮条"的义项，但在澳洲又有"密探"之意，爱做文字游戏的乔伊斯，把它引申过来暗喻"盯梢"是有可能的。可见金隄译法文字对应，但不合情理；萧乾译法合乎情理，但文字欠对应。对此，怎么来分对错与高低？

文学翻译无需比高低。一切文艺创作，不同人有不同的审美取向，所谓"敲锣卖糖，各有所爱"。这种"所爱"的不同，只是审美趣味的差别，而非质量的优劣。文学翻译是一种再创作，不同译本也各有所爱，何必去硬分高低。例如，杨绛在《堂吉诃德》中，把西班牙成语"con los pelos en el pecho"译为"胸上长毛"，林一安认为这是误译，应译"男子汉气概"，但陈众议认为，这是杨绛的一个妙笔，为此我曾向杨绛求证。她告诉我，这个女子会掷铁棒，比村里壮男还要粗壮。桑丘说此话有揶揄之意，为突出人物形象，故舍"男子汉气概"而取"胸上长毛"。依我看，"男子汉气概"与"胸上长毛"，可以并存，何需比高低。

翻译打假比评译本高低更重要。萧乾讲过一句很经典的话："翻译无专利，同行非冤家。"给名家挑错，指出老译本缺陷，这都属正常好事，但若成心"炮轰名家"，似就欠妥了。人们当然鼓励与期盼年轻译者，实现文学翻译学术上的真正超越，不过就当前而言，翻译抄袭、剽窃、造假、侵权的现象，远比某一译本出现一些误译，其危害要严重得多。因为《百年孤独》的老译本与范晔译本，还包括《尤利西斯》的萧乾译本与金隄译本，《堂吉诃德》的杨绛译本与董燕生等人的译本，《莎士比亚戏剧》的朱生豪译本与方平译本，等等，虽有争议，但均算得上是严谨的佳译，都应予以尊重，在提倡多元文化的环境中，没有必要一定要对不同译本称出个我是半斤，你是七两，就让它们各行其道吧。希望批评界多把目光和精力指向翻译打假，以及不顾译德、粗制滥造的乱象。翻译家王干卿译的《爱的教育》一书，多次被人抄袭、盗印，这几年他艰难维权，备感疲惫无助。那些热衷"炮轰"的诸位，是否也能关注一下译界那些被侵权的弱者。

（载《中华读书报》2011年10月26日）

呼唤设立翻译抄袭鉴定机构

近日见到多起翻译抄袭侵权官司的报道。先是郅溥浩诉太白文艺出版社侵权《一千零一夜》，接着又有王干卿诉机械工业出版社和中国对外翻译出版公司抄袭《爱的教育》，还有上海译文社诉天津人民出版社侵权海明威译作。经过判决或调解，被告都登报道歉，并向原告赔了钱。我既为有越来越多的版权受害者，勇于用法律维权感到高兴，又从这几起案件中产生了一些联想。

联想之一，这几家被告，都是国营正规出版社，有的还很有名气，位居中国出版业实力强社行列。按常理，这些社管理规范，领导人员素质高，绝对不会不懂著作权法，应该不会犯公然抄袭、盗印这种低级错误。可惜，偏偏就犯了，而且还态度傲慢，百般狡辩，直到法庭上拿出了证据，才羞答答地道歉赔钱。何以会这样？答案只能是利令智昏。这几年出版界搞产业化，许多人只热衷于赚钱，甚至要求本本书都要盈利才出版。在这种压力下，有些人只要能赚钱，管它抄袭还是盗印！出版人一旦淡忘了自己的文化担当，既可叹，更难免沦丧。特别是正规社、大社、名社，不顾自己声誉和品牌，也搞起抄袭盗印，那读者今后还能相信谁？新国出版总署正在对出版社进行等级评定，我认为应把诚信列为头等考核指标之一，凡有抄袭盗印劣迹的，一经查实，就应降级。

联想之二，对抄袭侵权处罚太轻，这已呼喊过好多年了，至今未见明显改变。王干卿告诉我，他诉机工社抄袭，虽然胜诉，但只得到两万多元赔款，除去律师费、诉讼费等相关开支，最后没剩几个钱。上海译文社朋友也告诉我，他们社年年都有好多书被抄袭盗印，因为诉讼成本太高，有时又受地方保护主义阻挠，甚至暴力威胁，因此想维权也犯难，即使胜诉，赔的那一点钱，往往得不偿失，这样必然压制了维权的积极性。我在想，抄袭盗印，就是盗窃知识，偷知识，应与偷实物一样，都按刑法处治。赔钱，要赔得他心疼，赔得他不敢下次再犯。

联想之三，吁请尽快改进抄录定性的举证方法。日前见《中华读书报》很不起眼处，有一则简短声明。即"中译公司"，因"参考使用了其《爱的教育》的部分译文"，而向王干卿致歉。我就奇怪，什么叫"参考使用"？著作权法里只有"合理使用"，超过"合理"，就是抄袭剽窃。你承认"参考使用"，却又回避抄袭，那你干吗要公开致歉和赔钱？我问过王干卿何以出现这么可笑的结果，他说，他所在单位与中译公司是老关系户，今后还要合作，所以不便追究太紧。另外，还难在对翻译抄袭的定性上。因为一句外文，可以有多种中文的表达，要定性译作是否抄袭，需要做大量对比、鉴别的工作。为了两场官司的译文鉴定，王干卿已付出了巨大的精力。他说，比翻译一本书还要累，若再发现被抄袭，自己恐怕没精力再去逐句逐字对比鉴定了。

由此我想到翻译抄袭诉讼的举证问题。若全靠原告自己举证，一是太辛苦，二是对方往往不承认。这项工作最好能由有权威的第三方来做。去年傅惟慈与译林出版社，诉时代文艺出版社与"李斯"《诺贝尔文学奖文集》这套书中有对他们抄袭侵权行为时，原告先将侵权物请求江苏省版权局进行鉴定，并以该局的抄袭鉴定结论向法院举证，这样被告很快就认账了。上述两例表明，为遏制抄袭剽窃歪风，很有必要由版权管理机关授权翻译协会或翻译公司这类中介组织，设立有权威性的翻译抄袭鉴定机构，有偿受理翻译抄袭鉴定的诉求，就像已有的质量技术鉴定、医疗事故鉴定那样，来承担翻译抄袭的鉴定。这样做，还可以为社会增加一个新的服务行业，有利扩大吸收就业，无疑是件好事。

（载2009年7月24日《文汇读书周报》）

别冷落了翻译家

报载，京东集团主办的"京东文学奖"，不久前举办了颁奖典礼，有六部作品获奖。这一届评奖的总奖金，高达280万元，最高奖金50万元。大概是目前国内奖金最高的文学奖之一。看了这则报道，当然令人高兴。为了鼓励文学创作，京东集团舍得花这么多钱来评奖，这表明他们有眼光、有魄力，无疑值得点赞。

不过，点赞之余不禁也产生一些联想。如今对文学原创的奖励项目可谓广而又多。除了权威的茅盾文学奖和鲁迅文学奖之外，各地以地名或古今著名作家命名的文学奖，诸如紫金文学奖、路遥文学奖、施耐庵文学奖、曹禺戏剧奖等等，恐怕不下几十种。现在又增添了雄厚资金支持的京东文学奖，即便是锦上添花，也表明文学创作受到广泛关注，这当然应予肯定。但我又想到，翻译文学，它也是文学体系中重要的部分。相比对文学原创不断扩展的奖励，对文学翻译的奖励，就显得差多了。

首先，国外许多国家都设有国家翻译奖，而我国至今还没有。多年来我多次写过文章呼吁，先后商请季羡林先生撰文支持；替已故梅绍武等多位政协委员起草提案，向全国政协大会吁请；直到前年，还通过中央编译局原副局长俞可平，向主管部门吁请，可惜不知何故，均未实现。

其次，权威的文学翻译奖项太少。现在国内能够称得上文学翻译奖的，只有中国作协主办的鲁迅文学奖，和江苏省作协主办的紫金文学奖。这两个奖项中的翻译作品，但或因报名参赛的译作太少，或因佳译缺乏，评委意见难统一，以至这两个奖，都有出现翻译奖空缺。奖本来就少，再来个空缺，就难免减少了翻译作品获奖的机会。近年个别外国政府为了鼓励传播该国文化，特在我国设立以作家或翻译家命名的文学翻译奖，如傅雷翻译奖，由法方出资奖励，但其范围局限在法文译作，获奖面也很窄。至于中国译协主办的韩素英青年翻译奖，实际上只是翻译征文竞赛，还达不到文学翻译奖的要求。

第三，国内有些部门虽然也设有对翻译的奖励机制，但大多只针对特定的奖励对象。如国家新闻出版广电总局主办的中国出版政府奖，以及中国出版协会主办的中华优秀出版物奖，每三年才评上几本翻译书，而且只是奖励出版社和责编。新闻出版署曾经委托中国版协外国文学出版委员会，主办全国优秀外国文学图书奖，也是三年评一次，虽评出不少翻译佳作，但只是奖励出版社和责编，奖金还由各社自己出，译者只是名义沾光。即使这样，这项仅有的以翻译书为主的评奖，也于几年前被迫中止了。

近几年为了推动"走出去"，增设了几种对中译外译者的奖励。如国务院新闻办公室、国家新闻出版总署联合主持的"中国图书对外推广计划"，奖励外销图书的外国翻译家。新闻出版广电总局主办的"经典中国国际出版工程"，资助已签约出售版权的出版社。全国哲学社会科学办公室主持的"中华学术外译计划"，则主要补贴与我国合作的外国机构及外国译者。

列举上述状况不难看出，对我国文学翻译家的奖励，明显冷落了。不仅如此，现实中翻译家的劳动和知识产权，还屡屡得不到应有的尊重与保护。翻译被抄袭剽窃，本来就禁而不止，如今又加上互联网和人工智能，各种"先进"的抄袭软件应运而生，更助长了翻译侵权的隐蔽性和随意性。国家虽然规定外译中翻译稿酬标准的上限为千字200元，但出版社出于成本考虑，至今实际上仍只付到80至100元。相比某些原创畅销书一字一元的高稿酬，翻译连零头都不到。

据我了解，国内文学翻译奖的奖金，前几年多为1万元，紫金文学奖本届的奖金有望提高。令人鼓舞的是，这次"京东文学奖"中，也有一本翻译书获奖，而且奖金要比以往高很多。表明社会有识之士，对翻译工作的重视程度正在提升，这是好现象。为了促进中外文化交流，推动"走出去"加快步伐，除国家要加大扶持翻译工作力度以外，也呼吁有文化眼光的企业家，也能像京东集团那样，经商想着文化，盈利不忘公益，原创与翻译并重，为改善和繁荣我国的翻译事业多做贡献。

（载《中华读书报》2017年09月27日）

为什么翻译图书少见译者介绍

近日逛书店，浏览了好几本翻译图书，发现除了封面上有译者的署名外，全书再没有译者的任何信息。联想到原创图书，对作者的介绍，那可是费尽心思了。通常图书勒口多有作者照片及其身份和经历介绍，封三或封四，往往要列出作者其他著作的目录，对于某些有点名气的作者，还要加做腰封加以突出介绍。出版人重视介绍作者，体现对作者的尊重，这无疑应予肯定。只是相比仅给一个署名的译者，两者差别之大，折射出某些出版人厚此薄彼的心态，这就难免令人质疑和思考。

翻译在对外交往中的重要性毋庸置疑，但现实中，翻译工作却未受到社会应有的关注。例如稿费标准，原创图书多实行版税制，一般版税率已达到10%。仍按千字计酬的文学期刊，有不少千字都付酬五百元，有的甚至一字一元。而文字翻译，绝大多数至今还是按千字计酬，多的不过上百元，少的仍只有七八十元。翻译工作至今仍然主要靠业余完成，曾经有过的职业翻译家，几乎不见踪迹。翻译作品时常被抄袭，而维权的成本，又高得令人望而却步，只能徒唤奈何。许多行业都有国家权威奖项，惟独翻译，至今还没有国家翻译奖。参加作代会、文代会，备受极高礼遇，而参加译代会，代表还得自交会务费。这些现象，包括季羡林先生等众多译界人士，都多次吁请社会予以重视，但始终未见明显改善。

说起图书署名，许多人都会记得，在很长时间中，我国的翻译图书封面，大多只署外国作者的姓名。直到20世纪九十年代以后，随着引进版图书的增多，在翻译图书封面上，才渐渐出现了译者的姓名。现在翻译图书，封面上同署原作者及译者的姓名，这当然是个进步。但为什么除署名外，却很少见对译者的介绍呢？

我认为，翻译图书添加"译者介绍"很有好处。第一，表明出版者对待作者与译者同样尊重，对作者与译者为本书所付出的努力，给予同样的肯定。第二，确认本书译本的版权，是归属什么样的人士，并由他对译文质量负全责。第三，公布译者的学术与翻译经历，有助于提高读者对译本水平的可信度。同时也会使抄袭者，因亮不出真实的翻译实践而失去掩护。像前些年被媒体曝光的文抄公"李斯"，就难以通过只署上一个匿名就轻易达到蒙骗读者的目的。最后，通过翻译图书的"译者介绍"，不仅会对译者起到鼓励的积极作用，也会帮助广大读者更多地认识译者，了解翻译，提高辨别和欣赏翻译作品的能力。这对促进社会对翻译工作的关注和重视，无疑都有加分的作用。

现在公众大多只熟悉1949年以前活跃的知名翻译家。其实1949年以后，在翻译界同样有不少成就卓著的优秀翻译家，只是他们受关注、被介绍的机会不多，以至难以被人广知。就拿央视访谈节目来说，以往邀请的嘉宾，多是明星、作家、艺术家之类的名人。这次"朗读者"节目邀请96岁高龄的翻译家许渊冲先生，即使不是第一次，也属极为罕见，没想到效果出奇好，让人们生动地感受到翻译的魅力和贡献。可见公众并没有冷落翻译，而是媒体过去对它有所忽略。翻译图书少见"译者介绍"，是不是也是出版界对译者"有所忽略"的表现呢？我想，不管是不是，希望翻译图书尽量添加"译者介绍"，这总是有利无弊的一件好事，何乐不为呢！

（载《编辑学刊》2017年7月第4期）

包容和坚守：对翻译争议的期盼

近几年来，由于受互联网迅速发展，以及翻译产品市场化加剧的影响，在我国翻译界出现了不少新的变化，并由此引发了对翻译理论与实践的一些争议,如怎样看待快餐翻译、众包翻译和机器翻译等在实践中的应用等。随着我国加快文化"走出去"战略的步伐,如何面对外国读者的阅读习惯,又出现了翻译可否"连译带改"的不同争论。一向受冷落的翻译学术界,因为产生争议而热闹起来,这是活跃学术的好现象。这场争议的主要分歧在哪里?

首先,怎么看"快餐翻译"。因为网络翻译、人工智能翻译的出现,对传统翻译和出版的模式、手段和营销等,都带来了新的挑战。网上盛行碎片式、流水式"众包法"的翻译,使得翻译进度出现飞跃式变化,一本30多万字的《乔布斯传》,从翻译到上市,只用了35天就完成了。小布什的《决择时刻》一书的翻译出版,同样也只用了一个月。以往靠一两位翻译家用几年时间译出一本书的惯例被打破了。对此,出版方因为出版快抢占了商机,为它叫好;而读者发现译本差错太多,又连连摇头。

其次,怎么看"连译带改"。在外销的中译外方面,最受关注的争议,莫过于如何评价"葛浩文式翻译"。葛浩文是莫言作品的主要英译者。他在翻译莫言作品中,采取了"连译带改"的方法,在《天堂蒜薹之歌》一书中,甚至对原著的结尾也改成了相反的结局。对此现象,支持方认为,"翻译是多维的,不能囿于语言讲对等忠实","翻译是一种创造性叛逆","忠实对等的翻译,是柏拉图式的空想"。媒体上还有文章说,"忠于原著成为'走出去'的绊脚石"。莫言获得诺贝尔文学奖,更成了这种主张的成功案例。而反对方则认为,"连译带改"背离了翻译的基本原则,若未获作者授权,译者擅改则有侵权之嫌。

上述不同观点,从各方自己角度出发,似乎各有理由,难有定见。但笔者以自身从事翻译出版工作的体会认为,面对当前翻译争议,必须秉持包容和坚守这两种态度。

翻译是一种社会性劳动,翻译成果是供他人使用的。译作必须经过传播,被受众接受,才能实现其价值。于是翻译就存在学术与传播两个层面。从学术层面来看,翻译学是一门语言科学,翻译作品要遵循不同语言文字转换的要件、方式和规律,要求转换准确、到位，其重点在"文字转换"之上。中外译家曾经倡导的翻译理论，不论是尤金·奈达的"等效翻译"、严复的"信达雅"，还是鲁迅的"信、顺"、傅雷的"神似"等等，无不以忠实原文为首位。简言之，即任何"转换"，都不能离开"信"，这应该是翻译学术必须坚守的一项基本原则。

再从传播层面来看，此时翻译作品，已变成翻译商品进入市场流通。在这个领域，它的目标，是让更多的受众接受它，从而广泛地实现其价值。其诉求重点，也就从完善"文字转换"，转向追求"传播效果"。一旦翻译作品进入市场，就具有商品的属性。同其他商品一样，为了追求产品价值的最佳实现，势必寻求更好的推销手段。原先重在"转换"的那些规则，被重在"传播"的需求所替代。那些"快餐翻译""众包翻译""连译带改"等等新的翻译模式，就在这种需求之下应运而生了。

在当今文化多元化时代，翻译消费的需求，也是多种类多层次的。对翻译，有的只要求信息传达，不注重文字对应；有的更追求翻译快捷，而不拘泥翻译精准。尤其当今处于"微时代"，线上浏览、微信本、图解本等浅阅读方式，深受许多受众钟爱，因此，对于那些异于传统翻译模式的翻译现象，既然法律不禁止，市场有需要，就应该采取包容的态度，承认它的正当存在，让消费者去判断和选择。而相关的管理部门，则要对此做好服务与管理工作。

只讲包容当然不行。翻译毕竟是一门严谨的语言学科，是一种思维再创作，需要知识和智慧的投入，不能将它同市场上可以人工复制的物质产品同样看待。在当今翻译领域，既要展现包容，更要倡导坚守。必须坚守翻译的学术属性，维护语言文字转换的科学规律，以及传统审美的要求。

译文可不可以改，允许或拒绝怎样改，恐怕不会有一种通用的模式。在我看来，只能从实际出发，分别加以对待。在翻译版权保护期内的作品，译者必须获得作者允许删改的授权，才能得到改动作品的合法性。进入公共版权期的作品，原作者虽已无法发声，但按常理，作者都会期望维护自己作品的完整性，因此译者也应该尽力尊重这种可以理解的意愿,不可轻率删改。对于那些文字准确性要求严谨的翻译,诸如法律文书、商业契约、历史文件、纪实文学和其他非虚构作品等,都应该舍弃"连译带改",而是要恪守翻译职业道德,遵从传统翻译规则,进行规范的翻译,力求使译作忠实而完美。

  总之,对待伴随着时代发展而出现的新观点、新现象,必须理性分析。有的该扬弃,有的该包容,有的就该坚守。在翻译领域,就让便捷卫生的"快餐",与精致美味的"佳肴",各应所需,各行其道,互补共进,促进翻译事业更加有序地繁荣发展。

       (载上海《文汇读书周报》2018年2月12日)

抨击唯利坚守文化

"傍文化"现象不可等闲视之

现在社会上关注文化的氛围好像蛮浓厚,除媒体上常见建设文化强国的报道外,各地各行还经常出现形形色色冠有文化名义的活动与宣传。在这当中,有一些确实是响应中央关于文化大发展、大繁荣的号召,以多做文化实事的贡献,展现出传承与弘扬中华文化的巨大热情。不过也有一些是把市场炒作,蒙上文化的面纱,或将经营的商业活动,随意自诩为什么"文化"。深入观察一下如今不少打着文化旗号的项目和活动,其实并无多少惠及文化之实效。所以要打文化牌,无非是想吸引眼球,娱乐大众。现实生活中,这类或多或少把文化当作标签、主要是想傍文化沾光谋利的现象,大致有如下的表现:

——不顾资源及消费条件,轻率地上马缺乏文化含量的"文化产业园",有的连书店、报亭都没有,除了网吧,就只有商店和餐馆。冠上"文化产业园"之名,主要为了有利于拆迁圈地。

——热衷举办这个节那个节，又多以"文化搭台、经济唱戏"为名。这本是地方招商的一种好方式，只是有些地方操办的结果，"文化搭台"不是徒有虚名，就是庸俗走样，最给力的还是在成交合同。

——争抢古人名人资源，以弘扬历史文化为名，热炒名人故里、名人墓地。有些历史真古迹不见关心保护，而热衷建造人为假古迹的却大有人在。有的开发商毁掉名人真故居，再重建假故居，靠着名人招牌，房价骤升好多倍。就连小说中无从考证的风流豪绅"西门庆"，现在也有人争着要去为他建"故里"。

——把某些封建的、违反人性的、愚昧的历史糟粕，当作"文化遗产"加以渲染。如不加区别宣传"二十四孝"，兴建什么"二十四孝碑"。还有盲目炫耀一些封建的殉夫殉主"节烈坊"，把它当作地方文化的"荣耀"。

——更多见的，就是动辄把某种生活行为，不分美丑雅俗，都玄乎地称其为某某文化，如探墓文化、占卜文化、青楼文化等。还有人为推销螃蟹，竟搬出《红楼梦》中吃螃蟹的故事，美其名探究"食蟹文化"，如此等等。

不能说上述这些都是把文化当标签，但也不容否认，其中确有人打文化牌，是醉翁之意不在酒。出现这种"傍文化"现象的原因，一是赶时髦，搭便车。鉴于国家当下重视文化建设，社会也强调崇尚文化，所以搞活动尽量与文化挂上钩，这样既迎合潮流，还能在舆论及经营中，分享到因沾文化之光而带来的某些便利，如享受优惠税收等。二是借光环，造声势。有的因为本身的资源贫乏，在硬条件上缺乏竞争力，就想打文化牌，在软环境上增加文化附加值，借助文化的光环，提升自己的竞争力。三是认识偏差，误解文化。有些人对文化的认识存在偏差，有的根本没有理解文化的真谛所在。他们把冠上文化之名、亮出文化口号、请文化名人捧场、召开带文化色彩的会，乃至抢着注册一个文化商标等，就当作是在"弘扬文化"了。这是对文化理解上的认识误区，不仅把文化的本质看得过于简单化了，更是对文化价值观的一种误判。

文化的概念，既包含自然科学，也包含人文社会科学。在当今社会，它通常特指人类创造的精神成果。这种成果，只有体现出社会文明的价值，发挥出推动社会发展的作用，才能成为先进文化而受到推崇。弘扬文化的本质要求，应该是通过文艺、教育、科研、出版等的繁荣，展现并传播人与自然、人与社会、人与人的和谐生态与道德规范。不是披上文化形式，就算有文化含量了。文化形式与文化本质是有区别的。艺术行为，凡传播真善美、符合文明价值取向的，才是真文化；而渲染暴力色情迷信的，即便用上了文化的形式，那也是伪文化。发展文化常讲提倡创意，但创意也有文化与非文化之分。那种不讲品位、背离文化正确价值观的创意，只会产生扭曲和亵渎文化的效果。如有一条推销房产的广告："安得广厦千万间，大庇天下白领尽开颜。"这是开发商套用杜甫名诗，把原诗中的"天下寒士俱欢颜"，改为"天下白领尽开颜"。这个改动，变同情寒士为恭维白领，改变了原诗的道德取向及审美品格，散发着阿谀富贵的气息。像这样的创意，难道是我们要倡导与弘扬的文化精神吗！

在市场竞争中，刻意绑架文化用以谋利的，不能说没有，但不会是多数。更多的人，或是出于对文化的无知，或是片面追逐盈利，以至在经营文化中，轻文重商，不自觉或半自觉地把文化当作标签来使用。这种现象如不加警惕遏制，势必造成不良的社会后果。首先是玷污了文化的形象。把糟粕当作精华，把假的半吊子的都说成珍品，无异给真正文化泼了脏水。倘若真的建起"西门庆故里"，恐怕以后人们一见到什么名人故居，必然就会联想到造假了。其次是败坏社会风气。振兴文化的重要目的，就是要人们在接受文化熏陶过程中，形成对信仰、价值观、道德观、历史观以及尊重科学、爱护环境等的正确认识。如果这种文化熏陶，只是标签式的、作秀的甚至被异化的，出现了所谓没有文化的文化人，或没有文化的文化产业，那么肯定会对社会风气造成伤害，特别是会对年轻人产生误导。对此，切不可等闲视之。

（载《光明日报》2012年7月4日）

文化产业化不等于文化商业化

市场经济条件下,现在不少文化活动,常以商业形式运作,以期在市场中获取合理的回报。这是商品流通发挥出促进生产及文化发展反作用的一种表现。现实中也确有文化与商业取得双赢的范例。可见,让文化进入市场,运用商业形式来经营文化,进而倡导文化产业化,不仅是国家政策所允许,也是进一步深化文化事业体制改革的需要。不过,文化产业化与文化商业化,这可是两个不同的概念。前者要求运用市场机制,把文化事业做大做强,起到繁荣与弘扬文化的效果;而后者只从盈利出发,盲从市场,听任文化被商业侵蚀,导致文化被异化。当前,有些人似乎混淆了这两种概念,在某些领域出现了把推行文化产业化变成单纯追逐文化商业化的倾向。

如有些传统的文化,因受文化商业化思潮的影响,以致被扭曲变形,甚至失去应有的文化担当。明显的诸如有人借宗教文化以敛财。佛学、佛史、佛典、佛事等,向来是传统文化的组成部分,佛门本是最纯洁寡欲的圣地,可如今,有些佛门俨如商家,佛教文化也被沾上了铜钱味。表现在:

一是把佛事商品化。诸如上香礼佛,开光受戒,撞钟祈福,占卦问卜,佛品佑身等等,当成商品标价出售。还出现什么天价香、天价撞钟、天价认养福树、佛品竞拍、还愿斋宴等等,动辄要价几千上万,把佛家资源,当成借佛唱文、包装敛财的手段。二是发老祖宗的财。宗教建筑,多建在青山绿水风景优美之地,这些自然及人文景观,是老祖宗留给后人的珍贵遗产,本属于公共资源,应让广大公众平等享用。但现在这些资源,多成了当地或寺庙的小团体财产。稍有名气的寺庙,既收取高价门票,又大搞商业开发,有的还注册包装,"上市"圈钱。在这里,那种修身养性、普济众生的佛教文化光彩,变得越来越暗淡,人们看到的,只是供奉着佛像的异样商业罢了。三是借佛身营建人造景点。近些年许多地方,兴起一股造露天大佛像热,其高度一个要胜过一个,至今已建好的露天如来大佛像不下7座，观音菩萨大铜像有6座，还不算在建的。地方开发旅游，动机没错，但总要权衡历史、地理、文化等资源条件，慎重决策。如此一窝蜂大投入造佛像，不仅难脱盲目攀比之嫌，更使佛教文化透出"被商业"的异味。

又如戏说恶搞成时尚。文化有娱乐的功能，人们从健康的娱乐中，可以感受到文化的熏陶，但娱乐绝非文化的全部。文化商业化的一个后果，就是导致文化过度娱乐化了。有些人对文化采用戏说、穿越、恶搞等手段，任意戏说古人，颠覆偶像，亵渎名著，篡改历史。他们举文艺创新之旗，行歪曲文化之实。在一些书刊、影视等传媒中，离谱的恶搞取乐，竟成为相互追逐的时尚。对某些封建的、违反人性的、愚昧的历史糟粕，有人却将它戏说成"文化遗产"而加以渲染。

至于文化恶搞，多见于网络，现实生活中较为引人注目的恶搞，要数书名恶搞了。书名是图书的符号，一个好书名，既要便于广大读者理解，并有助于激发联想与想象；又要有鲜明个性，给人以与众不同的感觉。古今中外许多名著佳作，不仅内容精彩，更因书名吸引人而久被人们熟记与传颂。至于像《堂吉诃德》《天方夜谭》《阿Q正传》等极富特色的书名，更流传为反映特定人群和现象的专用名词。只是近些年好像时兴给图书起怪名。有突出感官刺激，引人浮想的，如《有了快感你就喊》；有装腔卖萌，生造糊涂的，如《倒过来念的是猪》；有卖弄词藻，显摆文艺范儿的，如《等待是一声最初的苍老》；还有故弄玄虚，离题万里的，如《如何当一只好狗》等等。为适应市场的需要，书名可以多样化，允许标新立异，但务必要掌握好一个度，现在的问题是太商业化了。常有出版社和书商，在网上公开征集奇妙书名，以至催生了一帮专门替人取书名、改书名，乃至恶搞书名的专业户，被称为"书名党"，有人还鼓吹"书名不怪，书商不卖，读者不爱"。好像书名越离谱越好销，这种看法当然不对。

（载《博览群书》2012年10月号）

搞文化不可滥用"秒杀"

"秒杀"一词，起初来自动漫，形容超人具有超速的能力。后来被电商用来网购促销，"秒杀"快者可获优惠。查《现代汉语词典》，未见"秒杀"词条。不过，时下都赋予"秒杀"以超快速的手段来解决问题之义。网络新词时兴时灭，本不足为奇。只是如今文化界，也出现了追逐"秒杀"的现象，这就难免招人议论。

文化领域以快见长的表现，如川剧变脸、舞美的换景等，这类"秒杀"，那是艺术，有的还是绝技，当然应该传承和创新。但什么事不加区别，脱离实际赶时髦，往往就欲速则不达，走向歪路。现在某些文化领域，就存在滥用"秒杀"的现象。

一是，常见"秒杀"培训。为迎合某些人力图快捷通过专业资格考试、艺术技能考级或某种选拔大赛的门槛，鼓吹"秒杀"培训，许诺什么"三天掌握这个，一遍就会那个"。这类"秒杀"培训，既蒙大人，更多的是骗儿童。仅一条"秒杀学奥数"的广告，就不知道忽悠了多少家长。

二是，竞出"秒杀"类图书。有些出书的人拍着胸脯保证，只要读了他的书，就能在几天乃至几秒钟做成什么事，诸如《30秒看穿人心，30秒打动人心》《FBI教你10秒钟掌握超强攻心术》《0.5秒决定你的人生》《零起点，1秒说韩语》等"秒杀图书"，乍看书名，确实让人心动，但看看内容就知道，名字完全就是噱头，根本名不副实。

三是，出书过程也搞"秒杀"。众所周知，编辑、出版是一种智力投入的文化劳动，出版程序有它本身的规律，绝非马虎拼凑的文字游戏。可是，出于急功近利的商业炒作，有人竟然也把"秒杀"用到了出版过程中。有的出版商，从编到印，一星期之内，就能"秒杀"出版两种余秀华诗选。倘若听任"秒杀出版"大行其道，那图书质量又如何保证？

对"秒杀"的滥用已对正常的文化活动产生了不好的影响。贵州某出版社日前出了一本《秒杀错别字》，从文字起源讲到错别字的演变与正误，本是一本很有价值的书，却偏偏套用"秒杀"这种书名。依我看，这种赶时髦的做法，未必能给这本书加分，反显得俗气。

当今社会重视效率，追求快捷，在有些领域推行"秒杀"是可以的，但切忌一窝蜂都照搬照抄。搞文化工作，需要创意灵感和文化积淀，其创作和生产过程，往往要精雕细刻甚至十年磨一剑，靠"秒杀"肯定是搞不好的。

有人说，现在已进入"互联网+"时代，"秒杀"是互联网时代出现的新生事物，不应当拒绝。只是"互联网+"，也要看"加"到什么方向，如果"加"的方向正确，那自然好，而若"加"的方向与传承文化和崇尚科学不符合，那就会产生"懒和尚念歪了经"的局面。文化人有必要多想想这个问题。

（载《光明日报》2015年05月23日 ）

可用不可滥，翻译要到位
——也说字母词入典之争

近来百名学者投诉《现代汉语词典》第6版正式收录外来字母词涉嫌违法，引发了一场保卫汉语的大争议。反对者认为，滥用字母词，对汉语造成污染，让它入典更是违法；而支持者则强调，语言要不断通过借鉴获得发展，被众人接受的字母词，入典没有错。连日来双方争论调门逐渐升高。在网上，反对者说此事涉及文化安全，要防止"语言入侵"；支持的一方反驳说，夸大汉语受到威胁，这是哗众取宠的"无稽之谈"。这场争论，包含如何看待字母词越来越广泛使用，以及汉语词典该不该收录它，其中都涉及翻译与出版。

字母词可用　但不可滥

随着接触外来文化的增多，生活节奏的加快，网络语言的流传，人们语言交流力图简洁顺口，字母词应运而生。如今不同形式的字母词，已在社会的许多领域频繁出现，公众对字母词的接受程度，也有了很大提高。因此对待字母词，无疑应持开放态度。

不过任何事情，都不能没有节制，字母词的使用也不例外。当前的问题是，滥用字母词的倾向有扩展的趋势。《现代汉语词典》收录的字母词从39条增至239条，表明字母词使用范围扩展得相当快。在实际生活中，报纸电视、购物看病、旅行娱乐，几乎处处都会碰到字母词。像X光、B超、QQ、MP3这些词，都已深入人们的生活，想不用都难。但也确有一些字母词，存在生造、冷僻、太专业、使用场合不当等现象。近日见报上一则标题："教师节幼儿园老师不收红包，只收小朋友DIY贺卡"。干吗一定要用"DIY"替代"自做"？直讲"智商"挺好懂，又何必定要玄乎成"IQ"呢？有些生造的字母词，更是一种人为的时髦。如分明是中国自己的篮球联赛，却要用英文称作"CBA"，岂不见"中超""乒超"这种实在的称呼也挺好嘛。此外，还有许多只适用于特定场合、专业人士才能懂的字母词，像股票市场中的行话、药品说明书上用词、通讯传播术语、某些科技检测标准数据等等，现在常广泛使用在媒体和印刷品上。这样滥用的结果，不仅不少人看不懂，更易招人反感。可见凡事一滥，就难免走向反面。

翻译缺位　导致乱象产生

以字母词表现的缩略语，都属于外来语。跨文化时代，要求强化文化间的沟通。而对外来语进行翻译，正是促进充分沟通与理解的有效手段。外来缩略语本应与外语一样，引进后必须进行合格规范的翻译。但因翻译的缺位，引发了外来缩略语使用中的种种乱象。

一是忽视翻译应遵循的基本要求。缩略语确有构成的特殊性，不能套用通常翻译的理念，但至少要符合引进后能让人明白、易懂、不别扭这些基本要求。眼下对外来缩略语，要不要翻译，怎么翻译，在什么地方用，要不要加说明，能不能入典，等等，都处于自发状态，造成"翻译随意化"。缩略语翻译，通常有意译、音译、汉英混用、字母加数字以及零翻译等多种形式。因为无章可循，又没人过问，于是各取所需，毫无制约。例如，同样是医用成像仪，CT是按字母译，MRI又是意译为核磁共振。同样是英语水平测试，有的音译托福，有的却直用GRE。同样是国际重要赛事的缩略语，却有NBA、法网、意甲、环法自行车赛等多种不同的称谓。还有的随意自造字母词，如把卡拉OK，再简为K歌。

二是翻译取消主义倾向有所抬头。有些人觉得，外来缩略语都是独立字母，若对应翻译很难达意，不如零翻译照用更省事。这种认识有片面性。外来缩略语可以有零翻译，如国际通用的呼救号SOS，就只能零翻译。但大多数外来缩略语，经过翻译，不仅实现了词义沟通，有的更会增强缩略语的意象美感。比如"丁克"一词。原文本是Double Income No Kids，中文意为"双收入无子女家庭"，英文将其缩写为DINK。现在译为"丁克"，既顺音，又达意，更体现中国人克减人丁的观念，这样的翻译，难道不比光念4个字母的零翻译强得多！

我国早期的字母词，自鲁迅的"阿Q"开始，多为汉英混用词，这种字母词，无论音译还是意译，多少还有一点翻译的成分。只是近些年，外来缩略语迅速增加，网络及短信语言走红，再加上翻译缺位，如何规范使用字母词无人过问，使得外来缩略语取消翻译的现象越来越常见。以前多在专业领域才出现的零翻译，如今在公共语言领域也频频出现。如果听任这种"零翻译"无节制地扩展，难免会对汉语的应用和纯洁，形成干扰甚至污染。对于引进外来缩略语中，翻译缺位引发翻译取消主义抬头这种倾向，必须予以重视，加强管理和引导。

语言无门槛　出版有规章

随着时代发展，语言也在不断变化。什么词时兴，哪些词式微，旧词怎么新用，吸收什么样外来语等等，都不会凭任何主观意志而转移，而纯粹是由社会环境和人民群众的实践来确定。语言的使用是没有门槛的，当前网络语言的活跃，就是有力的明证。正因为如此，外来缩略语的引进及字母词的使用，也是开放和不受干涉的。当然，这只是针对人们在语言交流这个领域来讲的，至于出版，包括报刊和图书出版，那又是另外的领域。在这个领域行事是有章法的。媒体和出版物怎么说、怎么登、怎么印，都要遵守国家主管部门颁布的相关法规。社会上的流行词语，都要经过时间的筛选，确实已经进入公共语言使用范畴，才可以见诸正式的出版物。对字母词本也应该这样处理。只是现在没人管，导致报刊及出版物上滥用字母词的现象多了起来。想提醒一下，我国不识英文字母者大有人在，看不懂字母词的人更多，报刊媒体包括电视滥用字母词，有可能造成脱离群众，对此切不能漠视。

再说字母词入典。词书应该是各种知识准确、成熟和规范的范本。语言词典收词，理应有所选择和取舍，像有些伪科学和脏话就该摒弃。国家对辞书的出版是有政策规定的，词语的使用和入典，这是不同的两个层次。有学者提出要慎重评估字母词入典，强调重视汉语的传统，保持词书的严肃性，这些无疑是有益的提醒。为此我认为，字母词的构成、语义及功能，都不同于汉语，不宜正式收入汉语词典。鉴于在社会流通使用的现实，可以有选择地作为附录，供读者查阅。

总之，对外来缩略语，要重视翻译，有控制使用。使用字母词，要区分场合，报刊及出版物中尽量不用或少用。现在由外文局、外交部、新华社等13个部门及部分高校专家组成的"中国翻译协会对外传播翻译委员会"，已就时政、文化新词共同研讨，网上公布英、法、日三个语种统一规范的对外翻译，这个做法很好。建议国家语言文字委员会，把引进外来缩略语也纳入监管范围，每年公布经统一审定的字母词，以供规范使用。

（载《人民日报》2012年10月5日）

开卷新说

近日看到《中华读书报》一则报道，有读者批评那些教孩子"整蛊恶搞"的图书，认为应防止误导青少年，出书底线不能太低。值此倡导全民读书之际，不禁使我联想到"开卷有益"这句成语，一时又涌上交替肯定与否定的思绪。

"开卷有益"或"开卷未必有益"，都曾经当作一种悖论，被人们从不同的角度辩论过。因为各有道理，难免没有定论。其实古人倡导"开卷有益"，自然与当时的历史条件有关。在那个年代，人们认识世界的能力还有限；书籍承载的也大多是传统、励志、从善的知识；传播知识的载体，几乎只有书籍这一种。加上"书中自有黄金屋"和"书中自有颜如玉"这种思想的驱动，所以提出"开卷有益"，既是时代的需要，也是人们公认的一种哲理。

历史发展到了今天，出书者与读书人双方的环境和观念，都有了很大变化。对"开卷有益"这句成语，似乎也该与时俱进，有个更现实更全面的认识。在我看来，把"开卷有益"作为倡导阅读、追逐知识的一种精神勉励，在今天还是值得肯定与倡导的。只是具体到开什么"卷"，做什么"卷"，哪些该扬，哪些该抑，这当中有些层次还是需要厘清的。我想，对待"开卷有益"这一成语，现在除了坚持"有益"这个本义之外，是否还应该注意区分以下几种情况：

其一，"开卷无害"。如今读者对"开卷"的需求是多方面的。既需要充实知识、了解历史、学习技术和获取信息的正能量书籍，也需要业余消遣和娱乐的书籍。后者要求内容轻松，但不违背道德；叙述俗套欠雅，但不下流；故事虽显离奇，但不赞黑颂恶，如此等等。这类书籍，虽无益智育人之功，但确也是"茶余饭后"的阅读需要。既然市场有这样的需要，只要导向没有大出格，对无害的书籍，自然无需过多干预，但要加强评论引导，适当控制好出版的度。

其二，"开卷慎读"。坊间常见各种不同见解、奇葩信息、超前预言等书籍，还包括大量不同观点的翻译书籍。这类书，各抒己见，有的真伪难辨，但至少提供了资料，传播了信息，具有借鉴的作用。基于百家争鸣的精神，这类书当然应该列入鼓励"开卷"之中。但有必要提请认真慎读，有的"反面教材"，尤需带着批判眼光，取其精华，弃其糟粕。

其三，"开卷不宜"。一种是明显的"不宜"，诸如涉黄、渲染恐怖暴力、宣扬迷信邪教、鼓吹伪科学，等等。还有一种隐性的"不宜",这一点当下尤其值得注意。现在时兴眼球经济,推崇娱乐至上。为了抢眼球,影视网络上到处搞真人秀,运用恶搞、抹黑、揭隐私、出洋相、捉弄人等庸俗手法,以整蛊搞怪为乐。最近某明星的境外婚礼闹场,就是一例。这股风也刮到了出版界,以至书店里也不时冒出了这类低俗不堪的书。教孩子整蛊捉弄人,这算轻的了,还有以科普名义变相教人开锁和解密码,显然太出格了。像这类的"卷",我看不仅"儿童不宜",就连成人也应尽量"不宜"为好。除此之外,还有那些地下出版的非法"黑书",那就不是"不宜",而是应该拒绝远离了。上述也许都是老生常谈的赘言。归结一句话:开卷还是有益,读书总比不读书好。

(载《中华读书报》2016年5月4日)

围攻莫言与鼓励创新

近日在微信上看到一则消息,说在北京召开的"基础教育学制改革研讨会"上,许多教育专家都对莫言展开批评。起因是,在今年全国政协大会上,莫言提了一项提案,认为现在初高中课程存在不少重复,建议将现行中小学学制,从分两段的12年,缩短为连贯的10年制。就是这么一项建议,竟遭到那些专家们的大肆指责。说莫言的建议"不懂教育理论""违背教育规律""对教育事业的无知",有的甚至上纲说,这是"对教育工作者的不尊重""对学生的不负责任"。批评调门之高,大有群起围攻之势。

我不是搞教育,也不懂教育理论,本无对教育说三道四的资格。但我毕竟受过中国式的教育,也见过儿子、孙子和许多青少年接受这种教育制度的经历。所以对围攻莫言一事,也想说几句话。

一是,莫言提建议,是他正当的权利,尤其是向政协大会提出提案,更是履行政协委员职责的一项责任。不能苛求提案人,必须懂得与提案内容相关的理论和规律,才能发表建议或呼吁,否则就是对什么职业"不尊重",对什么人"不负责任"。何况这次会议研讨的主题,就是"基础教育学制的改革",就算莫言再"无知",

毕竟也是一家之言，集思广益，有何不当，为何要群起而攻之。

二是，当前我国中小学教育的弊端，不仅报上登，电视放，更是国人大众有目共睹的。诸如，考试第一，分数挂帅；一味追求升学率，重点班开小灶锦上再添花，非重点班好比后娘生的，只有坐冷板凳的份；为进名校，争得"头破血流"，学区房天价还难买，消除择校热，迄今未见效；填鸭式教学，逼得学生死背硬记，校外形形色色补习班乱象丛生，如此等等。所有这些，涉及基础教育的观念、制度、政策和资源配置，多年难解决。表明改革方向还欠明确，改革力度还没到位。对于这种现状，那些教育专家们，是熟视无睹，还是熟睹装无视呢？

就拿中小学课程来说，近几年不少专家对现行英语教学提出质疑。我最反对现在从小学一年级就开始上英语课。我多年从事翻译出版工作，同外语界人和事的接触不能算少。许多外语行家都认为，让小学生学英语，并非必由之路。回想解放前，都是初中开始学英语。那年代，高中毕业就能看英文报，大学毕业英语会话不成问题。再看现在，低年级小学生，连母语都没学会学全，还硬要去背陌生的英语单词。这种学法，难怪现在有些大学毕业生，不仅只会哑巴英语，连汉语也是病句迭出。我家小孙子，才上小学三年级，现在每天晚上作业都要做到9点多。我家楼下住有一户美国人，每天下午放学后，小区花园里只见几个老外小孩在骑车嬉耍，所有中国的孩子，要么去上补习班，要么全关在家里做作业。少年学生如此重负，大人除了心疼，难道真的没法改变吗？

三是，莫言的建议，不论正确与否，其可行性如何，都是敢于变革传统教育体制的一种创新之见，对此必须予以鼓励。这一点，从网上获得相当多人的赞同，就表明改革中小学学制，绝非"大逆不道"的什么臆想。如果真是热心教育改革的专家，对于即便像莫言这样的大胆建言，绝不应轻率蔑视与打击，而是应该虚心听取，认真研究，论证利弊，做好教育主管部门决策的参谋。面对中小学教育存在这么多质疑的声音，至少多做一些改革尝试，总会有收获的。譬如说，选择几所不同条件的学校，按照莫言的建议，进行中小学10年一贯制试点,从中总结经验,为我国基础教育改革,探索更科学更有效的教育制度。这样做,要比在会上轻松地说几句否定别人的话,肯定会有更实际的效用。

（载《中华读书报》2016年8月3日）

呼唤正义发声维权

喜见《出版史料》期刊易名新生

2012年10月19日，我在《文汇读书周报》发表《为〈出版史料〉半停刊叹息》之后，引起出版人的广泛关注，大家认为开明出版社把这本刊物的刊号挪作他用是不妥当的。在多位老出版人的鼓励和支持下，我觉得有必要为保住出版业这本惟一的史料期刊做些努力。

先是《出版史料》原主办单位开明出版社的领导给我来信，说是因为受数字出版的冲击，不得已才用书号改为"丛刊"。这个理由很难说服人。随后他们另一位领导坦承是"养不起了"。我理解他们的难处，于是商请中国出版集团谭跃总裁给予支持，他痛快答应由中华书局接办。找到解决"养不起"的难题，我本以为这件事好办了，哪知道事情远不是这样。

我向主管部门报告了中版集团愿意接办这本刊物的事，他们很重视，立即约请原办方开明社及接办方中华书局一起面商。随后我得知，原办方说不是不办了，只是改出"丛刊"，所以不存在由谁接办问题。我还得知，《出版史料》原刊号已被改名为《心理技术与应用》，这项变更已获批准结案。现在若想恢复期刊，不能使用原刊号，而必须重新申请新刊号。也就是说，不是随手接办就成，而是需要有单位愿作申请的主体，并按照申请新刊号的复杂程序，一项项去争取落实。

这就出现了这样的局面：原办方已把刊号挪用了，还想占着《出版史料》这块招牌，要他放手，阻力很大。而接办方，为了办这样不赚钱刊物，既先要跟人家争接办权，还得甘当申请主体，去艰难申请新刊号，难免存在何必多事的想法。至此，要想保住这本刊物，不是解决"养得起"就行，还必须两头使劲：一头，消除原办方的阻力，促其大方放手；另一头，要给接办方鼓劲，增强他们接办的积极性和主动性。

为达到上述目的，在宋木文、刘杲等一批老出版人的支持下，我陆续做了以下的努力：

——以公民身份，上书新闻出版总署，要求恢复《出版史料》原刊号专号专用。同时在总署的网站，实行署名申诉；

——上书中国出版协会，强调原刊号是中国版协老出版工作者委员会争取批准的。要求中国版协，作为原刊号的利益主体申请恢复。中国版协，随即以公函向总署转报了这项要求；

——利用我与柳斌杰署长同时参加"经典中国对外出版工程"评委会的机会，向柳署长递交了与上述内容相同的申诉信；

——致信谭跃总裁，表达老出版人的期望。希望从有利传承中国出版业历史考虑，勉励中华书局勇挑重担，积极承担申请新刊号的主体，要求集团大力给予支持。谭总欣然同意，并委托李岩副总裁具体督办。

——为了争取舆论支持，2013年1月16日，我接受记者陈香的采访，在《中华读书报》头版刊出了《〈出版史料〉半停刊　老出版人呼吁专号专用》的报道，强调原刊号是该刊的专有符号，它属于出版界，而不属于开明社，吁请各方共同努力，务必保住这本学术期刊。紧接着1月21日，我又在《中国新闻出版报》发表《离岗不离业》一文，借与出版界老领导的聚会，表达老出版人对恢复《出版史料》原刊号的关注与强烈要求。

——鉴于原办方声称，改为"丛刊"是经过王仿子等老出版人的同意。对此，我特意向王仿子求证。查明事实是，直到刊号已被挪用之后，原办方才顺便告诉王仿子。而对帮他们实际主编了10年刊物的吴道弘老先生，事前事后都被蒙在鼓里。

——为促成这件事，我通过写信、电邮、电话、短信等多种方式，先后找过14位相关的领导或经办人申诉和陈情，并向巢峰、董秀玉、陆本瑞、周明鉴等数十位老出版人通报了申请刊号的周折及进展，获得了越来越广泛的支持。

正当上述努力有了初步成果，中华书局以新刊名《中国出版史研究》申请刊号之后，我突然得知，这项申请未获受理而被退回。就在这时，开明社用书号出版的《出版史料》丛刊2013年第一辑出版了。出版老字号中华书局，申请刊号被退回；而以书代刊的《出版史料》杂志却出版了。面对这个状况，不禁引发人们的不解及忧虑，我也向多位老同志谈了我的困惑。有好心朋友劝我说，你已尽力了，就到此为止吧。远在海南度假的宋木文同志，则发来短信鼓励，表示假如结果真是这样，那就让世人评说吧。

不过，我不甘心就"到此为止"。于是一面写信，向主管部门反映用书号出版的《出版史料》丛刊，违反出版管理规定的事实；一面趁着有次到总署开会之便，专诚到审批刊号的主管部门，当面再作申诉。这时得知，中华书局的申请，并非不受理，是退回要求补齐尚缺的申报材料。经补报后已经受理，正在审核之中。原来是一场误会与虚惊。还得知，总署对这件事十分重视，柳署长作过两次批示，综合、报刊、出版三个司还专门一起开会商议，不久就会得到妥善解决。听了这些，我难掩兴奋之情，顺便汇报：许多老出版人赞成刊物易名为《中国出版史研究》，认为这既延续了《出版史料》的传统，又拓展了出版史研究的空间，希望总局抓紧审批。

2013年8月27日，终于传来了好消息。中华书局副总编冯宝志短信告诉我,他们已收到新刊号的批文了。经过众多出版人的共同努力,历时近一年,我国出版界,终于又易名新生了一本出版史学术期刊。我连忙拿起手机,用充满喜悦的短信,向几十位出版界朋友,通报了这一喜讯。

(载上海《文汇读书周报》2013年9月13日)

新稿酬标准既叫好又失望

由国家版权局和国家发改委颁发的新稿酬标准,将于11月1日起生效。其中规定:实行版税制的版税率,原创为3%—10%,演绎为1%—7%;实行基本稿酬加印数稿酬的基本稿酬标准,每千字原创为80—300元,改编为20—100元,汇编为10—20元,翻译为50—200元,报刊为100元。

稿酬太低已经喊了好多年,经过多年研究,这次终于出台了新标准。对比以前的老标准,新标准提升的幅度挺大,显示社会对精神产品的价值,有了更多的尊重,这对鼓励创作、崇尚知识、繁荣科学文化,无疑都具有促进的作用,当然值得为之叫好。不过叫好之余,又难免有些许遗憾,对新标准中的某些规定,甚至感到失望。我认为,翻译的新稿酬标准,不仅明显偏低,而且有失公允。

长期以来,不少人对翻译的认识存在一种误区,不承认它是创作,只是演绎。这是对翻译这种跨文化的精神劳动缺乏了解所致。从作品成果看,翻译确是对原著文字的演绎,但这种演绎,不是延用原著相同的文字与思维逻辑,对作品体系进行某种注释和延伸,而是要按照与原著不同的文字,对原著进行文字与表达形式的转换,还要针对传播中接受美学的要求,对原著思想进行恰当的诠释。这种脑力劳动的过程,需要大量的智力投入,需要文学素养和丰富知识面的支撑,怎么能否定这也是一种创作呢?世界上许多学界与译界的专家学者,都把翻译尤其是文学翻译,视为再创作,这是真实反映翻译学术本质的客观认知。

在现实生活中,翻译的学术性及重要性,已越来越被人们所认同。在高校，翻译已成为独立的学科，翻译学院、翻译博士点、翻译研究中心等学术机构也越来越多，特别是为了壮大我国文化软实力，翻译在推动"走出去"这项艰巨工程中不可或缺的作用，更是容不得半点轻视。所以，从道理和现实两方面来看，翻译尤其是文学翻译，应该与原创同等对待，有些高难度的中译外，甚至要超过普通的原创。

按照上述理解，再对照一下翻译新稿酬标准，可看出以下三个问题。

一是，翻译标准比原创标准低得太多了。老标准翻译也比原创低，这本来就不合理，但差距不算大，千字好像只差二三十元。可是新标准最高竟相差一百元，差距比以前更大了。原因何在？是原创更难，翻译更易了？非也！从扶持和提高翻译的要求来讲，翻译与原创不应有差距，至少差距应缩小，而不是相反。

二是，翻译新标准的上限定得不合理。原创与翻译，都有难易之分。翻译上限为什么要比原创低一百元？翻译中有许多难点，诸如稀有小语种的翻译，古外语的翻译，深奥诗歌的翻译，密码式的古籍翻译，高新科技的翻译，以及多人的同声翻译，等等，其难度绝不亚于任何一种原创。贬低他们这类付出巨大智力的"上限"，很难令人信服。

三是，再拿原创与翻译人员的收入比较。在我国，从事原创的人，大多是职业的专业人士，而搞翻译的，几乎全都是业余的。在从事原创的专业作家中，其职业就是写作，不少人是在拿固定工资的同时，又能获得写作稿酬，而业余搞翻译的人，就享受不到这种双重的待遇。现在翻译稿酬又比创作更低，似乎显得更欠合理。

有人说，这个新稿酬标准，没有强制性，只是供参考。这话没错，现实中稿酬的随意性确实很大。有些名人的注水书，无非写些花边逸事，出版社却抢着要，稿酬还高得离奇。翻译这边也有，如一小时同声翻译，就开价上千元。如今是市场经济，这类现象，有需要它就能存在，不是定个稿酬标准就能约束得了它。据我所知，市场上的稿费标准，有些比新标准还高出很多。在我看来，出台新标准,其观念导向意义,似乎比实际执行意义更大。既然是分析道理,我认为,还是有必要为翻译发声,为吁请社会更加重视翻译再呐喊。

(载上海《文汇读书周报》2014年10月17日)

假冒《新华字典》无异于毒奶粉

近日中央电视台等媒体连续曝光了湖北、云南等地的教育部门,竟用国家拨付的专款,购买廉价盗版或掉包的《新华字典》发给义务教育阶段的学生,从中获取巨额差价的新闻。消息传出,网上一片谴责之声。尽管有些当事人,还在找借口为自己辩解脱责,但这种做法之错,记者的调查已很有说服力了。眼看小学生手持劣质盗版字典,目睹黑板上明显出现的错别字,联想到铸成此事的相关因果,我难掩内心忿忿。这件事不能只看到买卖盗版书这一表面现象,从中暴露出的深层问题,更激起了我的三思。

一思,对于精神产品中的"三聚氰胺"同样不能容忍。现在人们对食品安全和环境污染的后果越来越重视,国家也出台了相应的处罚规定。按最新司法解释,制造地沟油严重的可判死刑,足见保护人的健康是何等的重要。我更认为,危害人的健康,既有身体生理上的,也有精神智力上的。现在对后者的重视与处罚,明显滞后与缺失。这次向学生发盗版和掉包的劣质《新华字典》事件,可以说是长期以来,对精神产品的劣质假货,存在制者不受罚,买者叹无奈,容忍变纵容这种现实的集中暴露。

央视"每周质量报告"记者,对此事件历时一年多的调查,令人触目惊心。鉴于小学生缺乏判辨知识真伪的能力,从关怀和保护未成年人义务的高度来讲,那些装帧低劣、错漏频频的盗版和各式假冒《新华字典》,简直无异暗含"三聚氰胺"的毒奶粉。奶粉中的"三聚氰胺",会妨碍幼儿身体发育,字典中的范本谬误,势必伤害儿童智力健康。对于明显危害未成年人认知能力的劣质精神产品,有必要像对待"三聚氰胺"那样,从制造到销售实行零容忍。要求主管部门,务必对此事件追查到底。不仅要彻查央视已曝光的这几家,更有必要对国家拨出的这项17亿元采购正版《新华字典》的专款,就其使用及落实的情况,进行全面审计及质量检查。倘若放任这种蒙骗造假行为,不仅背离国家拨巨资进行文化扶贫的良好初衷,更会助长弄虚作假、唯利是图的恶劣社会风气。

二思,必须加重处罚对国家专项资金"雁过拔毛"的欺瞒行为。常有媒体报道,国家什么基建、动迁、保护等专项资金,被地方或部门私自克扣或挪用。不料这种"雁过拔毛"的手法,这次也用到了小学生身上。为什么不去买正版《新华字典》?为什么在"招标"进货渠道上耍猫腻?为什么要虚报学生人数?说穿了,就是企图从国家的专项拨款中,玩弄手法,截扣下一笔钱,为本系统、本地区、本单位谋利。

这次国家向全国1.2亿义务教育学生,人人免费发放正版《新华字典》。本是大快人心的善举,理应全心全力贯彻落实。岂料偏偏有人盯着这块大蛋糕眼红,不惜作假违规,你切一角,我挖一勺。有人以为,这钱没进自己腰包就心安理得。告诉你,错了。在"雁过拔毛"过程中,是否涉及贪腐,这有待调查,但只顾本系统、本地方、本部门的小团体利益,执行政策各取所需,把中央推出的这一重大惠民措施私打折扣,表面上好像不是个人图利,其实是骗了国家,害了小学生,肥了"小公家",其行为至少是阳奉阴违的渎职行为。那些搞教育的人,做坑害受教育小学生的事;搞传承文化的出版人,做散布谬误知识、玷污文化的事,那更是有损甚至败坏应有的职业道德。总之,国家专项资金,必须全额专用;谁从中"拔毛",谁就该受罚;帮助捂盖子的人,也必须问责。

三思,在这次发盗版和掉包劣质《新华字典》事件的链条中,竟有颇具名声的正规出版社参与。长江出版传媒股份公司旗下的崇文书局本该知道保证辞书质量及坚守出版诚信何等重要,竟不珍惜国家授予的辞书出版权,为争抢国家采购《新华字典》这块"肥肉",使尽"打擦边球"违规手法。为了傍正版《新华字典》沾光获利,匆忙赶编出所谓《学生新华字典》,但却用另一本同名字典的封面。不知是心亏,还是存心规避侵权之嫌,这本"新版"《学生新华字典》竟然没有主编的署名。更离奇的是，在该书上报出版主管机关的纪录中，又署有主编之名（按规定必须有），而这位主编却否认参与过这本字典的编撰。国家对编撰、出版辞书是有严格规定的。这本连主编都不真实的"新版"字典，不仅违规，劣质，再细查，可能还会有侵权之嫌。

印象中以往图书盗版、造假，多出自不法书贩、书商，如今有些教育单位，以及担负神圣出版任务的国企出版社，居然也干起这种见利忘义的丑事，真令人感到叹惜和痛心。出版社要赚钱，但文化不能丢，诚信不可少，更不能昧着良心黑小学生的利益。但愿少数掉进钱眼、迷失职守的出版人，该从这次向小学生发盗版和掉包的《新华字典》事件中猛醒吧。

（载上海《文汇读书周报》2013年5月10日）

必须重罚抄袭行为

"哈利·波特"系列图书译者马爱农起诉中国妇女出版社及新世界出版社抄袭案，近日法院先后作出一审判决。前案共赔3万元，后案共赔11.5万元。马爱农认为判罚太轻，正考虑上诉。此案开庭前，笔者曾联络百位知名翻译家发表公开声援信，要求严惩抄袭恶行，获得了舆论广泛支持。笔者认为此次马爱农上诉的理由有四个：

理由一：被告辩称，"马爱侬"是其真名"孙豆豆"的笔名，还说马是父亲属相，侬是沪语你，因"离家方知父母恩"，故取名"马爱侬"。笔者认为，就按被告所称，取此笔名是表达"爸爸爱我"之意，那也该取"马爱阿拉"，为什么偏取马爱侬呢？

理由二：抄袭之嫌，还需追究。马爱侬案，这次只判了"傍名"误导这一条。至于13本书中，哪些抄，抄了谁，怎么抄，还没有说法。要查清13本书的抄袭证据，虽一时有难度，但仅以书名、封面、开本、价格不同，就撤去被告可能抄袭剽窃之嫌，似也难以服人。身为翻译出版人，针对短期就能出13部译作，笔者认为只有两种推断：这位孙豆豆，要么是精通多种外语的快手翻译家，要么难脱抄袭或变相抄袭之嫌。

理由三：被侵权的精神损害，理应获得赔偿。这两起案件，原告提出的精神损害赔偿，一审不予支持，理由是原告没有精神受损害的举证。对此笔者认为，维权举证不应太苛求。一审已认定，中国妇女出版社周黎译的《绿山墙的安妮》，抄袭率高达97%，马爱农及人民文学出版社，为对照正版和盗版付出了巨大人力、物力。马爱农被"马爱侬"冒名，受到许多人的误解。再加上要打官司，请律师、写诉状、交诉费、找证据等一系列诉讼成本，这些都应属于精神损害。维权案被侵权事实，就是精神受伤害的证据，苛求举证而拒绝赔偿，显然有失法律公允。

理由四：抄袭应施以重罚。抄袭剽窃是一种文化腐败，对原创作品的不尊重，危害极大。多年来因为侵权成本太轻，而维权成本又太高，以至抄袭盗印现象屡禁不止。首先，不宜再以稿费为基准来核计赔偿额。应按照著作权法实施条例第三十六条规定判罚："非法经营额5万元以上的，处非法经营额1倍以上5倍以下的罚款；没有非法经营额或者非法经营额5万元以下的，根据情节轻重，可处25万元以下的罚款。"也可参照处罚冒名假货的规定，按侵权总码洋一赔十处罚。其次，马爱农诉中国妇女出版社和新世界出版社两起侵权案，涉案金额及影响都较大，建议根据刑法第217、218条规定，以"侵犯著作权罪"和"销售侵权复制品罪"，启动刑事诉讼程序，追究侵权人的刑事责任。

（载《中新闻出版报》2014年2月20日）

历史古宅"刀下留屋"记

在当前城镇化和旧城改造中，如何保留有重要历史意义的古宅，无疑值得重视。近日福州一处林纾故居在部分已拆之后，突然被叫停保护。这件事的过程，很值得思考。清末民初著名文人林纾，作为我国文学翻译先驱者的功绩，已为世人所公认。但他还有另一项具有开拓意义的贡献，那就是1897年他在福州首创新式学堂"苍霞精舍"。

1882年林纾携母及妻女，住进福州闽江边的苍霞洲新居，在这里的十五年中，他不仅与王寿昌合作，翻译出版了《巴黎茶花女遗事》等百余种外国文学作品，并接触到许多西方新思想新文化，看到国内旧式教育制度存在的诸多弊病，深感实施教育改革之急迫。于是当他1897年春迁走时，决定与回闽奔丧的邮传部尚书陈璧等几位旧友合作，利用他苍霞洲的旧居创办"苍霞精舍"。

　　这是与旧私塾完全不同的一所绅办新式学堂。林纾自任汉文总教习，还开设了数学、英文、历史、地理、时务等新式课程，他写过一篇著名的散文《苍霞精舍后轩记》，叙述办学之情景："孙幼穀太守、力香雨孝廉即余旧居为苍霞精舍，聚生徒课西学，延余讲《毛诗》《史记》，授诸生古文，间五日一至。""学生晨受英文及算学，日中温经，逾午治通鉴，迨夜燃烛复治算学。"清末戊戌变法之前，能在东南一隅的福州，由民间兴办这种洋式学堂，无疑需要巨大的改革勇气。"苍霞精舍"的建立及其影响的辐射，对福建乃至当时全国教育制度的改革，都起到了启蒙和推动的作用。1898年后，"苍霞精舍"因增设学科，校舍不敷应用，才迁址另办。此后历经多次变迁，演变成今日的福建工程学院。

　　这座"苍霞精舍"古屋，曾于1927年被我父亲三兄弟买下。先父所有的前进大宅部分，已在拓宽马路时被拆掉。其后进，属先伯父及先叔父所有，至今尚存。因为旧城改造，这仅存的后进部分，去年也动工拆迁。一座承载着百余年文教历史的古建筑，正面临着全部消失的困境。

　　鉴于这座"苍霞精舍"老屋既是林纾住了十五年的故居，又是百余年前我国早期新式学堂的旧址，虽然前进已拆，但后进基本保存，仍具有传承文化的历史价值，所以2014年10月，我在福州参加"林纾国际学术研讨会"大会发言时，吁请政府有关部门务必保留这处文化古迹。恰好福建省委宣传部部长李书磊也与会，他对此非常重视，嘱我赶快将此事的相关材料送给他来处理。福建工程学院的领导，当天下午也派车同我一起去古屋现场寻旧。

　　星移斗转，苍霞洲已大变样。当我们走进正在拆除中的"苍霞精舍"古屋，只见屋顶瓦片大半被掀，部分窗户也已拆卸，但房屋樑柱结构尚未动，再加修整，可以整旧如旧。工程学院的来人，当即现场拍照，连同我写的材料，次日就赶送宣传部领导。过了一天，我接到电话，要求我提供这座古屋的房契复印件，我迅速照办了。眼看着事情抓得这么紧，挽救这座古屋的希望，顿时增加了许多。

2015年伊始，果然传来了令人振奋的喜讯：福州台江区政府决定停拆"苍霞精舍"遗址，立即派人对已拆部分紧急加固，下一步将把这所林纾故居及"苍霞精舍"复原建成一处历史文化景点。得知这项历史古迹被"刀下留屋"的消息，我在欣喜之余，也不禁萌发诸多感慨与联想。

我想到，必须立法保护文化资源。文化资源，尤其是承载着历史的古迹，属于不可再生的资源，其价值的珍贵性，往往是无形的，不被人共知的，以至遭到损害或不当开发时，不仅随意性很大，而且多不受问责的约束。就凭与开发商的一纸合同，说拆就拆。所以，立法保护有历史文化价值的名居古宅，刻不容缓。

我还想到，必须建立开发文化资源的科学机制。我们不反对合理的开发，但开发的目的，应该是更好的保护；开发的过程，必须充分论证。以林纾的"苍霞精舍"来说，动工拆除之前，竟没有任何一个部门关注过这座古屋的来历，更缺乏公示论证。这座古宅，有幸"刀下留屋"被复建，显然得益于有关部门领导的重视和干预，而且叫停拆除效率之快，显见经过前一阵群众路线教育，各级政府的工作作风的确有了可喜的改进。但从保护文化资源来说，不能指望面临被拆的古迹，都会有"苍霞精舍"这样的机遇。只有靠机制保障，才能避免或减少历史古迹被任性破坏的遗憾。

（载《文汇读书周报》2015年6月1日）

教育减负还须打好"组合拳"

今年的政府工作报告中，把解决中小学生课外负担重问题，列入了本届政府要办的实事之一，这说明中小学生课外负担过重问题，已经到了需要从国家层面入手才能有效解决的地步。

许多人把减轻中小学生负担，看作教师教学的事情，认为只要在课程内容、课时、作业量等方面加以控制就可以实现，但实际上学生面临的问题是，校内减，校外增；形式变，负担增，实际负担不仅没有因为"减负"而减少，反而造成了事实上的增加。许多家长对校外培训班可谓爱恨交加，不愿上，又不得不花钱去上。

课外培训班何以如此红火？首先是源于有些学校的超前教学，无形中逼着学生超前学习。如以练习、模拟为由，搞超纲测验；或以介绍"名校经验"名义，加大作业难度。导致不上培训班的学生跟不上课堂进度。其次是测试太频繁，且有时常有冷僻题，成绩一般的孩子，就只能指望培训班老师辅导补习。再次是小升初时，拥有各种特长奖状的学生更受名校青睐，至少在分班时也会占优势。笔者看到一份初中招生调查表，除了要填报四年级以后各学期语数外三门课成绩以外，还包括音乐、体育、美术、科学、品德等每门课的分数，列出获得市、区、校三级专业活动的奖项及等级，填写具有什么特长。这就逼着家长花钱培训，以便升学过程中不至于吃亏。最后是培训班四处拉客，夸大师资水平，吹嘘培训效果。他们利用家长的攀比心理，钻学生考绩评价和招生制度的空子，靠忽悠来牟利。

给中小学生减负，自然离不开整治培训班乱象。当前，很多培训班巧设名目，借"奥数""国学""英语"等招牌招揽学员，以办各种竞赛吸引人报名。特别是有的培训班打着"加强素质教育"的旗号，把素质教育扩大化、庸俗化。此外，培训班的师资也颇多水分，招生时吹得天花乱坠，实际授课的多是略知皮毛的"半吊子"。在这种情况下，为了给家长有所交代，一批专为快捷获得资质证书的培训班应运而生。

综上，为中小学生减负，不能仅依赖学校，而是应该调动相关部门的积极性，发动社会力量打出"组合拳"。教育部门必须严格执行九年义务教育的制度，从师资力量、教育网点分布、经费安排等硬软件上，力争合理配置，公平施教。要提高教师特别是幼师的待遇，让教师全心全意上好本职的课，杜绝"身在课堂，心在走穴"现象。要减少宣传奥数等超纲超前的教育，义务教育应以普及为主，不要争相设小灶揠苗助长。

同时还要整顿培训市场，由教育与工商管理部门建立联合整治的长效机制。要明确培训机构具有的教育属性，提高开办这类培训班的准入门槛，建立严格的分类、分级标准。要监督培训教师的专业资质，坚持持证上岗，及时发现和清除冒牌"专家"及"野鸡"培训班。办班宗旨、培训科目、师资力量及收费标准等，都必须公开透明，接受监督。加强教育、工商、物价、税务等相关部门协调与合作，从审批营业执照、考核办学资质、核定收费标准、按章纳税，到日常的检查监管，必须各司其职、从严监管，共同促进培训事业健康有序发展。

（载《光明日报》2018年3月26日）

退休不厌管"闲事"

抢救"摸得着的"编辑学

这个标题乍看有点"另类",似有标新立异之嫌,不过别急,容我道来。

当编辑,当然要懂编辑学。我是半路出家,对编辑学的理论似懂非懂。因为有人请我去讲课,为给自己壮胆,只好找来几本编辑学的书看看。这类书,既讲我国古代的版本校勘、辨伪辑佚、举证释典等编辑手段,也讲当今编辑学新理论,诸如编辑主体与客体、编辑符号学、编辑心理学、编辑美学、编辑控制论,等等。内容很全面,读后很有收获,但是心里总觉有点茫然。所讲这些都很有道理,只是有点虚,仿佛看得见,却摸不着,在编辑工作实践中如何应用它,心中还是不怎么有数。当编辑最简单的目标,应该就是:挖到有价值资源,能出有影响好书,使出版社名利双收。有没有能很好实现这个目标、让人看得见又摸得着的编辑学呢?我想确实有。许多编辑前辈,丰富的学识、高尚的道德、敬业的精神,成功的业绩,具体实在,就发生我们身边,完全称得上是"摸得着的"编辑学。这些出自实践的编辑工作成果,极大地丰富了我国编辑学的内容及范例,更是当前众多年轻编辑学习的珍贵教材。

多年来,编辑们介绍宣传了一大批各行各业的优秀人物,惟独极少宣传自己,以至他们的许多事迹,长期鲜为人知,这是知识资源十分可惜的埋没,非常需要努力去挖掘和开发。令人遗憾的是,不少优秀的编辑前辈已经作古,除早些年已谢世的周振甫、赵家璧、韦君宜、陈原、罗竹风等以外,随后去世的又有宋原放、范用、戴文葆、绿原、包文棣、曹辛之、高纪言、杨德炎、王幼于等多人。未能在他们生前采访和记录下他们的风范、经验和事迹,这已成了无法弥补的抱撼。如今还健在的编辑前辈,如丁景唐、巢峰、江曾培、沈昌文、董秀玉、邵益文、吴道弘、胡守文、张守仁、屠岸、周明鑑、蒋迪安等人,均为耄耋老者。随着时光流逝,这一代编辑精英,难免也会越来越少。现在他们当中,有些人思维清晰,还能说能写;有的只能说,很难写了;也有的恐怕连说都有点吃力了。有鉴于此,我才使用了"抢救"这个词。就是想吁请人们关注这个状况,务求以"抢救"的心态,抓住时间,落实措施,把尚健在的编辑前辈们的精神财富,及时保留和传承下来。

具体的建议是:一、希望新闻出版总署拨出一笔资金,再向有实力的出版集团和出版社募捐一笔钱,合起来设立一项"编辑接力棒基金",专用于收集、整理、传播优秀编辑经验,充实和丰富中国编辑学之用。二、委托中国编辑学会,组织得力人员随带录音笔和摄像机,抓紧逐个采访成就显著的老编辑,尽量把他们的音频及视频资料采录保存下来。三、在采集、整理必要材料基础上,组织编写出版两套丛书:一套是"优秀出版家列传",第一辑暂定10本,每人写一本,主要选业绩突出全面的,写一个人,又可带出一个出版社的成功特色。例如写陈原,就可带出商务;写巢峰,就可带出辞海。另一套是"编辑精英巡礼",是开放式丛书,新老编辑中事迹突出的都可选入,每人一篇,可长可短,多人合集。这套书可以与"韬奋出版奖"及"出版政府奖·优秀出版人物"的评优成果结合起来，并使它常态化，不断出下去。

这些想法很可能太天真，不合实际，可它确实是我内心一个很虔诚的愿望，但愿能博得更多有识之士的共鸣。

（载《编辑学刊》2011年11月第6期）

建立问责制，遏制出烂书

近日南京凤凰国际书城一楼大厅的告示上，赫然张贴出"2009年的烂书"及被评为烂书的理由，不过告示最后提示："以上的评价不代表我书城观点，您有权做出判断分析。书城从读者的知情权出发，为您提供以上内容。"往年，所谓"烂书榜"，多只出现在网络上，现在竟然也公布在大书城的告示上，自然更吸引了人们的关注。

由部分媒体读书版记者和书评人举办的"年度烂书榜"，已经评过了四届。2009年有8种书上榜，今年1月，网上还评出了"新中国60年10本最差图书"。对于被评出的所谓"烂书"或"最差图书"，一直争议不断。批评者认为其中有些书，"就是用工业酒精勾兑假酒"，"蛙鸣般的自我膨胀"，"诱人的奶泡下却是毒害人思维与常识的化学药品"。而被点名的上榜人，则根本不屑一顾，讥讽那些评委"有眼无珠"，"满嘴喷粪"。在当事双方之外的一般人，也是见仁见智，各持己见。不赞同"上榜"的认为："光凭少数评委的看法，难免会有偏见。"有的则持宽容态度："出什么书是人家的自由，不喜欢别买就是了。"当然，也有支持上榜的，认为"至少反映了部分民意，可起到警示的作用"。至于书店公布"烂书榜"，有人质疑，这样做会造成对读者的误导；也有人觉得，通常一挨批，书就好销，商家想借机"搭车"促销，也在情理之中。总之，本来并不起眼的"烂书榜"，一争议起来，反而成了不少人关注的话题。

评判一本书的质量，这涉及到评价标准、学术眼光、审美情趣、社会价值取向等许多方面因素，而且往往因人而异。本文无意讨论如何界定"烂书"的标准，只是想探讨，谁应对出现烂书负主要责任？有人说谁写谁负责，而我要说，写书人虽有责任，但主要应该问责出烂书的出版社。

在媒体及网上对于批评烂书的议论中，我注意到，许多人对名人写的烂书尤其反感。近几年，石康、郭敬明、余秋雨、于丹、易中天、冯小刚、郎咸平、袁腾飞等好多位名人都上过"烂书榜"，有的还重复"连任"。人们对它反感的理由主要有：一是内容浅薄拉杂。大多絮叨自己的出道经过，自曝轶事，再撒点爱情胡椒面，全书就像"报流水账"，难怪有人质疑："把每天的吃喝拉撒汇报一遍，有什么必要？"二是自我情趣吆喝。有的人不懂装懂，一副权威面孔，实际上只是玩弄词藻，为推销一己之见吆喝。如有人批评《中国不高兴》这本书的作者要打倒这个教训那个，说"2009年的文化界，因为几个臆想狂而变得血光四溅"。三是自封公众代言人。分明只是作者少数人观点，却硬说是公众主流的声音，造成众人都"被代言"的假象。正如有人所说："拽着我们的舌头去吹牛，这就是烂书所为。"

把名人写书都说成烂书，当然不公平，也非事实，但不少名人、尤其是娱乐圈的明星，出书太轻率随意，以致存在烂的趋势，这可是不容否认的现状。某些公众人物出书的肤浅和做作，透支了名人的信誉及读者的信任，招致人们把批评烂书的矛头指向了写书的名人，这是可以理解的。不过我还是认为，要遏制烂书蔓延，重在问责出版社。

现行体制下，一部书稿能否出版，要靠出版社把关；书稿的质量，也需要出版社精心加工提高，对于进入市场的图书质量，出版社显然负有不可推卸的责任。特别是那些被视为明星写的烂书，其实有不少全是出版社刻意策划、上门求稿、高酬抢稿、注水编稿赶制而成，有的明星不肯写、不会写，甚至是出版社找人当枪手代写的。试想，像这样急功近利出的书，不烂才怪呢！由此可见，要堵烂书，就必须强化对出烂书的出版社实行问责的制度。光有舆论问责（开展书评，包括评选"烂书榜"等）还不够，还应该有经济问责（诸如允许退货、实行召回、制定不同税率）；法制问责（严格图书审稿和评比考核标准、纳入出版社等级评估）等等。

最近有报道，近年来名人出书的销量已显著下降。像早年那种动辄几十万册的火热势头，早已风光不再了。就连那位有过几千万博客点击率名人所出的书，也"惨遭滑铁卢，销量低得意外"。不少名人书，多因上架几天少人问津而匆匆下架。这可是市场对出烂书这种现象的惩罚。但愿这种市场压力，加上出版社遏制烂书的责任感增强，读者远离烂书的日子，会早一些到来。

（载《文汇读书周报》2010年5月14日）

再版重印书的尴尬

图书出版是精神产品的一种复制行为。而再版重印，又是这种复制过程重复进行的重要环节。再版重印书上市，或因重新修订，内容更臻完善；或因需求旺盛，市场脱销。种种情形，无疑都是市场利好的风向标。它不仅会带给出版社良好的效益，而且经过了市场检验，读者购买时也更加放心。所以，再版重印书的品种及频率，往往成为出版社产品及信誉的品牌。

以往出版社的再版重印率，通常约占年出书总数五六成，像商务印书馆、中华书局、三联书店等老字号出版社，其所占比重比这还高。近几年，总体看，再版重印率有所下降。2009年，我国出书30万种，其中再版重印占44.3%；2012年，出版品种增至41.4万种，再版重印的比重却降为41%。若与上一年同比对照，图书总品种只增长2.85%，而新书品种却增长了12%；尤其是文史、科普类图书，总品种增长19.6%，其中新书品种猛增34.6%。这些数字相对表明，再版重印都是负增长。

观察发现，当前图书再版重印主要问题不在于总量的下降，而是面临着供需平衡链脱节的尴尬局面。

先看需求。再版重印书，多是知识含量高、市场口碑好的书。伴随着新生读者群的不断出现，会产生对老书的新购买力。尽管他们对单本老书的需求量未必很大，但因为部分老书，除满足阅读外，还兼具收藏的价值。

前一阵网上就有"好书粉丝"发起"跪求出版社再版'绝世好书'"的行动，并得到众多网友的响应，很短时间热心网民就在网上列出了《博尔赫斯全集》《门萨的娼妓》等上百种期盼再版的书单。豆瓣网开展的网上征集再版书目的活动，反应也很热烈。其中，仅上海古籍出版社，被提请再版重印的老书，一次就多达84种。2003年，中华书局也举办了一次"拟重印图书目录读者征求稿"的活动，向社会公开征集重印书目，收效很好，使该社出版资源又一次得到很好开发。

再看供应。前面数据表明，近几年再版重印呈下降趋势。既然市场有需求，为何再版重印书又难以满足，甚至断档？其实许多出版社并非不想重印，而是有苦衷，结果形成"读者想买买不到，出版社想印又不愿印"的尴尬局面。常见的原因有：首先，重印无利或赔本。再版重印多是短版书，除少数畅销书和常用工具书以外，大多印数少，盈利空间小，有些甚至是重印一次赔本一次。加上现在出版社靠单品种高盈利已很困难，为了保持营业总收入不萎缩，并在市场竞争中保住自己的产品占有份额，出书品种往往采取广种薄收的策略，即多出新书，积小利聚总利，以规模保效益。比起做新书，再版有风险，重印难赚钱，积极性自然受挫了。

其次，老书营销受冷遇。现在读者网购图书越来越普遍，他们大多逛了书店后，看到柜上有新书，然后再上网去买，以至书店上柜图书的导购作用大大增强。每家出版社都指望自己的图书能在各地书店上柜，而且在柜时间越长越好。如今全国每天上市图书上千种，而实体书店的书架也就那么多，通常只上柜新书中的热门书。至于再版重印书，几乎都不上柜，出版社当然不愿意因此失去向公众亮相造势的机会。新书上市，书店首次多是批量订单，出版社也是批量供货。而对再版重印书，书店则是采取卖出多少添货多少的方式。这就加大出版社库存压力，还影响回款进度。所以，对短版的重印需求，出版社常怀"想出又无奈"的心态。此外重印书不能参加优秀图书评奖，也难免会影响"舍得赔本"的积极性。

最后，再版版权受制约。对于已进入公共版权领域的老书，想再版重印当然没有限制。但对那些尚在版权保护期内的图书，能否再版重印，还得看出版社有没有获得版权所有人的有效授权。这方面受影响的因素还蛮多。例如，有的是作者授权期已过，有的是作者另授权给别的出版社，有的是未得到作者与原译者同步授权，还有的是双方对重新授权的条件存在分歧，等等。只要有上述一种情况，都会阻碍再版重印的实现。

克服之道，除必须重申和强化再版重印书对于传承文化的重要意义之外，是否可考虑试行以下措施：一、加强阅读的引导活动。运用读书会、读书节、专家荐书、年度好书榜、送书下乡、公益书香等多种形式，提倡选好书、读好书。大力扶持和指导读书网站，充分发挥互联网在推动全民阅读方面的引领作用。二、切实加强和用好书评。要改变现行书评的广告面孔，拒绝跟风，敢于褒贬，建设若干个有崇高威信和影响力的书评媒体。书评人不仅要评新书，也要评有特色有内涵的再版书。三、可否实行版权到期后，再版重印时原出版方有续购的优先权。四、出版社也要选择重大修订的优质再版书，加强宣传和造势。建议在现有各地众多书展中，辟出一席，专门举办再版重印书专场展销，以促进再版重印书平衡链的更好衔接。

（载《光明日报》2014年2月21日）

理论通俗化的一次成功实践

在人们的印象里，主旋律图书多是理论深奥、宣传道理、文字枯燥的面孔，难以吸引读者。不过，最近凤凰传媒出版集团及江苏人民出版社精心组织出版的"创先争优系列读本"，完全改变了上述看法，并用富有说服力的实践表明：只要努力，在市场经济条件下，我们是可以把主旋律图书打造成读者爱看、好懂又肯买的畅销书的。

这套系列书分《做最好的共产党员》《做最好的党支部书记》

《做最好的公务员》《做最好的村官》等4本，每本不过11万字。出版上市不久就销出百万册，各地要货还在不断攀升。看过此书的理论界专家学者评价这套书认为，对党建理论以及社会主义法治和道德规范讲得完整透彻，深入浅出，很有学术深度。许多基层干部和党员更称赞难得读到这样说白话、明道理、讲故事、学榜样的好书。这套书是怎样做到既得到专家认可、又受到群众的赞扬？主旋律图书又是如何走市场道路，实现社会与经济双效益的呢？

第一，高起点，走新路。这套书的策划者通过调查发现，以往有些主旋律图书出于对通俗化的简单理解，多偏重于浓缩命题、精炼解说、压缩篇幅，而对阅读对象的真实接受性考虑不足，以至不是图解理论、显得干巴，就是未把理论精髓讲到位。为此，他们从一开始就决心将这套书的起点定高。

这个高的标准，一是要有很强的思想性。他们把4本书的主体对象都定位为"做最好的"。以《做最好的共产党员》来讲，不仅政治上要体现党员的先进性，而且在言行上还必须闪耀出人性的光辉，显示出有血有肉有情的亲切形象。二是要有鲜明的时代性。不同时期对党员及公职人员有不同的要求，对"做最好的"人物的要求也要与时俱进，要求广泛反映最近几年呈现的先进人物及其事迹，充分表现市场经济条件下这些"最好的人物"的时代性。三是要有可读性。主旋律图书想要做到有可读性，就必须在语言文字上下大功夫。他们把全书文字风格确定为"用大白话讲大道理"，要求少讲空话理论，多讲人们明白的常理。所讲述的人物及事迹不是高不可攀，而是身边人做好事、身边事感动人，做到可信、可亲、可敬，使读者读来不厌，读了还想读。

这样高的写书标准，靠什么来实现？他们做了多种尝试。起初也沿用老办法，约高校理论教师来写，但写出的几种样稿，很难摆脱那种有点"说教式"的腔调。于是他们换了思路，决定先组织能吃透上述标准的人来撰写，经过集体讨论，最后再请专家把关。事实证明，这条新路尽管走起来十分艰辛，但的确出现了新写手、新观念、新写法和新效果，从而保证了这套主旋律图书能以优质高效和耳目一新的形象投入竞争激烈的图书市场。

第二，精设计，聚智慧。有学者评价说，这套书通俗性与思想性兼备，理论性与实践性结合，现实感与历史感并融。他们何以能做到这一点？得归功于这套书的策划者既富有创新精神、精心严谨设计，又善于群策群力、凝聚集体智慧。

最能体现这套书通俗化特色的，莫过于他们这样一些别具一格的设计。一是每本书都精心挑选贴题的8个关键词。如最好的党员要"讲忠诚、当先锋、敢担当、能奉献、重求实、爱学习、善创新、有敬畏"。这8个关键词，不仅构成这本书的8个章节，还醒目地标在封面的上下两端。这些关键词，既是本书之纲，又把做最好的共产党员的要求加以精炼和具体化了。二是每本书封四都有4至6句对"最好者"期盼的概括顺口溜。如《做最好的公务员》一书中有这样四句："你是百姓之子，你是政府的脸，你的言行关乎国计民生，百姓满意是你的最高要求。"这些大白话生动、准确又好记。三是每介绍一个先进人物，篇尾都附有"群众感言"和"格言警句"。四是书中所选人物摒弃那种追逐"高大全"做法，着力选小人物做大事业的凡人、能人和身边人，既写他们的成就，也不回避有些人遇到的挫折甚至失误，力求还原生活中的真人真事。五是视野开阔，引经据典。

如此多样与众不同的设计，单凭一两个人绝对想不出来，只有依靠集体的智慧。参加这套书编撰的共有20余人，每本书的每一个关键词或每一句大白话，都是大家你一言、我一句反复推敲数十遍才定下来的，通过人人动脑、个个献策共同编就了这套通俗性与思想性兼备、理论与实践充分结合的主旋律图书。

第三，换观念，促转型。这套书的出版也给出版界带来诸多有益的启示。首先，任何一项成功的创新，必然离不开领导的远见和实际的支持。相关领导在这套书的撰写、编辑、出版、营销全过程中倾注了大量精力，为创新成果保驾护航。其次，编辑要善于改变观念，加快转型。编辑要了解市场和读者，努力学习新知识，提高业务素质，尽力参与和融入撰书的实践，增强自己对书的话语权。

编辑要从单纯"为新娘量身做衣"转型变为面向读者做衣,市场需要什么款式,就能做出什么款式。最后,还要善于掌握和运用好有潜力的出版资源。只有这样,才能真正做好一套书、出好一套书,为读者带来丰富的精神食粮。

(载《经济日报》2012年6月29日"理论与实践"版)

"三毛"出国引发的联想

近日听到一个好消息:"三毛"出国了。说的是,在庆祝中法建交50周年之际,今年2月6日巴黎举办了"张乐平漫画展",由法国FEI出版社出版的《三毛流浪记》法文本,也同时在巴黎出版上市。这本著名国产漫画,从1946年在报纸开始连载以来,除港台外,一直没有对外输出。这次"三毛"以68岁的高龄首次迈出国门,不禁引发起我的一些联想。

彰显正能量的漫画人物

人们的印象中,漫画人物,似乎以滑稽和失态的形象居多,以至曾有一种观点,觉得漫画这种艺术形式,主要适合用来揭丑和讽刺。多年来,一批批漫画家为突破这种看法,为漫画人物的转型,做了许多努力。张乐平塑造的漫画人物"三毛",应该说是这种努力中一朵成功的奇葩。

张乐平以自己投身抗日军旅的经历,1946年先在上海《申报》连载漫画《三毛从军记》,次年应陈伯吹之请,又在《大公报》连载《三毛流浪记》,随即红遍申江大地,"三毛"的遭遇,牵动着上海滩众人之心。尽管"三毛"只是画家虚拟的人物,仍有不少热心人,要向"三毛"捐钱,还有人要收养他。1947年少年的我,就在上海目睹过大清早《大公报》门前,很多人为争睹当天"三毛"连载漫画故事的进展,而排长队买报的情景。1949年后,在宋庆龄的发起下,又举办了"三毛画展",建立"三毛乐园",并以帮助"三毛"之名,发动义卖和收养社会流浪儿,使一项艺术创作,发展成呼唤爱心的公益活动。由此可见这部漫画影响之大。不料随后出现了挫折。大陆这边搞"文革",台湾那边认为"三毛"影射抹黑国民党,以致这部作品一度被两岸都封杀,直到八十年代后期,"三毛"才重获新生。

进入九十年代,译林社美编洪佩琦协助张乐平亲属,打赢为"三毛"形象维权的一场官司,因而使译林社与"三毛"结了缘。在获得版权所有人的授权后,译林社先后出版了《三毛流浪记》《三毛从军记》《三毛解放记》《三毛新生记》以及两卷本《张乐平连环漫画全集》。这一组系列连环漫画,不仅全面展现了张乐平的漫画艺术成就,还通过"三毛"这个人物命运的变化,形象地反映了新中国成立前后那段历史的变革,使读者从"三毛"身世的变化中,感受到时代的前进。近10多年来,这批连环漫画不断重印,成为国产漫画中销量最多的品种。可以说,"三毛"系列连环漫画,对于满足人们艺术欣赏和提高社会发展认知,无疑彰显着感人的正能量。

纸面漫画仍有独特魅力

随着传播技术的发达,表现漫画的载体越来越多,这是现代科技的进步。面对视频漫画,如卡通片、动漫、手机游戏等的挑战和冲击,纸面漫画确实面临不少困难。表现在:现在坚持看纸面漫画的人比前少了,作品发表的园地也在减少。最明显的就是,如今报纸版面,除新闻之外,多钟情经济信息和娱乐消遣,不重视登漫画,更少见有影响的长篇幅连载漫画。漫画人才的培养,多注重电脑合成和动漫软件设计,而忽视传统手画基本功的磨炼。就连相关主管部门,也主要在扶持国产动漫发展,而很少去关注纸面漫画的创作与出版。这就难免使人对纸面漫画的现状感到担忧。纸面漫画真的前景黯淡吗?

在我看来,如同其他纸面图书一样,纸面漫画依然有自己独特的生命力。当今越来越多的人的阅读习惯正在从"读文"转向"阅图"。看漫画,可以充分利用碎片时间;看漫画,会在回味中越想越好笑,这种回味,在阅读纸面漫画中,似更能获得充分享受。文化数字化固然是时尚趋势,但是,繁荣的文化,必然是多元的。艺术消费需求,也是多样和不断变化的。盯视着掌大的手机,与欣赏宽幅纸面的图画,给人的感觉明显是不同的。面对视频漫画与纸面漫画同在,市场不相信偏食。不但萝卜青菜各有所爱,而且风水还会轮流转。轿车兴起,自行车被冷落,如今,骑自行车或电动自行车的人不是又多了。随着人们对常看视频和手机对视力伤害的忧虑加重,已有不少家长,限制青少年看动漫和游戏,近来书店连环漫画图书销售的回升,就是市场的一个动向。

此外,还要看到国产漫画"走出去"的潜力。漫画书外文本的翻译,比起翻译文字图书省事得多。通过漫画人物的故事,可以从中对外传播中华文化的信息。国外有许多读者,向来对幽默、夸张的图像书刊怀有很大兴趣。如日本,就有不少出版社,主要靠出版连环漫画,而不像我们多赖教辅而生存。这次法文本《三毛流浪记》的出版者,为适应法国读者的阅读爱好,出版前聘请了一位比利时漫画家,从张乐平1946至1949年的漫画中,按照三毛身世发展,兼顾时代背景脉络的原则精心挑选,使成书的416页,既展现张乐平漫画艺术风格,同时又能从中领略到那个年代中国社会的世态炎凉。也许因为近几年巴黎常发生外来吉卜赛青少年街头流浪甚至扒窃事件,以至对三毛当年的流浪境遇,容易产生联想和关注。许多观众参观这次"三毛"漫画展后,都对中国有这样的漫画感到惊讶和有趣。从观众的热情来看,中国优质纸面漫画,是受到法国人喜欢的。

由上可见,纸面漫画虽面临挑战,但仍有其独特魅力和发展空间。

漫画"走出去"重在争优创品牌

我国漫画历史悠久,人才济济。仅现代而言,像丰子恺、蔡若虹、张乐平、华君武、方成、朱德庸、丁聪等等,都称得上是量多质优的漫画大家,遗憾的是,至今还没有打造出能比肩世界的漫画品牌。就连在国内最为人熟知的流浪儿"三毛"形象，也只是到了今年，才迈出走向法国的第一步。

有品牌，才有竞争力；品牌响，才能持久"走出去"。世界上有许多著名漫画，诸如《米老鼠》《唐老鸭》《父与子》《丁丁历险现》《木偶匹诺曹》等，不仅卡通片畅销不衰，其连环漫画书，也依然拥有众多读者，足显漫画品牌的魅力与威力。我遐想，有一天，若能把我国的孙悟空、济公、阿Q、三毛、马大哈等这些人物形象，精心打造成漫画品牌"走出去"，那肯定会为中国软实力加分。

怀着实现这个遐想的憧憬，提出几点期盼：

一是，大力全面扶持漫画创作。克服重视频动漫、轻纸面漫画的偏向。国家现在设有扶持动漫创作及生产的资金，这笔资金，应该也把扶持纸面漫画创作包括在内。在享受和发展多媒体漫画的同时，有必要保持和坚守具有独特魅力的传统纸面漫画。提倡恢复报纸连载漫画，扶持漫画书刊发展，采取有力措施，激励漫画原创创作，提高漫画艺术水平。同时要健全法规，保护原创漫画版权，打击抄袭和山寨漫画的违法行为。

二是，给力打造漫画品牌。建议建立国产漫画资源库，收集、梳理、整合各家各派漫画成果，制订争优创牌规划。以这次"三毛"出国为契机，盯住市场，开展协作，加强设计、攻关、营销和宣传，尽快打造出能在国际市场中站住脚的原创品牌，争取把更多的"三毛"推向世界。

三是，因势利导发展漫画产业。漫画的形式灵活多样，除常用幽默讽刺来表现新闻、万象、消闲、儿童、人物、科学、广告等之外，还可以拍影视、制碟片、玩游戏、录成有声小说、做木偶和玩具、演出儿童剧或音乐剧乃至用于文具和服装的图案造型等等，使其发展成多种业态的漫画产业链。

（载上海《文汇读书周报》2014年3月28日）

出版人要对"过度包装"说不

如今社会上常见各种讲排场现象，刻意在包装上别出心裁，已成为商家惯用手法。值得注意的是，这股风也刮到了出版界，而且有不断增强的趋势。手边就有一例。

近日有作者郑也夫在《中华读书报》上，以《可恶的"双封"和空白页》为题，批评图书只顾外表包装、不顾内容实用的现象。还说，他有3本书，本与出版社签有备忘录，明确拒用"双封"和"单页起始"，但出书时还是出现"双封"和大量空白页，这才使他用"可恶的"三个字为标题，显现对"包装至上"这种做法反感之烈。读此报道，不禁引发我的共鸣与联想。

联想之一，如今出版界不少人，片面追求装帧豪华、热衷做大开本厚书和大套书的现象，确实成为一种"时尚"。放眼书店，最显眼位置，几乎全被又大又重又考究的书占据。他们总以为，大开本有气派，书厚分量重，出套书影响大。于是，哪怕留空白图片凑，也要出厚书；取个名，凑上几本就成系列；不问学术水平如何，有了资助就降低门槛，什么人都可出"文集"。还有迷信装帧好能促销，不惜包装的投入，有的封面连金箔也用上了。上述被批的"双封"和空白页，不过是当前过度包装中的"小菜一碟"。

联想之二，如今市场上确有一批高端消费者，他们钟情豪华精装书，目的不在于阅读，而在于书房陈列或版本收藏。市场有这种需求，出版人做一些豪华书以适应其需求，这也是市场经济的常态，无可厚非。但这类消费者毕竟只占少数，那些以阅读为目的的大众消费者，还是希望能买到实用、方便、价廉的书籍。出版人眼睛不能只盯着少数高端消费者的需要，而忽视了市场真正的"上帝"，还是众多的平民大众。

联想之三，当今社会上有种摆阔炫富的不良风气。如有些暴发户，举办豪华婚庆、建造豪宅、甚至预建豪墓等。另有些人则热衷消磨在奢华的会所、宾馆和度假村里，甚至还有建造带空调、彩电和沙发这种"高档厕所"的报道。媒体把这种追逐奢侈的心态，贬称"土豪心理"。一经曝光,立即受到众人的吐槽。我由此联想,图书过度包装,造成材料浪费、成本加大和环保受损,其负面后果显而易见,它也是受"讲排场"心理的驱使。为此,出版人必须牢记自己是从事文化事业,要以传播文明为己任,切不可沾上任何形式的"土豪心理"。面对多元需要的消费者,在出版的各个环节,既要精美出新,又要崇尚节俭,力戒浪费奢侈,对过度包装,说声:不。

(载上海《编辑学刊》2017年5月第3期)

闲话签名本和藏书

赠送自己著作的签名本,这本来是朋友之间体现友谊、交流感情之举。翻开书页,不仅能读到精彩的文章,友人的字迹也映入眼帘,所谓见字如面,暖意涌上心头,颇有情味。然而不知从何时起,许多签名本失去了原有的意义。有一种情况是,出版社和书店为了宣传造势的需要,常搞作者签售活动,有些签名本便被赋予了广告推销的作用,签名者也失去了对签名本去向的知情。这种情况只是签下了作者姓名,流向哪里倒也无所谓,但如果是指名赠送,还加上带有情感的祝词,像这样的个性化签名本,更容易陷入尴尬的境地。

曾见过一则报道,一位作家在自己的新作上写下"请某先生不吝指正",送给一位朋友。几年后他在一家废品收购站竟偶然看到这本书。他连忙买了回来,又原封不动再寄送这位朋友。其用心是遗憾还是不悦,以及第二次收到赠书的朋友作何感受,均无从得知,但我猜,双方心里都不是好滋味。

将签名本直接投入废品站自然有不妥之处,然而如何处理不对胃口或是质量不高的签名本,确实是当下许多人的困扰。如今文化生活极大丰富,图书浩如烟海,读者阅读的每一本书都是根据个人爱好甄选的结果,收到一本无法引发阅读兴趣的签名本,除了随手翻翻之外，如何处置令人苦恼，也造成了资源的浪费。另一方面，图书出版空前繁盛的背后也有着隐忧，出版门槛的降低迎来了出书热潮，不管文字质量优劣，几乎人人可以出书。于是，有些书的主要功能仅限于作者自娱自乐——除了摆在案头自我欣赏外，签名赠书是最重要的去向，赠亲人、友人甚至素不相识之人，这样的签名本自然成了受赠人的负担。

我还亲历过一件和签名本有关的事。一位知名翻译家生前藏有许多中外文图书，其中不乏中外名家的签名或赠言。他去世后，有人居然在旧书店和废品站里看到不少他的珍贵藏本。我听说后甚感惊讶，连忙询问他的亲属，原来是他家保姆在空巢老先生去世后不知如何处理藏书，于是贱卖了。由签名本的流失，也引发了我对文人晚年如何处理众多藏书的思考。

藏书，大概是文人拥有的最重要的资产。它伴随着主人的一生，是主人知识财富的积累。专业人士，尤其是各行业名家的藏书，某种意义上说也是社会文化资源的一部分。人人都会老，一旦告别人世，其藏书任凭生前再珍惜，也无法带走，于是就产生藏书何处去的现实问题。传给子女，当然最简单，但许多子女从事的工作与父母专业相差太远，对于他们来说用处不大，又没处存放。我的一些翻译家朋友的后人，就因为自己不懂外文而向我咨询，如何处理父亲的众多外文书。

有人觉得这问题好办，晚年把藏书捐给图书馆或中小学岂不省事。现实并不这么简单。若非名人，捐书给大图书馆人家未必愿意要。捐给家乡的中小学，大多要求你自己登记造册，自付运费。即使有些学校顺利接收了，藏书也常因太专业、太冷僻、太深奥而受冷落，没能实现藏书的价值。基于上述种种原因，出现藏书和签名本流向市场乃至废品收购站，也就不足为怪了。

也许我是多此一虑，不过，从有利传承文化，更好发挥图书资源的有效作用来看，我希望老人的藏书尽量做到送得到位，收得有用，规范捐赠，物尽其用。比如可否设想，建立一个捐赠藏书的公益性网站，为捐赠者和受赠者提供中介服务，探寻更系统有效的捐赠机制。有些重复的藏书，也可以对口销售，收入用来支付赠书的包装和运输费用。许多书还可选择赠送给农家书屋。这虽是小事一桩，但若能实现，显然是有利无弊。

（载《光明日报》2018年1月12日）